지리산권문화연구단 연구총서 08

지리산의 장소와 경관

문동규 강정화 박찬모 최현주
정경운 서정호 한규무 최원석

국학자료원

2007년 정부(교육과학기술부)의 재원으로 한국연구재단의 지원을 받아 수행한 연구 결과물임(KRF-2007-361-AM0015)

서문

지리산은 수많은 사람들의 오랜 생활문화의 터전으로서 많은 역사 유적과 장소, 종교문화경관과 생활경관이 어울려 문화경관의 모자이크를 이루고 있다.

지리산권문화연구의 구체성은 지리산의 장소와 경관 연구를 통해 확보된다. 지리산권 문화요소의 장소성과 경관적 의미를 조명하고 살피는 작업은 각 학문 영역에서 우선적으로 수행됨이 마땅하다. 이 책은 지리산권문화의 장소와 경관을 철학, 문학, 지리학, 생태학 분야로 구성된 연구팀에서 심층적으로 조명한 성과물이다.

지리산의 장소와 경관을 구성하고 있는 이 책의 주제들은 지리산 일반 및 문화경관에서부터, 지리산신사, 하동의 누정, 지리산권 생태마을, 노고단 휴양촌, 지리산투어리즘, 『태백산맥』의 지리산, 지리산 문화경관의 세계유산적 가치 등과 같은 다방면의 문화요소에 걸쳐있다.

지리산의 장소와 경관에 대한 연구는 자연·문화·지역이 통합된 범주로서, 이 연구물은 지리산권 로컬리티 규명을 위한 이론적인 토대로 기여할 수 있을 것이다. 이 책이 지리산권 장소와 경관의 인문학적 가치 발굴에서 나아가 연구 개발 및 응용의 차원으로도 널리 활용될 수 있기를 바란다.

2013. 5. 17
집필자 일동

차례

서문

'지리산신사'에 대한 철학적 숙고

문동규*

Ⅰ. 시작하는 말

이 글은 현재 전남 구례에서 지리산신제를 지내고 있는 하나의 사물이자 장소인 지리산 '남악사南岳祠', 즉 '지리산신사智異山神祠'[1]를 '존재'라는 단 하나의 별을 향해 자신의 사유를 전개한 하이데거의 존재론을 통해 전통적으로 우리가 알고 있는 지리산신사의 모습과 이것을 넘어선 지리산신사의 또 다른 모습을 드러내고자 한다. 말하자면 하이데거의 존재 사유에서 펼쳐지고 있는 '세계의 현성'과 '사물의

---

* 순천대 지리산권문화연구원 인문한국 연구교수.

[1] 물론 지리산에서 산신을 모시는 신사는 여럿 있었지만, 대표적인 것은 성모사(聖母祠), 노고단(老姑壇), 남악사이다. 그런데 이 글에서는 현재 전남 구례에서 지리산신제를 지내고 있는 남악사를 대상으로 한다. 지리산의 여러 신사에 대해서는, 특히 조선시대의 신사에 대해서는 다음을 참고하기 바란다. 김아네스, 「조선시대 산신숭배와 지리산의 신사」, 『역사학연구』 제39집, 호남사학회, 2010, 89~97쪽.

사물다움'을 통해 지리산 '남악사'를 지리산신에게 제사를 지내는 공간뿐만 아니라 그 공간에서 '세계가 세계화'하고 '사물이 사물화'하고 있음을 보여주고자 한다.

사실 우리에게 떠오르는 지리산신사는 지리산신에게 제사를 지내는 곳이다. 그래서 사람들은 지리산신사란 지리산신에게 자신들의 안녕과 국가의 태평을 위해 제사를 지내는 장소로 생각한다. 물론 맞는 말이자 맞는 생각이다. 전통적으로 지리산신제는 국가적인 제의 또는 인간이 신에게 자신의 복을 비는 제사로서 지리산신사라는 곳에서 행해져 왔기 때문이다. 그리고 이러한 연장선상에서 지금도 전남 구례에 살고 있는 사람들은 지리산 화엄사華嚴寺 앞에 있는 '남악사'라는 '지리산신사'에서 하나의 제사인 '남악제'라는 이름으로 '지리산신제'를 지내고 있기 때문이다.

그러나 지리산신에게 제사를 지내는 곳인 지리산신사인 남악사는 단순히 제사를 지내는 곳만은 아니다. 사실 지리산신사라는 남악사는 하나의 사물이자 장소이다. 그런데 이때 사물이란 우리가 보통 생각하듯이 우리의 인식론적 대상 또는 무언가를 이루기 위한 수단 내지는 도구이기 이전에 '무언가'를 '모아들이는 것'이다. 그리고 '장소' 또한 단순히 어떤 곳을 지칭하기 이전에 '무언가'를 모아들이는 하나의 '사물'과 연관되어 있다. 그래서 지리산신사는 단지 '국태민안國泰民安'과 '시화연풍時和年豐'을 위해 지리산신제를 지내는 수단 내지는 도구뿐만 아니라 그것을 넘어선 '의미'를 지니고 있다.

도대체 무슨 의미인가? 사실 지리산신사에서는 하이데거가 그의 존재사유를 펼치면서 '사방 – 세계Geviert – Welt'라고 지칭하는 세계가 현성한다. 말하자면 사방',2) 즉 '땅과 하늘, 신적인 것들과 죽을 자들(인간)'이라는 넷이 하나로 포개짐인 사방 안에서 그 넷이 서로 어깨동무하면서 놀이하고 있는 '존재의 놀이', 그 넷이 서로 어울리면서 서로를 되비추면서 서로를 가깝게 하는 '사방의 거울 − 놀이'가 현성하고 있다. 왜냐하면 사물이 무언가를 모아들이는 것이라면, 이때 이 사물은 넷이 하나로 포개진 사방을 자신 안에 모아들이면서 그 모아들인 것이 현성하는 '장소'이기 때문이다. 그런데 그 모아들인 사방의 현성이 바로 '세계의 세계화'이고 '사물의 사물화'이기 때문이다.

따라서 이 글에서 필자는 지리산신사가 단순히 지리산신에게 인간의 평안함과 국가의 태평을 위해 제사를 지내는 곳만이 아니라 지리산신사인 지리산 남악사에서 펼쳐지고 있는 '존재의 놀이' 내지는 '거울 − 놀이', 즉 '세계의 현성'을 하이데거의 존재 사유를 통해 보여주고자 한다. 물론 이때 세계의 현성은 세계의 세계화이고 사물의 사물화이다. 그러나 필자는 이러한 것을 하이데거의 1950년 강연인 「사물」[3]과 1951년의 강연인 「건축하기 거주하기 사유하기」[4]라는 작품을 통

---

2) '세계'를 '사방'으로 사유하는 것에 대해 이의를 제기할 수도 있을 것이다. 이를테면 고대 중국인들은 세계를 사방으로 생각하지 않고 천・지・인이라는 근본적인 세 힘으로 이루어져 있다고 생각했는데, 그들이 생각한 세계를 하이데거 식으로 표현하자면 우리는 '삼방'으로 표기해야 할 것이기 때문이다(전동진, 「하이데거의 세계 이해」, 『철학』 제63집, 한국철학회, 2000, 239쪽 참조). 그러나 푀겔러(O. Pöggeler)에 따르면 세계를 하이데거 식으로 이해하는 것은 나름대로 의미가 있다. 왜냐하면 그는 '신화적인 세계 경험에 친숙해 있었던 인간은 세계를 땅과 하늘의 결혼식으로서 그리고 인간을 신의 말 건넴 아래 서 있는 죽을 자로 경험하였다고 하면서 지금이야말로 신화의 가장 오래된 지혜를 사유에로 이끌고 올 때라고 말하기 때문이다' (Otto Pöggeler, Der Denkweg Martin Heideggers, Günter Neske, Tübingen, 1983, p. 248 참조). 그런데 이 '사방'은 원래 건축 용어로 사용된 것이라고 한다(김재철, 「하이데거의 종교현상학」, 『인간의 실존과 초월』(한국현상학회 편), 철학과현실사, 2001, 74쪽 참조). 그러나 하이데거는 그러한 용어를 넘어서서 이 용어를 세계 이해와 결부시켜서 사용하고 있다.

3) M. Heidegger, "Das Ding", *Vorträge und Aufsätze*, Vierte Auflage, Günter Neske, Pfullingen, 1978(이하에서는 Ding으로 표기함).

4) M. Heidegger, "Bauen Wohnen Denken", *Vorträge und Aufsätze*, Vierte Auflage, Günter Neske, Pfullingen, 1978(이하에서는 BWD로 표기함).

해 드러내 보일 것이다. 왜냐하면 하이데거는 이들 작품에서 '사방−세계'와 '사물'에 대해 이야기하고 있는데, 이것들은 우리가 보통 이해하고 있는 세계와 사물 개념을 뛰어넘는 것으로서 우리에게 새로운 사유내지는 주객이 분리되기 이전의 것을 사유하는 것이 필요하고, 그것을 통해 인간이 본래적인 삶을 살아가야 함을 말하고 있기 때문이다. 그런데 이러한 것은 전통적으로 이어져 내려온 지리산신사에 대한 이야기를 뛰어넘는 것이자 지리산신사 내지는 다른 여타의 산신사山神祠에 대한 새로운 해석에 기여할 것으로 생각된다.

II. 지리산신사에 대한 일반적인 이해로부터 존재론적인 이해로 나아가기

'산신사'란 산신에게 제사를 지내는 사당을 말한다. 그래서 지리산신사 또한 말 그대로 지리산신에게 제사를 지내는 사당으로서 지리산신제를 지내는 곳이다. 따라서 현재의 지리산 남악사는 "전라남도 구례군 마산면 황전리 12번지에 있는 지리산신제를 모시는 곳"으로서 "1984년 2월 29일 전남문화재자료 제36호"로 지정된 "사당"이다.[5]

그런데 지리산신에게 제사를 지내는 지리산신제는 삼국시대부터 행해져온 것으로, 신라시대엔 지리산 최고봉인 천왕봉에서 지냈던 것으로 추측되며, 고려시대에는 천왕봉에서 노고단으로 옮겨진 것으로 알려져 있다. 그리고 삼국시대에 '남악南岳'으로 불렸던[6] 지리산이

---

5) naver 백과사전.

6) 사실『삼국사기』에 따르면 지리산은 삼국 시대부터 국가의 산천신 숭배와 관련하여 중사(中祀)로 모셔졌으며, 오악(五岳) 중 남악으로 불렸다.『삼국사기』권32 잡지(雜志) 제사(祭祀)조엔 삼산(三山) · 오악(五岳) 이하 명산대천을 대사(大祀) · 중사(中

조선시대에 다시 '남악'으로 정해지면서, 이때 이 글에서 다루고자 하는 지리산신사인 지리산 '남악사'가 등장한다. 물론 이것은 김아네스에 따를 때 조선시대의 산천제 정비과정에서 나타난 것이었다.[7] 그래서 현재의 지리산신제는 '남악제'로 불리고 있고, 이 남악제는 지금의 지리산 화엄사 앞에 있는 '남악사'라는 '지리산신사'에서 행해지고 있다.[8]

그런데 조선시대에 등장하는 남악사는 노고단에서 더 아래쪽인 간미봉 북쪽 내산면 좌사리 당동으로 옮겨졌다가, 다시 현재의 전남 구례군 광의면 온당리 당동 마을로 이전하였다. 물론 온당리 당동 마을의 남악사는 1908년(순종 2) 일제에 의해 헐릴 때까지 국가가 주관하여 지리산신을 제향하는 산신사로 존속하였다. 그러나 일제에 의해 폐사된 뒤 그 터만 남아 있다가 1969년 화엄사 앞에 10여 평 규모의 남악사를 다시 건립하여 명맥을 이어오고 있다.[9] 현재의 건물은 정

祀)・소사(小祀)로 나누어 기록하고 있다. 이때 중사를 지내는 오악은 '동쪽 토함산, 남쪽 지리산, 서쪽 계룡산, 북쪽 태백산, 중앙 부악(지금의 팔공산)이었다'고 적혀 있다. 그리고 대사는 삼사 중에서도 가장 으뜸가는 제사로서 삼산신(三山神)에게 지내는 제사이고, 중사는 오악・사진・사해・사독과 표제가 없는 6개의 4산・1성・1진에 지내는 제사인데 그 중에서 오악의 숭배와 제사가 기본이었으며, 소사는 전국의 신령스러운 24개소의 산악에 지내는 제사였다.

7) 조선시대의 국행제의 정비와 지리산신사의 연관에 대해서는 다음을 참고하기 바란다. 김아네스, 앞의 글, 97~104쪽.

8) 2010년 남악제는 구례군민의 날과 더불어 화엄사 앞에 있는 남악사에서 4월 20일에 열렸는데, 이 남악제의 신위는 '지리산신'이다.

9) 남악사가 현재의 장소에 건립된 배경, 그리고 남악제를 지내는 절차와 축문에 대해서는 다음을 참고하기 바란다. 조경만・곽유석, 「남악사 관련 의례의 민속적 배경과 변화」, 『남악사지 지표조사 보고』(목포대학교 박물관・전라남도 구례군 편), 금성인쇄출판사, 1992, 95~96쪽, 99~102쪽. 그런데 문승이에 따르면 이 지리산신제인 남악제가 지금까지 명맥을 이어올 수 있었던 것은, 1945년 광복 후 유림들이 주축이 되어 화엄사 경내의 일주문 서편에 단을 만들어 제사를 지냈고, 1969년 뜻 있는 인사들과 군민들의 협력으로 화엄사 지장암 옆에 10여 평 규모의 남악사를 신축하여 제사를 지내오고 있기 때문이다(문승이 편저, 『남악사』(구례문화원), 청

면 3칸, 측면 2칸의 규모로 맞배지붕이다.

그래서 지리산신사에 대한 일반적인 이해는 지리산신사란 지리산 신제를 지내는 곳인데, 그것도 지리산신에게 제사를 지내는 곳이라는 것이다.[10] 물론 지리산신에게 제사를 지내는 이러한 지리산신제는 나라의 태평과 백성의 편안함을 위해, 간단히 말해 '잘 살기' 위해 지냈다. 왜냐하면 이러한 지리산신제는 봄과 가을에 정기적으로 지내기도 했지만 재앙이 닥쳤을 때도 지냈기 때문이다.

그러나 지리산신사가 지리산신제를 지내는 곳이라면, 그 지리산신 사는 하나의 '만남의 장'일 것이다. 왜냐하면 하나의 제사인 지리산신제란 기본적으로 신과 인간이 만나는 것이기 때문이다. 그런데 이러한 만남의 장인 지리산신사는 '울타리 쳐진 장'이면서 '열린 장'일 것이다. 지리산신제가 하나의 제사라면 그것을 지내는 장소는 일반적인 공간이라기보다는 지리산신신과 인간이 만날 수 있는 어떤 신성한 공간인 '울타리 쳐진 장'일 것이고, 그곳이 비록 울타리 쳐진 장일지라도 그 장소는 지리산신과 인간이 만나 서로 쳐다볼 수 있는 훤히 열어 밝혀져 있는 곳일 것이기 때문이다.[11]

진문화사, 2000, 63쪽 참조).

10) 지리산신제인 남악제의 신이 '지리산신'이라는 것은 명백하지만, '지리산신'이 누구인지에 대해서는 다양한 이야기들이 있다. 그것에 대해서는 다음을 참고하기 바란다. 김수영, 「智異山聖母祠에 就하야」,『진단학보』11, 진단학회, 1939; 이해준, 「구례 남악사의 유래와 변천」,『남악사지 지표조사 보고』(목포대학교 박물관·전라남도 구례군 편), 금성인쇄출판사, 1992; 조용호, 「지리산 산신제에 관한 연구」,『동양예학』4, 동양예학회, 2000; 손정희, 「智異山 山神에 관하여」,『문창어문논집』37, 문창어문학회, 2000; 김갑동, 「고려시대의 남원과 지리산 성모천왕」,『역사민속학』16, 한국역사민속학회, 2003; 송화섭, 「지리산의 노고단과 성모천왕」,『도교문화연구』27, 한국도교문화학회, 2007; 김아네스, 「고려시대 산신 숭배와 지리산」,『역사학연구』제33집, 호남사학회, 2008; 김아네스, 「조선시대 산신 숭배와 지리산의 신사」,『역사학연구』제39집, 호남사학회, 2010.

11) 문동규, 「신과 인간의 이상적인 만남 : 지리산신제」,『철학논총』제61집, 새한철학

그러나 하나의 만남의 장인 그러한 장에선 신과 인간만 만나는 것은 아니다. 거기에선 '땅과 하늘, 신적인 것들과 죽을 자들인 인간'이 만난다. 왜냐하면 뒤에서 보겠지만 하나의 만남의 장인 지리산신사에서 지리산신제를 지낸다고 할 때, 거기엔 이미 지리산신사를 떠받치고 있는 '땅' 그리고 지리산신사가 머리에 이고 있는 '하늘', 지리산신이 인간에게 자신을 보내는 '신적인 것들' 그리고 지리산신제를 지내는 '죽을 자들'인 인간이 '함께' 있기 때문이다. 말하자면 하이데거가 그의 존재사유에서 보여주고 있는 '땅, 하늘, 신적인 것들, 죽을 자들'이라는 '넷'이 '공속'하고 있기 때문이다.

그런데 그 넷은 그 만남의 장 내지는 열린 장에서 단순히 만나기만 하는 것이 아니라 서로 어울려 '논다'. 만일 그렇다면 그 만남의 장은 서로 만나는 것들이 단순히 그냥 있는 것이 아니라 서로를 비추면서 어깨동무하고 어울려 노는 '놀이터'일 것이다. 그런데 이때 서로 놀고 있는 것들은 자신의 고유함을 간직하고 있어야 할 것이다. 사실 각자는 각자이기 때문이다. 그래서 땅과 하늘, 신적인 것들과 인간이 만나 노는 그 곳은 땅은 땅으로서 하늘은 하늘로서 신은 신으로서 인간은 인간으로서 자신의 고유함을 간직하면서도 서로가 서로를 비추면서

회, 2010, 356~357쪽 참조. 사실 하이데거의 존재사유에서 '만남의 장'은 '영역'으로서 '자유로운 넓음(훤히 트인 터)' 그리고 '때'를 의미한다(M. Heidegger, Gelassenheit, Günter Neske, Pfullingen, 1960, 42~42쪽 참조, 이하에서는 Gel로 표기함). 그런데 이 만남의 장인 '영역'은 존재론적인 '시간-공간', 즉 사방으로 펼쳐지며 발현하는 존재의 진리의 '열린 장'을 가리킨다. 그래서 존재의 진리의 열린 장인 이 영역 안에서는 존재하는 모든 것들이 서로 서로 어깨동무하고 놀면서 서로 만난다. 따라서 이 영역은 존재하는 모든 것들이 만나서 노는 '만남의 장소'이다. 그런데 하이데거에 따르면 이 영역은 "모든 영역들 중의 영역"(Gel, 40쪽)이며, 이러한 영역의 훤히 열려 있음이 "만남의 장의 펼침"(Gel, 53~54쪽)이고, "사방으로 펼침"(Gel, 55쪽)이다(문동규, 「하이데거의 존재사유에서 '발현'」, 『범한철학』 제40집, 범한철학회, 2006, 136쪽, 각주 46) 참조).

함께 어우러져 '거울 – 놀이'를 하는 '놀이터'일 것이다.[12]

　그러나 이러한 만남의 장, 즉 열린 장, 그것은 도대체 무엇일까? 하이데거에 따르면 이러한 장이 바로 '세계', 즉 '사방 – 세계'이다. 그리고 그 세계에서 서로를 비추면서 '거울 놀이'를 하는 그것이 바로 세계의 현성이다. 그렇다면 지리산신사라는 만남의 장에서는 '땅과 하늘, 신과 인간'이라는 넷이 서로 어울려 노는 세계의 현성이 드러나고 있을 것이다. 그러나 뒤에서 보겠지만 이 세계의 현성은 사물의 사물화와 연관되어 있다. 아니 사물의 사물화에서만 세계의 현성이 일어난다.

Ⅲ. '세계가 현성'하고 '사물이 사물화'하는 '장소'로서의 '지리산신사'

　앞에서 보았듯이 지리산신사는 지리산신에게 국태민안과 시화연풍을 위해 제사를 지내는 사당이자 장소였고 지금도 그렇다. 그런데 이러한 장소는 단순히 제사만 지내는 장소가 아니라 세계가 현성하는 장소다. 도대체 왜 그럴까? 이것은 우리가 보통 알고 있는 세계와 사물에 대한 개념을 벗어던지고 그 개념들에 대한 새로운 사유를 통해 드러날 수 있다. 아니 세계와 사물의 본 모습을 그릴 때 나타날 수 있다. 그래서 이하에서는 우선 세계의 현성과 사물의 사물화가 하이데거의 사유에서는 어떤 것인지를 살펴보고, 그런 후 지리산신사인 지리산 남악사에서 그러한 것이 드러나고 있음을 확인해 보도록 할 것이다.

---

12) 문동규, 「신과 인간의 이상적인 만남 : 지리산신제」, 『철학논총』 제61집, 새한철학회, 2010, 357쪽 참조.

1. 세계의 현성과 사물의 사물화

우리는 보통 세계를 존재자의 총체로 생각한다. 그러나 하이데거에 따르면 세계란 존재자 모두를 포괄하거나 총괄하는 하나의 객관적 전체를 의미하지 않는다. 또한 세계는 서양의 근대철학에서 이야기되는 경험 가능한 세계 현실성이 주관적으로 표상된 지평을 의미하는 것도 아니다. 물론 곰곰이 생각해 볼 때 하이데거에게 있어서도 세계는 분명히 하나의 전체성을 의미하기는 하지만, 그렇다고 존재자의 전체성을 의미하는 것은 아니다. 그래서 세계의 의미는 존재자로부터 그리고 존재자에서부터 규정될 수 없다. 그렇다면 우리는 세계에 대해 존재자에게 해당될 수 있는 표현인 '존재자는 존재한다'와 같이 '세계는 존재한다'라고 표현할 수는 없을 것이다. 따라서 하이데거는 세계에 대해 "세계는 세계화한다"[13]라고 말한다.

사실 하이데거 사유의 근본물음은 존재물음이다. 이때 이 존재물음은, 잘 알려져 있듯이, 존재자의 존재의미에 대한 물음뿐만 아니라 존재를 '존재의 진리' 안에서 사유하는 물음이다. 그런데 이러한 물음은 그의 발현Ereignis[14]사유 속에서 전개된다. 그래서 하이데거가 그의

---

13) M. Heidegger, "Der Ursprung des Kunstwerkes", *Holzwege*, Vittorio Klostermann, Frankfurt a. M., 1977, 30쪽.

14) 하이데거는 『동일성과 차이』에서 이 '발현'이라는 낱말을 그리스 시대의 중심 낱말인 '로고스(λόγος)', 중국 문화의 중심 낱말인 '도(Tao)'처럼 거의 번역될 수 없는 것이라고 말하고 있다(M. Heidegger, *Identität und Differenz*, Günter Neske, Pfullingen, 1978, 25쪽 참조). 그렇지만 우리는 우리말로 글을 전개해야 하기 때문에 어쩔 수 없이 이 낱말을 '발현'이라고 번역한다. 사실 Ereignis는 사전적인 의미로는 '어떤 일어난 일이나 사건'을 말하지만, 하이데거는 이 용어를 그렇게 간단하게 사용하지 않는다. 어쨌든 이 용어는 'Er'와 'eignis'를 분리하여 생각해야 하는데, 이때 'Er'를 강조해서 이 용어를 사용하면 이 용어는 발현, 생기, 사건, 일어남 등으로 번역될 수 있고, 'eignis'를 강조해서 사용하면 고유화 등으로 번역될 수 있다(문동규, 앞의 글, 121쪽 각주 6) 참조).

존재 물음에서 전개하는 세계의 문제 또한 이 발현사유 하에서 이루어진다. 이때 세계는 존재의 진리가 일어나는 것을 말하며, 그것은 '사방－세계'에 대한 그의 사유에서 두드러지게 드러난다. 당연히, 앞에서 보았듯이, 여기에서 이 세계는 "세속적으로 표상된 자연과 역사의 우주", "신학적으로 표상된 창조된 세계", "단지 현존하는 것 전체로서의 코스모스"도 아니며,15) 단지 현성한다. 즉 세계화한다.

이 이야기를 그대로 따른다면, 세계의 현성, 즉 세계의 세계화는 '사방－세계'에 대한 해명을 통해 이루어질 수 있을 것이다. 우선 사방이란 '땅', '하늘', '신적인 것들', '죽을 자들인 인간'이라는 넷이 하나로 포개짐을 말한다. 그런데 이 넷은 사방 안에서 그냥 단지 있는 것이 아니라 '논다'. 이때 그것들은 서로 함께 '어우러지면서', 서로를 '비추면서' 자신의 고유한 모습을 드러낸다. 즉 현성한다. 그래서 '사방－세계'란 사방의 현성, 사방의 드러남을 말한다. 도대체 무슨 말인가? 어떻게 넷이 하나로 포개져 드러나고, 어떻게 넷이 함께 어우러지면서 또는 서로를 비추면서 현성한다는 것인가?

우리가 보듯이 이 세상엔 다양한 존재자들이 있는데, 그 존재자들은 우리들의 대상이기 전에 자신들의 고유한 '존재방식'16)으로 존재하고 있다. 그런데 이것은 이 세상에 존재하는 다양한 존재자들이 각

---

15) M. Heidegger, "Die Sprache", *Unterwegs zur Sprache*, Vittorio Klostermann, Frankfurt a. M., 1985, 21(이하에서는 Sp로 표기함).

16) 서양의 전통형이상학에서 존재자들의 존재방식은 현재있음(exsistentia, 현실존재)이지만, 하이데거의 존재사유에서는 존재자들의 존재방식이 존재자에 따라 구분된다(F－W v. Herrmann, *Subjekt und Dasein. interpretation zu "Sein und Zeit"*, Vittorio Klostermann, Frankfurt a. M., 1985. 신상희 옮김, 『하이데거의 존재와 시간을 찾아서』, 한길사, 1997, 98쪽 참조). 이것은 전통형이상학에서 '현실존재'로 존재하는 각각의 존재자들이 하이데거의 존재사유에서는 각자 자신의 '고유한' 존재방식으로 존재한다는 것을 말한다.

각 자신의 고유한 존재방식으로 놀고 있음을 말한다. 이때 그 놀고 있는 존재자들은 물론 이유 없이 논다. 사실 그 "놀이에는 '왜'가 없다."17) 이와 마찬가지로 사방 안에 있는 '넷' 또한 각각 자신의 고유한 존재 방식으로 이유 없이 논다. 그러나 이유 없이 노는 그것들의 모습은 '어떻게' 드러날까? 앞에서 보았듯이 '사방'은 '땅, 하늘, 신적인 것들, 죽을 자들'인 넷이 하나로 포개짐을 말한다. 말하자면 '사방'은 그 '넷' 이 '다른 셋'과 서로 관계하면서 '함께 속해 있는' 단일성을 말한다.18) 그런데 이렇게 함께 속해 있는 넷은 단순히 그냥 있는 것이 아니라 '논다'. 말하자면 넷 각각은 서로 자신의 고유한 존재방식으로 존재하 면서 다른 셋의 본질을 "반영"19)한다. 즉 되비춘다. 이때 여기에서 '반영'은 넷 각각의 고유한 본질을 고유하게 하면서 서로 서로 발현하 게 하는 것으로서, "넷 각각이 나머지 각각에게 [각기 자신을] 서로 건네면서 놀이하는" 것을 말한다.20) 말하자면 서로 관계 맺으면서 어 깨동무하고 흥겹게 노는 것을 말한다. 그래서 서로 서로를 발현하게 하는 반영은 넷 각각을 그것들 각각의 고유함으로 존재하게 하면서 동시에 그것들을 하나로 묶는다. 따라서 이러한 서로 서로 반영하는

---

17) M. Heidegger, *Der Satz vom Grund*, Günter Neske, Pfullingen, 1971, 188쪽. 여기에 서 우리가 주목해야 하는 것은 '어떤 것이 논다'고 할 때, 그 '논다'는 것은 원인성 내지는 인과율과는 아무런 관계가 없다는 사실이다. 만일 어떤 것이 어떤 원인에 의해 '논다'면, 그 '논다'는 것은 자신들의 고유함으로 존재하는 것이 아닐 것이고, 고유한 존재방식으로 노는 것이 아닐 것이다.

18) 앞에서도 보았지만, 이 '사방'이라는 특이한 개념은 '땅, 하늘, 신적인 것, 죽을 자 들'이라는 '넷'들의 단일성을 말한다. 그런데 '사방'이라는 독특한 하이데거의 이 름부여에서 우리가 염두에 두어야 할 것은 '산맥'에서와 같이 넷이 한데 모여 있음 과 그 함께 속해 있음을 표현하려고 한다는 점이다(이기상, 『하이데거의 존재사건 학, 존재진리의 발생사건과 인간의 응답』, 서광사, 2003, 178쪽 참조).

19) Ding, 172쪽.

20) Ding, 172쪽.

놀이란 "넷 각각이 고유하게 함의 겹쳐진 기초로부터 각각에게 신뢰를 주는 놀이"이자 "사방의 거울−놀이"인 것이다.[21] 그렇다면 '사방−세계'란 '땅, 하늘, 신적인 것들, 죽을 자들'이라는 넷이 '발현' 속에서 자신들의 고유함을 간직하면서도 서로 서로 다른 셋을 반영하는 '거울−놀이'이자, '거울−놀이'를 통한 '넷들의 어우러짐', '거울−놀이' 속에서 넷이 어우러져 서로 순환하는 '윤무'일 것이다.[22] 그런데 이렇게 그러한 넷이 하나로 포개지면서 발현하는 것이 바로 세계의 세계화, 세계의 현성이다. 그러나 이러한 세계의 세계화 내지는 세계의 현성은 사물의 사물화에서 일어난다. 도대체 왜 그럴까?

보통 우리에게 이해되는 사물은 우리의 인식론적 대상이거나 우리의 목적을 이루기 위한 수단이다.[23] 그러나 하이데거에 따르면 '사물'은 그러한 것 이전에 '무언가'를 '모아들이는 것'이다. 고대 고지 독일어에 따르면 '모아들임Versammlung, 결집'이 사실 '사물thing'이다.[24] 물

---

21) Ding, 172쪽. 그래서 하이데거는 「언어」에서도 땅과 하늘, 신적인 것들과 죽을 자들이 하나로 어우러진 사방을 세계라고 말하고 있다(Sp, 21쪽 참조).

22) Ding, 173쪽.

23) 사물은 대개 '일'과 '물건'을 아울러 이르는 것으로서 물질세계에 있는 모든 구체적이며 개별적인 것을 통틀어 이르는 말로 이해된다. 이때 이러한 사물은 사실 일보다는 어떤 공간을 채우는 불가입성의 물질, 생명이 없거나 혹은 경우에 따라서 생명이 있기도 한 존재자, 어떤 속성이 부착되어 있는 그 무엇으로 이해되고 있다(Heinrich Ott, *Denken und Sein*, Evangelischer, Zollikon, 1959, 213쪽 참조). 이러한 이해 때문에 우리는 사물을 대개 우리가 알 수 있는 인식론적 대상 또는 무언가를 이루기 위한 수단 내지는 도구로 여기는 것이다. 물론 이 이해가 잘못된 것은 아니지만 우리가 주목해야 하는 것은 이러한 이해 전의 사물에 대한 이해이다. 하이데거에 따르면 사물은 이러한 이해 전에 무언가를 모아들이는 것이라는 것이다. 더군다나 사물의 본질은 과학에 의해서도, 인간에 의해서도 드러나지 않는다. '사실 인간이 사물을 사물로서 이해하기 위해서는 사물에 대해 자신을 열어 놓아야 한다'(최상욱, 『니체, 횔덜린, 하이데거, 그리고 게르만신화』, 서광사, 2010, 323쪽 참조). 이때 인간에게 필요한 태도가 바로 '초연함'이며, 이것을 사물과 연관해서 하이데거는 "사물들에 이르는 초연함"(Gel, 25쪽)이라고 말한다.

24) Ding, 166쪽 참조.

론 하이데거는 이러한 것을 1950년 「사물」 강연에서 우리에게 명확히 보여준다. 그는 이 강연에서 '사물의 사물다움'에 대해 논구[25]하는데, 이것을 위해 그가 선택한 사물은 '단지'이다.

일단 단지란 무엇일까? 그것은 무언가를 담아 잡는 그릇의 일종이다. 단지가 무언가를 담아 잡는 그릇이라면, 이 단지는 옆면과 밑바닥으로 만들어진 사물이어야 할 것이다. 그리고 그 옆면과 밑바닥은 어떤 것이 새지 않는 형태여야 할 것이다. 그래야만 우리는 그릇의 일종인 단지에 무언가를 담을 수 또는 채울 수 있을 것이기 때문이다. 그러나 더욱 더 중요한 것은 단지는 비어 있어야 할 것이다. 그럴 때야만 우리는 단지에 무언가를 담을 수 또는 채울 수 있을 것이기 때문이다. 그래서 단지가 단지일 수 있는 것은 사실 "텅 빔"에 있다.[26]

그런데 텅 비어 있는 이러한 단지는 우선 그 단지에 채워지는, 즉 들어부어지는 무언가를 받아들이고 간직하는 것이다. 그러나 이 단지가 무언가를 받아들이고 간직한다는 것은 그 단지에 채워지는 또는 들어부어지는 그 무언가를 "따라내기"[27] 위해 존재할 것이다. 우리가 알듯이 단지에 들어부어진 것은 그냥 그 단지 안에 단순히 있는 것이 아니라 결국은 따라 내지기 때문이다. 그러나 그 단지에서 따라 내진 것은 단순히 의미 없이 따라 내질까? 아니다. 그것은 무엇인가에게 선사된다. 이를테면 단지에 꿀물이 받아들여져서 간직되어 있

---

25) 하이데거에 따르면 '논구한다(erörtern)'는 것은 '장소 속으로 지시한다'는 것을, '장소를 고려(주목)한다'는 것을 뜻한다(M. Heidegger, "Die Sprache im Gedicht", *Unterwegs zur Sprache*, Vittorio Klostermann, Frankfurt a. M., 1985, 33쪽 참조, 이하에서는 SpG로 표기함).

26) Ding, 161쪽 참조. 그래서 하이데거는 "텅 빔이 그릇의 담아 잡는 힘이다. 텅 빔이, 즉 단지에서의 이러한 무(Nichts)가 단지가 담아 잡는 그릇으로서 존재하고 있는 바로 그것이다"(Ding, 161쪽)라고 말한다.

27) Ding, 164쪽.

다가 따라내질 때, 이 꿀물은 술 마신 자에게는 그의 숙취를 해소시켜 주는 선사함이 될 것이다. 그렇다면 단지의 텅 빔과 담아 잡음은 원래 선사함과 연관되어 있을 것이다. 따라서 하이데거는 이와 같은 사태를 "담아 잡는 것은 담아 잡는 것으로서의 텅 빔을 필요로 한다. 담아 잡는 텅 빔의 본질은 선사함 안으로 모여든다"[28]고 말한다.

그러나 이러한 선사함이란 무엇일까? 일단 선사함이 무엇인가에게 어떤 기쁨을 주는 의미에서는 그것은 '선물'이다. 그러나 하이데거가 말하고자 하는 선물은 그런 단순한 선물이 아니다. 그것은 '땅, 하늘, 신적인 것들, 죽을 자들'인 넷이 사물 안에 모아들여져 그 안에 그것들을 머무르게 하는 한에서 선물이기 때문이다.[29] 도대체 왜 그럴까? 단지는 하나의 '사물'이다. 그렇다면 이 단지엔 텅 빔을 통해 무언가가 모아들여질 수 있다. 그런데 단지 안에 물이 담아져 간직되어 있다면, 이때 이것은 그 안에 '땅과 하늘'이 모아져 있는 것을 말한다. 왜냐하면 사실 물이란 하늘과 땅이 없으면 있을 수 없기 때문이다. 말하자면 하늘의 비와 그 비를 담고 있는 땅이 없으면 물은 단지에 담아질 수 없기 때문이다. 그래서 하이데거는 "단지의 본질에 땅과 하늘이 머문다"[30]고 말한다. 그러나 이 물은 '죽을 자들'인 인간에겐 그의 갈증을 풀어주는 물일 수 있다. 그리고 이 물은 축성을 위해서도 사용될 수 있다. 말하자면 신을 향한 헌주로 사용될 수도 있다. 이렇게 사용되는 물을 통해 신은 신성과 더불어 '신적인 것들'[31]을 인간에게 눈짓

---

28) Ding, 164쪽.
29) Ding, 166쪽 참조. '선물'이라는 낱말에 대해 하이데거는 다음과 같이 말한다. "단지가 단지로서 존재하게 하는 바로 그 선사함은 이중의 담아 잡음 안에서 모아지는데, 그것도 따라냄에서 그렇다. 우리는 산들이 모인 것을 산맥이라고 부른다. 우리는 이중적인 담아 잡음이 부어줌 안으로 모이고 이 모임이 함께 비로소 선사함의 온전한 본질을 이루고 있는 그러한 모임을 선물이라고 이름한다."(Ding, 164쪽)
30) Ding, 165쪽.

한다. 따라서 "선물에는 땅과 하늘, 신적인 것들과 죽을 자들이 동시에 머문다."[32] 말하자면 단지의 본질 속에는 '땅, 하늘, 신적인 것들, 죽을 자들인 인간'이라는 넷이 하나로 포개져 머물고 있는 것이다.

그러나 이렇게 넷이 하나로 포개져 머물고 있는 단지는 하나의 사물이다. 그리고 '사방 – 세계'에서 사방이란 앞에서 보았듯이 넷이 하나로 포개져 있는 것이다. 그리고 '사방 – 세계'란 사방이 발현하는 것이다. 그렇다면 하나의 사물인 단지에는 '사방 – 세계'가 현성하고 있는 것이리라. 그런데 우리가 여기에서 주목해야 하는 것은 세계란 사물의 사물화에서 발현한다는 것이다. 왜냐하면 사물의 사물화는 넷들이 사물 안에 머물면서 서로 관계를 맺으면서 놀이하는 것이기 때문이다. 그렇다면 결국 세계의 현성은 사물의 사물화와 연관되어 있을 것이다. 말하자면 사물의 사물다움에 간직되어 있는 넷이 단일성 속에서 서로가 서로에게 순응하고 손을 맞잡고 놀면서 세계로 현성하는 것 말이다.

2. '지리산신사(지리산 남악사)' : '세계의 현성'과 '사물의 사물화'의 '장소'

일상적인 의미에서 지리산신사인 지리산 남악사는 지리산신에게 제사를 지내는 사당이다. 지리산 남악사는 지리산신제를 지내기 위

---

31) 여기에서 '신적인 것들'이란 신 자체를 말하는 것은 아니다. 그렇다고 '신적인 것들'이 신과 관계없는 것은 아니다. 하이데거에 따르면 신적인 것들은 다음과 같다. "신적인 것들은 신성을 눈짓하는 사자(使者)들이다. 이 신성의 성스러운 주재함으로부터 신은 그의 현재 속으로 나타나거나 혹은 그의 감춤 속으로 스스로 물러난다."(BWD, 144쪽) "신적인 것들은 신성을 눈짓하는 사자들이다. 이 신성의 은닉된 주재함으로부터 신은 현존하는 것과의 모든 비교에서 스스로 물러나는 그런 자신의 본질(Wesen) 속으로 나타난다."(Ding, 171쪽)

32) Ding, 165~166쪽.

해 지리산 화엄사 앞에 서 있는 하나의 건축물에 불과하다. 맞는 말이다. 우리가 보듯이 그러하기에 말이다. 그러나 이러한 지리산 남악사는 또한 분명히 하나의 사물이다. 그런데 앞에서 보았듯이 사물이 우리의 인식론적 대상이기 이전에 무언가를 모아들이는 것이고 사물의 사물화에서 세계가 현성한다면, 지리산신사인 남악사에서도 당연히 사물의 사물화와 세계의 현성이 일어나고 있어야 할 것이다.

우선 남악사는 우리가 알듯이 땅 위에 있으므로 자기 주변에 있는 다양한 풍경으로서의 '땅'을 모아들이고 있다. 그리고 남악사는 하늘을 향해 자신의 모습을 펼치면서 또한 '하늘'에서 쏟아지는 빛과 비를 받아들이면서 하늘에 응대할 준비를 하고 있다. 그것과 더불어 남악사는 특히 지리산신제를 지낼 때 죽을 자들인 '인간'들이 그곳에서 만날 수 있는 장을 내주면서 그들을 모으고 있을 뿐만 아니라, 죽을 자들인 인간들을 지리산신 앞으로 이끌면서 인간들이 신과 만날 수 있도록 신성의 눈짓인 '신적인 것'을 모아들이고 있다. 그래서 지리산 남악사에는 하이데거가 '넷'으로 표현하고 있는, 즉 '땅, 하늘, 신적인 것들, 죽을 자들'이 함께 속해 있다. 그렇다면 남악사는 하나의 사물로서 '땅과 하늘 그리고 신적인 것들과 죽을 자들'인 넷을 자기 안에 모아들이고 있는 것으로 파악될 수 있을 것이다.

그러나 이렇게 지리산 남악사에 모아들여진, 즉 머무는 그 넷은 가만히 있는 것은 아니다. 그들은 우리 눈엔 보이지 않지만 서로가 서로를 '반영'하면서 논다. 말하자면 지리산 남악사라는 하나의 사물에서 '넷'이 함께 어우러지면서 서로 놀고 있는 세계의 모습인 '거울 — 놀이'가 드러나고 있다는 것이다. 다시 말해 지리산 남악사가 하나의 사물이라면, 그 지리산 남악사라는 사물에서 '땅, 하늘, 신적인 것들, 인간이라는 죽을 자들'이 하나로 포개져 어깨동무하면서 놀고 있다는 것이다. 그런데 이러한 것은 지리산 남악사라는 사물이 '넷'을 자신의 고유함으로 데려옴으로써 사방을 자신에게 머무르게 하고, 이렇게 넷을 자신에게 머무르게 할 때, 사실 여기에서 넷과 관련 있는 모든 존재자들이 함께 존재하는 사방으로서의 세계의 모습, 즉 '사방-세계'가 현성한다는 것을 말한다. 물론 이러한 것은 지리산신에게 제사 지낼 때 더욱 더 확연히 드러난다. 그렇다면 지리산 남악사라는 사물에서는 세계가 현성하고 있을 것이다. 그러나 이 세계는 하나의 사물인 지리산 남악사에서 현성하고 있음으로, 이 세계가 드러나는 것을 우리는 하이데거의 표현대로 사물의 사물화, 즉 '사물이 자신을 펼침'이라고 말할 수 있을 것이다.

그런데 '사물의 사물화'에서 우리가 주목해야 하는 것은, 사물이 사물화하면서 멀리 떨어져 있는 넷을 자기 안으로 모아들이는 가운데, 그 넷 각각의 고유함과 멂을 없애는 것이 아니고, 그 각각의 고유함을 은밀하고 참답게 보존하면서 넷의 하나로 포개짐 안에 '상생적'으로 머물게 한다는 것이다. 왜냐하면 앞에서 보았듯이 서로 서로 속해 있으면서 서로 서로를 반영하는 그 넷의 놀이란 '서로를 신뢰하는 놀이'기 때문이다.[33] 그래서 지리산 남악사라는 사물은 우리가 대상 내지는 수단으로 여기는 사물에서는 떠나버려서 망각된 '땅, 하늘, 신적인 것들, 죽을 자들'이라는 넷을 자기 안에 머물게 하면서 그 넷을 서로에게 가까이 데려온다. 즉 가깝게 한다. 따라서 넷을 가깝게 하면서 자기 안에 상생적으로 머무르게 하는 지리산 남악사라는 사물이란 우리가 지리산신에게 제사를 지내면서 우리의 안녕과 국가의 태평을 비는 하나의 도구만은 아닌 것이다. 물론 이러한 이야기는 우리를 매

---

33) Ding, 172쪽 참조.

우 혼란스럽게 할 것이다. 왜냐하면 우리가 지리산신사에서 제사를 지내는 것은 단지 나라의 태평스러움과 백성의 평안함을 도모하는 것으로만 이해되기 때문이다.

한편 여기에서 우리가 또한 주목해야 하는 것은 무언가를 모아들이는 사물에 의해 '장소'가 나타난다는 것이다. 왜냐하면 앞에서 보았듯이 남악사라는 사물이 '넷이 하나로 포개짐'인 '사방'을 모아들일 때, 그 남악사는 "사방에게 하나의 '터전'을 허락하는 그런 방식으로 사방을 모아들이기 때문이다."[34] 사실 그러한 터전이 허용되지 않는다면, 사방이 머무를 수 있는 장소는 없을 것이며, 남악사는 무언가를 모아들이는 사물이 아닐 것이다. 물론 우리가 여기에서 주의해야 하는 것은, 이때의 터전이란 존재하는 모든 것들이 훤히 열어 밝혀지면서 서로 만나 어깨동무하고 놀이할 수 있는 만남의 장(소)이자 놀이터, 즉 존재의 진리의 열린 장이라는 것이다.

그런데 보통 우리는 추상적인 공간이 마련되어야 어떤 것이 존재할 수 있는 장소가 나타날 수 있는 것으로 여기고, 또한 장소를 공간으로 생각한다. 그러나 우리가 장소를 공간으로 생각할 때, 그 공간은 공간이라는 옛 의미인 '무언가를 위해 마련된 어떤 곳, 취락과 숙박을 위해 비워진 자리'[35]가 아닌 추상적 공간인 물리적인 공간이다. 말하자면 존재하는 모든 것들이 존재할 수 있는 열린 공간인 열린 장이 아

---

34) BWD, 148쪽. 하이데거는 게오르그 트라클의 시를 논구하는 「시에서의 언어」라는 곳에서 '장소'에 대해 다음과 같이 말한다. "근원적으로 '장소'라는 이름은 창의 끝을 뜻한다. 모든 것이 그 끝에 모인다. 장소는 가장 높고 가장 먼 곳으로 자신을 모은다. 모으는 것은 모든 것을 관통하고 모든 것에 현성한다. 장소, 즉 모으는 것은 자신에게로 가져오고, 그 가져온 것을 참답게 보존하되, 닫혀 있는 캡슐처럼 보존하는 것이 아니라, 집결된 것을 두루 비추고 밝힘으로써 비로소 자신의 본질 속으로 해방시킨다."(SpG, 33쪽)
35) BWD, 148쪽 참조.

니라는 것이다. 그러나 사실 열린 공간은 사물에서 나타난다. 왜냐하면 사물이 무언가를 모아들인다고 할 때, 이때 이것은 사물이 자기 안에 사방을 모아들이는 장소를 수립하는 것을 말하기 때문이다. 그래서 사물은 사방에게 하나의 터전을 허락함으로써 사방 안에 머무르고 있는 넷에게 열린 공간을 열어 놓는 것이다. 이러한 것을 인간에게 적용하면 인간이 공간을 마련하는 것이 아니라 사물이 인간에게 거주할 공간을 마련해주는 것으로 이야기될 수 있다.[36] 그렇다면 물리적인 추상적 공간이 먼저 존재하고 나중에야 인간이 거주할 공간이 나타나는 것은 아닐 것이다. 따라서 하이데거에 따르면 사물을 통해 장소가 나타나고 "각 공간들은 자신들의 본질을 장소로부터 수용"[37]하는 것이다. 이러한 이야기를 그대로 받아들이면 우리가 보통 생각하듯이 추상적인 공간인 물리적인 공간이 마련되어서 남악사라는 장소가 만들어지는 것은 아닐 것이다.

앞의 이야기에 따르면 '사물은 장소'다. 그래서 하나의 사물인 지리산 남악사 또한 장소다. 그런데 사물이란 자신의 본질상 '땅, 하늘, 신적인 것들, 죽을 자들'이라는 넷이 하나로 포개짐인 사방을 모아들이는 장소이므로 지리산 남악사 또한 마찬가지의 장소다. 그러나 이러한 장소는 어떻게 마련될까? 그것은 이중적인 의미에서 마련된다. 즉 "장소는 사방을 허용하고, 장소는 사방을 설립한다."[38] 여기에서 허용한다는 것은 '허용함으로서 사방을 마련함'을 말하고, 설립한다는 것은 '설립함으로서 사방을 마련함'을 말한다. 물론 그것들은 '공속한

---

36) 이런 의미에서 하이데거는 "우리가 일상적으로 통행하는 공간들은 장소들에 의해 마련된다"(BWD, 151쪽) 말한다.
37) BWD, 149쪽.
38) BWD, 153쪽.

다'. 이렇게 이중적 의미로 넷이 하나로 포개짐인 사방을 마련하는 사물로서의 "장소는 사방의 수호이자 혹은 이 동일한 낱말이 말하듯이 하나의 집이다."[39]

그렇다면 지리산 남악사라는 지리산신사는 어떻게 이해될 수 있을까? 남악사는 하나의 사물이자 장소다. 그런데 하나의 사물로서의 장소가 '땅, 하늘, 신적인 것들, 죽을 자들'이라는 넷이 하나로 포개짐인 사방을 머무르게 하면서 그것들을 서로 가깝게 하는 것이라면, 지리산 남악사 또한 마찬가지다. 그리고 하나의 사물에서 세계가 현성한다면, 지리산 남악사 또한 마찬가지다.

IV. 맺는 말

앞에서 보았듯이 지리산신사인 지리산 남악사는 예전부터 지금까지 인간의 잘 살기와 국가의 안정을 위해 지리산신에게 제사를 지내오고 있는, 즉 지리산신제를 지내오고 있는 하나의 사당이자 건축물이다. 그러나 지리산신제를 지내고 있는 지리산 남악사에서는 그러한 것만이 열어 밝혀지고 있는 것은 아니다.

사실 지리산신사인 지리산 남악사는 하이데거가 말하고자 하는 하나의 사물이다. 이때 이 사물은 단순히 우리의 대상 또는 수단만을 의미하지 않는다. 그것은 모아들임을 뜻하는데, 그것도 '땅, 하늘, 신적인 것들, 죽을 자들인 인간'이라는 '넷'이 '하나로 포개짐'인 사방을 모아들이는 것을 말한다. 그런데 이러한 넷은 사방 안에서 서로를 해치지 않으면서도 각각의 고유함이 드러나도록 서로를 반영하면서 놀이

---

39) BWD, 153쪽.

한다. 이때 이렇게 놀이하는 것이 바로 세계의 현성이다. 그래서 세계는 '사방 – 세계'다. 따라서 하나의 사물인 지리산 남악사에서는 세계가 현성하고 있다. 그러나 이렇게 세계가 현성하고 있는 하나의 사물인 지리산 남악사는 만남의 장소이자 만나는 것들이 서로 어울려 노는 장소이다. 지리산신사인 지리산 남악사에는 땅과 하늘, 신적인 것들과 죽을 자들이 하나로 포개져 어울려 놀고 있기 때문이다. 다시 말해 존재의 놀이가 행해지고 있기 때문이다. 그렇다면 지리산신사인 지리산 남악사는 세계가 현성하면서 사물이 사물화하는 장소일 것이다.

물론 일상적인 삶의 태도에서는 사물이란 무엇을 위한 도구로서 목적과 수단의 연결 고리 속에서 존재하고 있는 것으로 보인다. 그것은 우리를 지배하고 있는 사고체계 뿐만 아니라 하나의 사물이 놓여 있는 체계 전체가 제대로 드러나지 않기 때문에 그렇다. 그런데 사물을 목적을 위한수단으로만 여겨 사물의 진정한 의미가 망각되면, 일면의 의미가 전체의 의미인 것처럼 고정되어 버린다.[40] 그래서 일상적인 삶의 태도에서는 사물의 진정한 의미가 사라져 버린다. 그러나 그러한 일상적인 삶의 태도에서 벗어난 진정한 삶의 태도에서는 사물은 어떻게 보일까? 아니 지리산 남악사라는 하나의 사물은 우리에게 어떻게 다가올까? 그것을 바로 우리는 앞에서 보았던 것이다.

사실 우리는 지리산신사인 지리산 남악사를 하나의 건축물로 보면서 건축의 관점에서 이해할 수도 있을 것이다. 그러나 그때 지리산 남악사는 하나의 존재자로서 존재자의 관점에서만 해명될 뿐이다. 말하자면 지리산 남악사라는 존재자의 '존재'는 사라지고 없을 것이다.

---

40) 배학수, 『하이데거와 건축』, 『하이데거와 자연, 환경, 생명』(한국하이데거학회 편), 철학과현실사, 2000, 185쪽.

이때 지리산 남악사라는 '존재의 의미'는 망각될 것이다. 그리고 우리는 지리산 남악사를 물리적인 공간의 관점에서 해명할 수도 있을 것이다. 그런데 그러한 공간에서는 무언가를 모아들이는 사물이라는 장소는 사라지고 없다. 그래서 이러한 해명에서도 남악사라는 '존재의 의미'는 망각된다. 따라서 지리산 남악사에 대한 해명은 앞에서 보았듯이 지리산 남악사를 무언가를 모아들이는 하나의 사물로 간주할 때 그것의 존재의미가 드러난다. 그때 지리산 남악사는 '존재론적인 장소'이자 '집'이 된다.

정말, 지리산신사인 지리산 남악사는 하나의 '사물'일까? 그렇다. 그런데 그 사물은 우리가 통상적으로 생각하는 그러한 사물이 아니다. 도대체 어떤 사물인가? 사물화하면서 이 속에서 세계가 세계화하는 사물이다. 이때 이 사물은 우리에게 멀리 있는 것이 아니다. 하이데거의 말을 되새기면서 이 글을 맺고자 한다.

"오직 세계에서부터 맑고 유연하게 어우러진 것만이 언제나 사물이 된다."[41)]

▶ 이 글은 2011년 『범한철학』 제60집에 실렸던 「'지리산신사'에 대한 철학적 숙고」를 재수록한 것임.

---

41) Ding, 175쪽.

누정기에 나타난 하동 누정의 공간 인식

강정화*

Ⅰ. 서론

누정기樓亭記는 한문문체의 하나인 기記에 속하는데, 유람을 기록한 유기遊記와 함께 전통적으로 문인들에게 애호되었으며, 우리나라에서도 신라시대부터 조선후기까지 지속적으로 창작되었던 장르이다.1) 누정기에 대한 선행연구로는 주로 '기'라는 문체상의 특징과 양식에 대한 고찰,2) 누정기의 제작 시기별 특징과 변모 양상,3) 그리고

---

* 경상대 경남문화연구원 인문한국 교수.

1) 누정문학 양식으로는 누정기 외에도 題詠詩·上樑文·小識·序·柱聯·功德文 등이 다루어지고 있다. 오용원, 「누정문학의 양식과 문체적 특징」, 『어문논총』44호, 한국문학언어학회, 2006, 192~198쪽.
2) 오용원 「누정기의 문체적 특징과 공간적 상상력」, 『어문논총』47집, 한국문학언어학회, 2007.
3) 김은미, 『조선초기 누정기 연구』, 이화여자대학교 박사학위논문, 1990; 윤채근, 「조선전기 누정기의 사적 개관과 16세기의 변모 양상」, 『어문논총』35집, 한국문

누정기 작가에 대한 개별 연구⁴⁾ 등이 진행되어 오고 있다.

그 중 누정기를 문학적으로 접근할 때 '공간인식·자연관·서술방식'의 세 가지로 분류하여 고찰한 선행연구는 주목해 볼 만하다. 예컨대 누정을 건립하는 목적·양식·기능에 따른 공간인식, 빼어난 경관에 위치했던 누정의 기문에 드러나는 자연관, 마지막으로 '기'라는 문체상의 특징에 의거한 서술방식의 문제를 가리킨다. 특히 세 번째 경우는 누정기가 건물의 조성 과정을 기록하거나[記事], 건물 주변의 산수 경물을 묘사하거나[寫境], 건물 명칭과 관련한 논설을 펼친다[議論]는 점에 주목하였다. 이 경우 기사記事 위주의 누정기는 누정의 흥폐와 관련하여 심각한 정치·사회의식을 보여주거나 누정 주인의 형상화에서 특이한 서사 방식을 구사하는 등의 작가적 개성을 엿볼 수 있고, 사경寫境 위주의 누정기는 독특한 자연관을 보여주거나 경물 묘사 방식이 관습적이지 않을 때 눈여겨 볼 만하며, 의론議論 위주의 누정기는 누정의 명칭에 대한 참신한 해석을 내놓거나 의론 방식을 색다르게 풀어가는 데에서 그 특성을 찾을 수 있다고 하였다.⁵⁾

이러한 세 가지 측면이 누정기 연구에 있어 유용한 분석틀이 됨은 물론이다. 그런데 논자는 이 세 가지가 개별적으로 존재하는 것이 아니라, 결국엔 누정기 저자의 누정 공간에 대한 해석으로 귀착된다고 생각한다. 예컨대 누정 주변의 아름다운 자연경관을 묘사했다면, 그것이 자연경물에 대한 순수한 표출이든, 조선 성리학자의 사상적 기

학언어학회, 1996; 안세현,『조선중기 누정기 연구』, 고려대학교 박사학위논문, 2006; 김우정,「누정기를 통해 본 조선중기 지식인의 공간의식」,『동아시아고대학』14집, 동아시아고대학회, 2006.
4) 안득용,「谿谷 張維의 누정기 연구」,『고전문학연구』32집, 한국고전문학회, 2007; 문범두,「灌纓 金駟孫의 누정기 연구」,『한민족어문학』55집, 한민족어문학회, 2009.
5) 안세현,「조선후기 누정기의 특징적 면모」,『동양한문학연구』31집, 동양한문학회, 2010, 144~147쪽.

반에 의해 관념화된 표현이든, 궁극적으로는 누정기 작가의 누정 공간에 대한 내면적 인식의 표출이기 때문이다. 곧 누정의 위치나 건축 양식, 누정기의 서술방식이 어떠하든, 궁극적으로 누정기는 누정 주인 혹은 누정기 저자의 누정 공간에 대한 인식을 해석한 것이라 할 수 있다. 누정은 그 공간을 해석해내는 사람의 공간이며, 의식의 공간이기 때문이다.

본고에서는 이 점에 주안하여 지리산권 하동지역6)의 누정기를 분석하여 하동 누정에 투영된 士의 공간 인식을 해석해 보고자 한다.7) 이러한 시도는 호남이나 경북지역 등의 누정연구에 비해 늦은 감이 있으나, 하동지역 누정의 특성을 찾고, 나아가 지리산권 누정의 정체성을 찾아가는 의미 있는 과정이 되기를 기대한다.

Ⅱ. 하동 누정기의 개관

논자는 지리산권 하동지역 누정 연구에 입문하면서 먼저 연구대상

___

6) '지리산권 하동지역'이라는 공간적 범위를 어디까지 한정할 것인가는 어려운 문제이다. 이는 누정의 건립 시기, 누정주의 생존 시기, 누정기의 작성 시기가 다르고, 무엇보다 그러한 시기의 행정구역이 각각 다르게 설정되었기 때문에 더욱 그러하다. 본고의 주요 연구대상은 누정기문이다. 따라서 본고에서는 누정기문이 작성될 시기의 누정 위치가 당시 하동권역에 속하였거나, 또는 현재 행정구역이 하동군에 속한다면 모두 대상으로 삼았음을 밝혀 둔다. 보다 세밀한 분류는 인근지역의 누정 연구, 예컨대 역사적으로 하동권역에 속했으나, 현재 인근 진주지역으로 편입된 여타 누정과의 연관성 등을 밝힐 때 비로소 가능하므로, 이는 후속 연구로 남겨둔다.
7) 본고는 지리산권 누정문학의 실체를 찾아가는 과정의 첫 단계로써, 우선 지리산권역의 여러 지역 중 하동의 누정만을 대상으로 진행하였다. 곧 지리산권역 중 하동 누정의 기문에 나타난 누정기 저자의 공간인식을 살피는데 한정되어 있을 뿐, 여타 지리산권역인 산청·함양·남원·구례 등지의 누정과의 비교연구에까지는 나아가지 못하였다. 이는 지속적인 후속연구를 통해 밝혀질 것이다. 이러한 연구는 궁극적으로 지리산권 누정문학의 정체성을 찾는 것을 그 목표로 하고 있다.

의 범주를 설정하는 작업을 진행하였다. 그 내용을 정리하면 다음과 같다. 첫째, 누정은 건립자혹은 경영자가 살림공간과 별도로 자연경관 속에 장수藏修와 유식遊息을 목적으로 세운 독립 건축물로, 그 명칭에 있어서는 누樓·정亭·당堂·대臺·각閣·헌軒·청廳 등을 혼용한다. 둘째, 관설류官設類·사설류寺設類 누정은 제외한다. 독립된 건축물이 아닐뿐더러 개인이 지속성을 지니고 활용할 수 있는 공간이 아니기 때문이다. 셋째, 후대에 용도와 기능이 변천되었더라도 건립 당시의 목적이 누정 본래의 취지에 적합하다면 우선적으로 포함시킨다. 넷째, 제향을 목적으로 건립한 재실류 건축물은 제외한다. 다섯째, 누정을 읊은 기문·제영시·상량문 등 관련 기록이 있어야 한다.[8]

이상의 5가지 범주 조건을 만족시키는 하동 누정과 기문을 정리하면 다음과 같다.[9]

읍면	누정명	건립/중건	누정주	누정기	누정기 저자
하동읍	蟾湖亭	1870/1927	지역유림	「蟾湖亭記」	河謙鎭(1870−1946)
	河上亭	1920	지역 궁도인		
	松庵亭	?/1958	崔相烈	(松庵集三笑契序)	李炳執

8) 강정화, 「지리산권 하동지역의 樓亭考」, 『남도문화연구』, 순천대학교 남도문화연구소, 2011, 7~10쪽.
9) 아래 표에 제시된 누정기는 하동문화원에서 발간한 『河東樓亭齋誌』(1997)의 작품과, 논자가 간행한 『지리산권 누정기 선집』(2010)의 하동편에 수록된 작품을 취합한 것이다. 『하동누정재지』에는 모두 270여 개 樓·亭·齋와 기문이 실려 있으나, 위 범주 설정에 따라 祭享 공간인 齋室을 제외한 것이다. 『지리산권 누정기 선집』는 경상대학교 남명학연구소에서 소장한 3천여 책의 한적 문집에서 記文을 모두 발굴하고, 그 가운데에서 지리산권역인 산청·하동·함양·진주·구례에 所在하거나 소재했던 누정의 기문을 選集한 것이다.

	養心齋	?	宜寧余氏門中	「養心齋記」	鄭承鉉(1852-?)
	花樹亭	1911/1971	密陽朴氏門中	「花樹亭記」	朴鍾凡
	河東五寒亭		李景益	「河東五寒亭記」	河受一(1553-1612)
악양면	岳陽樓	?/1937	지역민	「岳陽樓記」	鄭承鉉(1852-?)
	八景樓	1993	洪甲童	「八景樓記」	盧永斗
	勝金亭	?/1964	權浩俊·鄭守鳳 +岳陽人士	「勝金亭記」	金奎泰(1902-1966)
	岳陽田舍		李汝直	「岳陽田舍記」	南廷瑀(1896-1947)
	日新齋	1899	孫光彦	「日新齋記」	崔琡民(1837-1905)
	夢晦室	1899	孫光彦	「夢晦室記」	李宅煥(1854-1924)
청암면	青鶴樓	1976	지역민	「青鶴樓記」	金璣柱(1907-1977)
	青鶴白雲亭	?	朴俊賢·劉贊叔	「青鶴白雲亭記」	趙性家(1824-1904)
화개면	岳陽亭	?/1899	鄭汝昌	「岳陽亭重建記」 「岳陽亭重修記」 「岳陽亭重修記」 「岳陽亭重修記」	崔益鉉(1833-1906) 李壽安(1859-1929) 李宅煥(1854-1924) 河謙鎭(1870-1946)
	雲溪齋	1597/1925	金命紀	「雲溪齋重建記」	宋奎憲
양보면	寒棲庵	?	(미상)	「寒棲庵記」	權龍鉉(1899-1987)
	晚山亭	1917	鄭渾基	「晚山亭記」	鄭承鉉
	觀魚齋	1728/1937	金重元	「觀魚齋記」	宋曾憲
북천면	稷下亭	?/1897	文後 (1574-1644)	「稷下亭記」 「稷下亭移建記」	趙性家(1824-1904) 文晉鎬(1860-1901)
	心亭	1898	李仁玩	「心亭記」	文晉鎬(1860-1901)
옥종면	慕寒齋	1635	河弘道	「慕寒齋記」	許穆(1595-1682)
	拱玉亭	1923	河植源	(拱玉亭上樑文)	河泳台(1875-1936)
	石峰齋	?	金炳泰	「石峰齋記」	河謙鎭(1870-1946)
	直方齋	?/1918	河澈	「直方齋記」	河謙鎭(1870-1946)
	夏寒亭	1881	지역인사 26인	「夏寒亭記」 「夏寒亭重修記」	崔東敏 李壽熙(1874-?)
	鳴玉亭	1902/1929	李壽熙	「鳴玉亭重建記」 「鳴玉亭記」	曺兢燮(1873-1933) 河謙鎭(1870-1946)
	涵月亭	?/1924	趙性宅	「涵月亭記」 「涵月亭記」 「涵月亭重修記」	金麟燮(1827-1903) 朴致馥(1824-1894) 權載奎(1870-1952)

秋堂	1934	金仁夫	「秋堂記」	鄭珪錫(1876-1954)
安息亭	1884	(미상)	「安息亭記」	趙性家(1824-1904)
鼎山書堂	?	李進源	「鼎山書堂記」	河鳳壽(1867-1939)
西岡精舍	1921	趙復齋	「西岡精舍記」	李宅煥(1854-1924)
理明山房	1942	鄭基軾	「理明山房記」	河謙鎭(1870-1946)
心谷精舍	1943	河洛範	「心谷精舍記」	河謙鎭(1870-1946)

위 표에 의거해 하동 누정기를 개관해 보면, 우선 지역적으로 하동 읍과 악양면·옥종면에 누정이 집중되어 있음을 알 수 있다. 건립 시기는 15세기의 악양정, 16세기 말의 운계재와 관어재, 17세기의 모한재를 제외하면, 19~20세기에 심하게 편중되어 있다. 누정기 작성 또한 이 시기에 더욱 편중되어 나타나는데, 이는 누정의 건립·중건·중수 시기와 밀접하게 연관되어 있다. 예컨대 정여창鄭汝昌의 은거지 악양정은 15세기에 세워졌으나 창건 당시의 기문이 전하지 않고, 그의 죽음과 함께 수백 년 동안 쇠락했다가 20세기 초 후손과 지역유림에 의해 중건 및 중수될 당시의 기문 4편이 전하고 있다. 반면 하동지역을 대표하는 또 하나의 누정인 모한재는 겸재謙齋 하홍도河弘道, 1593~1666의 강학처로 17세기에 건립되었는데, 하홍도의 벗인 미수眉叟 허목許穆, 1595~1682의 기문이 보일 뿐이다. 곧 하동 누정기가 19~20세기에 집중된 것은 이 시기에 건립되거나, 중건 및 중수된 누정이 많았음을 의미한다.

누정기 저자는 하수일河受一과 허목許穆 등을 제외한 인물들이 19세기 말과 20세기에 집중되어 있다. 지역적으로는 하동·단성·진주·합천 등 강우지역 학자가 대부분이며, 작품 수에 비해 저자 수가 적은 것도 특징이라 할 수 있다. 지역의 명망 있는 소수 인물이 다수의 작품을 창작했음을 알 수 있다. 특히 하동의 조성가趙性家·최숙민崔琡

民, 진주의 이택환李宅煥·하겸진河謙鎭 등이 많은 작품을 남겼다. 하동 누정기는 19~20세기 경상우도 학자들의 의식세계를 엿볼 수 있는 좋은 제재라 하겠다.

다음으로 누정기의 서술방식에 의거해 그 내용을 개괄해 본다. 선행연구에서 제시한 기사·사경·의논 세 가지 서술 방법은, 누정기에서 어느 한 가지만을 채택하여 기술하는 경우가 드물고 대개 세 가지가 복합적으로 나타난다. 곧 누정 건립과 관련한 사실, 누정이 위치한 주변 경관, 그리고 누정의 명칭 등을 중심으로 그 공간에 투영된 누정 주인이나 누정기 저자의 의식 등이 한 작품 속에 혼재되어 나타나는 것이다.

그런데 하동 누정기는 이 중 의논의 경우가 압도적으로 많이 나타난다. 누정 건립의 과정이나 누정이 위치한 주변 경관 등에 대한 설명은 소략하고, 대개 누정명樓亭名을 명명命名하게 된 연유와 함께 누정 주인과 누정기 작자의 공간 인식을 표출하는데 많은 지면을 할애하고 있다. 따라서 누정기 속에서 작자의 자연관을 적출하기란 쉽지 않다. 하동 누정의 위치를 살펴보면, 특히 개인용 사설류私設類 누정은 주인의 거주지에서 멀지 않은 곳에 건립하는 것이 일반적이다. 누정이 살림집과는 별도의 장수나 유식을 위한 공간이라 하나, 그곳에서의 생활의 편의를 간과할 수 없기 때문이다. 이는 정명亭名의 해석을 통해 자신의 의식을 투영하는 서술 방식을 즐겨하는 이유가 되기도 한다. 곧 거주지 주변에 누정을 건립하는 현실적인 방안을 택하되, 자신이 누정 공간에 투영하고자 한 목적이나 의식은 누정명을 통해 관념화하여 표출하는 방식이다.

Ⅲ장에서는 이러한 논의에 준하여 하동 누정기의 내용에 따라 그 속에 투영된 작가의 공간 인식을 살펴보기로 한다.

Ⅲ. 하동 누정기에 투영된 공간 인식

1. 지역성과 시대의식의 계승

이는 누정이 위치하는 곳의 지명이나 곡명谷名 등을 빌어 와 누정명을 삼고 그 속에 자신의 의식을 투영하되, 그 곳의 지역적 특성을 함축하는 경우이다. 아래의 글을 읽어보자.

> 제나라와 노나라가 평소 군자가 많은 나라로 일컬어진 것은 대개 성인의 교화에 훈도되었기 때문이다. 우리나라 영남지역은 국조 이래로 명현이 배출되었는데, 삼은(三隱)이 앞에서 열어주고 오현(五賢)이 뒤를 이어주어, 그 유풍과 여운이 수백 년 동안 없어지지 않았으니, 학교와 글방이 서로 바라보고 글 읽는 소리가 끊이지 않았다. 그러므로 세상에서 추로지향(鄒魯之鄕)이라 일컫는 것은 또한 이 때문이다. …… 일찍이 계명산 아래에 집을 지어 강학처로 삼고 '직하재'라 편액 하였으니, 대개 제나라 노나라에 학사가 성대하게 많았음을 취한 것이다.[10]

제나라의 도성인 임치臨緇 서쪽 직문稷門 부근에 직하학궁稷下學宮이 있었다. 환공桓公 전오田午가 세워 제나라가 멸망할 때까지 150여 년 간 유지되었다. 사마천의 『사기史記』에 의하면, 제나라는 학궁을 세워 천하에서 문학이나 유세로 이름난 명사를 불러 모아 학문을 강론하고 논의하게 하였는데, 그 수가 수천에 달했다고 한다. 맹자를 비롯하여 순우곤淳于髡·전병田駢·신도愼到 등이 명성을 떨쳤다.[11] 직하학궁의 학사들은 제나라의 학문과 사상을 반석에 올려놓았고, 이후

---

10) 文晉鎬, 『石田遺稿』 권2 「稷下齋重修記」. "齊魯素稱多君子者 蓋以聖化之薰陶也 我東嶺南 自國朝以來 名賢輩出 三隱倡於前 五賢繼於後 其遺風餘韻 至累百歲而不泯 庠塾相望 絃誦不絶 故世稱鄒魯之鄕者 亦以此也……營築室于鷄鳴山下 爲講學之所 扁其齋曰稷下 蓋取齊魯學士之盛多也"

11) 司馬遷, 『史記』 권46 「田敬仲完世家」. "宣王喜文學游說之士 自如騶衍·淳于髡·田駢·接子·愼到·環淵之徒七十六人 皆賜列第 爲上大夫 不治而議論 是以 齊稷下學士復盛 且數百千人"

제나라의 국운은 직하학궁의 흥망성쇠와 함께 하였다고 해도 과언이 아니다. 직하학궁은 역대로 인재 배출의 대표적 장場이라는 명성을 얻었고, 이로 인해 제나라는 노나라와 더불어 인재가 많은 나라로 칭송받게 되었다.

위 인용문의 직하재稷下齋는 하동군 북천면 직하리에 위치하는데, 만와晚窩 문경규文景奎의 독서처이다. 문경규는 각재覺齋 하항河沆 1538~1590과 한강寒岡 정구鄭逑 1543~1620에게 수학한 연강재練江齋 문후文後 1574~1644의 후손이자, 「직하재중수기」를 쓴 문진호文晉鎬의 6대조이다. 우리나라 영남지역은 역대로 인재가 많이 배출되어 절의와 학문을 대표하는 곳으로 이름났다.[12] 지금은 시대가 혼란하고 도학이 쇠미하였으나 학문을 숭상한 그 유풍만큼은 여전하다. 문진호는 마을 명에 의거해 누정을 명명하였으나, 건립 목적에 있어서는 제나라 직하학궁의 뜻을 취한 것이라 분명히 밝히고 있다. 곧 과거 인재 배출의 고장으로 명성을 드날렸던 지역적 특성을 되살려, 직하학궁 같이 인재가 많이 배출되는 학문의 장이 되기를 바라는 염원이 서린 공간이라 하겠다.

직하재의 기문이 지명을 누정명으로 삼아 누정 주인의 의지를 투영한 내용이라면, 「안식정기安息亭記」는 골짜기 이름을 빌어 와 지역의 내력과 자신의 뜻을 피력한 경우이다. 하동군 옥종면에는 사림산士林山이 있고, 사림산에는 안식동이라는 골짜기가 있다. 그리고 사림산의 왼쪽 기슭이 바로 안계리安溪里이다. 사림산·안식동·안계리

---

12) 李瀷, 『星湖僿說』 권1 天地門 「東方人文」. 성호는 "중세 이후에는 退溪가 소백산 밑에서 태어났고, 南冥이 頭流山 동쪽에서 태어났다. 모두 경상도의 땅인데, 북도에서는 仁을 숭상하였고 남도에서는 義를 앞세워 유교의 감화와 기개를 숭상한 것이 넓은 바다와 높은 산과 같게 되었다. 우리의 문화는 여기에서 절정에 달하였다"고 하여, 영남지역을 인재의 寶庫로 인식하였다.

라는 명칭이 말해 주듯, 이곳은 예로부터 군자의 은둔지로 일컬어졌다.

> 안계마을 노인들이 서로 전하기를, '옛날 은군자가 이 골짜기에 살았는데, 후인들은 안계마을 상류를 은군자가 깃들어 사는 곳으로 여겼다. 그래서 안식동이라 이름하였다. 은군자의 성명은 감추고 전하지 않으니, 호랑이가 죽어서도 가죽을 남기지 않는 격이다. 지금까지도 그 점을 안타깝게 여긴다.'고 하였다. 내가 말하기를 "이는 진정한 은군자이다. 대효위(臺孝威)와 상자평(向子平)은, 자취는 숨겼으나 이름을 감추지 않았으니, 온전한 은둔이 아니다. 안식동은 군자가 이름을 감춘 곳이니, 옛 인물에게서 그런 부류를 찾는다면 아마도 한음장인(漢陰丈人)의 부류일 것이다. 나는 그 은군자의 기심(機心)이 반드시 사라졌을 것임을 알겠다. 기심이 사라졌기에 이름이 알려지기를 원치 않았던 것이다. 이름은 감추는 바이고, 이름을 감추는 것이 명성을 높아지게 하였던 것이다."라고 하였다. 지금 누정 주인이 亭名을 청하기에, 내가 말하기를 "골짜기 이름을 버리고 다른 좋은 이름을 택한다면 이 골짜기에 정자를 세운 뜻이 어디에 있겠는가?"라고 하였다. 기문을 청하기에 내가 말하기를 "이 정자에 기문을 지어 주인의 이름을 드러낸다면 주인이 은군자를 흠모한 뜻이 어디에 있겠는가?"라고 하였다.[13]

위 기문의 내용은 세 부분으로 나누어 살펴볼 수 있다. 안식동과 안계리 명명의 유래를 적은 것이 첫 번째이고, 두 번째는 안식정에 투영된 월고月皐 조성가의 은거관隱居觀이며, 마지막은 그가 제시하는 진정한 은둔의 실천방법이다. 조성가는 최숙민과 더불어 한말 하동 옥종에서 노사蘆沙 기정진奇正鎭의 학문을 계승한 대표적 학자로 일컬어진다. 한말의 시대상황에서 출사가 불가능했던 여느 재지사족과 마찬가지로 그는 일생 학문에 진력했던 인물이다. 그에게 있어 은거의 삶은 불가피한 선택이었던 것이다.

---

13) 趙性家, 『月皐集』 권12 「安息亭記」. "安溪故老相傳 古之隱君子 居是谷 而後之人 以安溪上流 隱君子之所棲息 故名之以是 而隱君子之姓名 晦而不傳 豹死而皮不留 至今嗟惜云 余曰此 眞隱君子也 臺孝威向子平 跡隱而名不晦 未爲全隱也 安息 君子之晦名 求之於古 其漢陰丈人 之流乎 吾知其機心必息矣 機心息 故不蘄知我 名所以晦 晦所以愈高者也 今亭之主人 請亭號 余曰舍谷名而別擇美號 則亭於是谷之意 安在 請亭記 余曰記是亭而露出主人名 則主人所以慕 隱君子之意 安在"

예로부터 산수 간에 은거한 인물은 어렵지 않게 찾아볼 수 있다. 그러나 그들이 진정한 은군자隱君子인지, 그들이 산수 간에 살았다 하여 모두 은자로 일컬을 수 있는지, 그들이 실제 은거생활을 했는가의 여부 등, '은거'의 진정성에 대한 논란 또한 꾸준히 진행되어 왔다. 위진 남북조시대 이래로 '은거'를 자처하여 산수 간에 숨어버리면 도리어 그에 대한 명성이 더욱 높아지게 되었고, 당대唐代에 이르면 이런 현상을 빌미로 '은거'를 출세의 한 방편으로 이용하는 '가은假隱'이 대거 등장하는 기이한 현상이 나타나기에 이른다.[14]

대효위와 상자평은 모두 후한 때 은사 대동臺佟과 상장向長을 가리킨다. 이들은 벼슬로 불렀으나 더욱 깊은 산중으로 들어가 몸을 숨기고 일생 나오지 않았다고 한다.[15] 몸만 숨기고 이를 빙자해 명성을 구하는 것은 진정한 은隱이 아니다. 기계의 편의를 알면서도, 그것을 사용하면 마음속에서 기심이 일어나고 결국엔 도를 부지할 수 없음을 알았던 『장자莊子』의 한음장인처럼,[16] 세상사에 대한 기심을 내려놓는 것이 진정한 은자라 말하고 있다. 안식동은 몸도 기심도 내려놓을 수 있는 진정한 은자의 공간이었다. 그렇듯 그 속에 위치한 안식정 또한 그러한 공간이기를, 그리고 누정 주인 또한 진정한 은자로 남기를 염원하고 있다. 때문에 누정 주인의 청에도 불구하고 기문에 누정주

---

14) 정순모, 「唐代 士人의 隱居 개념과 그 변천」, 『中國學報』 45집, 한국중국학회, 2002, 229~230쪽.
15) 『後漢書』 권83 「逸民列傳」.
16) 莊周, 『莊子』 「天地」. 공자의 제자 子貢이 초나라의 漢水 남쪽을 지나가다가, 웅덩이에서 물통으로 물을 길어 와 밭에 물을 주는 한 노인을 보았다. 기계를 사용해 효율적으로 灌漑할 것을 일러주자, 그 노인네는 '기계를 쓰면 機心이 일어나고, 기심이 가슴속에 있으면 순수하고 깨끗한 천성을 제대로 갖추지 못하게 되어, 결국엔 道를 보존하지 못하게 되니, 기계의 편리함을 알면서도 사용하지 않는 것'이라 답하여, 자공을 부끄럽게 하였다. '한음장인'은 '한수 남쪽의 노인'이란 뜻으로, 그 역시 이름이 알려지지 않은 은자이다.

의 이름을 밝히지 않음으로써, 조성가는 안식정 공간에 대한 자신의
염원을 더욱 분명하게 피력하고 있다.

이렇듯 지역성을 가미하여 누정 공간에 대한 인식을 해석해 내는
가 하면, 지역의 역사적 인물이나 그 인물의 삶을 통해 당대 지식인이
직면한 시대의식을 계승하고자 한 측면도 나타난다. 악양정岳陽亭이
대표적이다. 악양정은 전술하였듯 정여창이 젊어 강학처로 사용했던
곳으로, 그의 죽음과 함께 폐허로 변했다가 20세기에 이르러 중건된
건물이다. 그러나 함양 출신의 정여창이 언제 어떤 이유로 이곳 하동
악양정에 거주하게 되었는지는 정확하지 않다. 악양정과 관련한 정
여창의 직접적 기록은 1489년 4월 동문인 탁영濯纓 김일손金馹孫과 함
께 지리산을 유람하고 악양정으로 돌아오면서 함께 동정호洞庭湖에서
노닐며 지은 한시가 전하는 정도이다.[17] 정여창이 악양정에 우거한
것은 39세인 1488년을 전후한 시기이고, 이후 41세 되던 1490년 김
일손의 천거로 출사한 후 결국 사화에 연루되어 죽었으니, 악양정에
서의 칩거 기간도 그리 길지 않다.

그럼에도 불구하고 기문에 나타난 악양정 공간에 대한 후인들의
인식은 매우 다양하다. 4편의 기문에 종합적으로 나타나는 키워드는
대략 다음과 같다. ① 지리산 및 지리산 유람과의 연관성 ② 동정호
에서 읊은 한시 ③ 사화에 희생된 불우한 삶과 악양정 폐허에 대한
후학으로서의 안타까움 ④ 중건 후 정여창의 학문적 연원인 주자朱子

---

17) 정여창이 이때 지은 「岳陽」이란 시는 다음과 같다. "냇가의 버들잎은 바람결에 한
들한들/ 사월의 화개 땅엔 보리 벌써 익었네/ 두류산 천만 겹을 두루 다 보고나서/
한 조각 배 타고서 큰 강 따라 내려가네"[風蒲泛泛弄輕柔 四月花開麥已秋 看盡頭流千
萬疊 孤舟又下大江流]. 이후 악양을 지나는 이들은 정여창의 삶을 기리며 수많은 차
운시를 남겼는데, 특히 朴致馥·梁會甲·金奎泰·鄭琦·吳正杓·宋秉珣 등 19~20세
기 학자들에게서 많이 보인다.

와 동학인 김일손·김굉필金宏弼을 함께 향사하는 과정 ⑤ 악양정이 19~20세기『소학』강독처로 자리 잡는 계기 ⑥ 정여창이 한말 지식인의 정신적 지주로 형상화하는 과정 등을 들 수 있다.

일찍이 기해년(1899) 봄에 원근의 선비들이 개연히 흠모하는 마음을 일으켜 비로소 옛 터에 중건하고, 매년 4월 15일 선생에게 석채례를 행하였다. 악양정에서『소학』을 강(講)하는 것이 이로부터 시작되었으니, 하동지역의 유풍(儒風)을 볼 수 있겠다.[18]

경자년(1900)에 하부(河府)의 인사들이 서로 모의하기를, '이곳은 선생께서 적축(謫軸)한 곳이니 폐해서는 안 된다.'고 하여, 그곳에 정자를 세웠다. 하동군의 수재를 모아『소학』을 강하고 석채례를 행하였으며, 회암부자와 한훤당·탁영 등의 선생을 함께 향사하였다. 대개 선생의 학문은 회암에게서 얻었고, 한훤당과 탁영은 그의 동도인(同道人)이기 때문이다.[19]

비록 그러하나 선생의 도를 아끼고 흠모할 줄 알면서도 그 도가 근본한 바를 알지 않아서는 안 된다. 그 근본이란 무엇인가? 그 옛날 천자의 사신 국위(國魏) 허시량(許時亮)이 와서, 조선에서 공자와 맹자의 심학을 전한 자가 누구인지를 물었다. 퇴도(退陶) 이선생(李先生)이 차례로 열거하며 대답하였는데, 선생의 이름도 그 속에 포함되어 있었다. 무릇 공맹의 심학을 전하였다는 것, 이것이 바로 그 근본이다. 선생의 평소 저술은 무오사화에 모두 불타버려, 미언(微言)과 지론(至論)을 안타깝게도 찾아 유추해 볼 바가 없다. 그러나 선생이 공맹의 심학을 전하였으니, 도학의 성대함을 실천했음을 알겠다. 그러므로 모두 다른데서 구하기를 기다리지 말고 여기에서 구해야 할 것이다. …… 대개 그 땅을 인하면 반드시 그 사람을 생각하고, 그 사람을 생각하면 반드시 그 도를 흠모하기 마련이다. 우리가, 선생의 도가 근본했던 바에 부지런히 정성을 다함이 또한 어찌 근거하는 바가 없는 것이겠는가.[20]

---

18) 李宅煥,『晦山集』권8「岳陽亭重修記」. "曾於己亥春 遠近章甫 慨然興慕 始得重建於舊墟 而以每歲四月十五日 行釋菜儀於先生 講小學書於亭中 從此 河陽之儒風 可觀焉"
19) 李壽安,『梅堂集』권5「岳陽亭重修記」. "粤在上皇庚子 河府人士 相與合謀 以爲是地先生之所適軸也 不可廢也 就而亭焉 聚郡中秀才 講小學書 行釋菜禮 同祀晦菴夫子寒暄濯纓諸先生 蓋以先生之學 得於晦菴 而寒暄濯纓 其同道也"
20) 河謙鎭,『晦峯集』권35「岳陽亭重修記」. "雖然 知愛慕先生之道而不知夫道之所以本則不可也 其本者 何也 昔皇明詔使許國魏時亮來 問此國有傳孔孟心學者何人 退陶李先生歷擧以對而

악양정 소재 기문은 여느 하동 누정기와 달리 철저히 기사 중심의 글이다. 자연경관을 읊은 것이라야 '두류산 아래 섬진강 가에 위치한다'는 기록 정도이고,[21] 악양정이란 누정 이름은 위치하는 곳의 지명에 의거해 명명하였을 뿐 별다른 의미 부여는 확인되지 않는다. 주로 '정여창'이란 누정주의 인생 여정, 악양정의 중건 과정, 악양정 중건과 관련한 심각한 정치사회적 의식과 그 속에 투영된 의미 등이 집중적으로 나타난다. 특히 위의 ④⑤⑥은 19~20세기 하동을 중심으로 한 경상우도 지식인에게서 대표적으로 나타나는 공동의식이었다. 곧 악양정은 중건될 때 정여창 외에도 주자를 비롯해 김굉필과 김일손을 함께 향사하였는데, 바로 정여창의 학문적 연원을 기리기 위함이었다. 그리고 이들이 학문적으로 중시했던 『소학』을 악양정에서 강함으로써,[22] 수 백 년의 시간차에도 불구하고 후학으로서 선현의 학문과 삶을 본받고 동질감을 공유하고자 하였다. 악양정의 주인 정여창은 역대로 공맹의 심학을 전한 뛰어난 학자였으며, 악양정은 역사 속 그의 삶의 지취와 더불어 혼란한 이 시대를 살아가는 지식인들에게 학문적 정신적 지표로 인식되었던 공간이라 하겠다.

先生之名與焉 夫傳孔孟心學 是其本也 先生平日著述盡火於戊午之日 微言至論惜乎其無所尋推 然知其爲孔孟心學之傳 則先生道學之盛履歷之 故皆不待他求而得之於此矣 …… 蓋因其地 必思其人 思其人 必慕其道 余之所以眷眷致意於先生之道之所本 亦豈爲無所據哉"

21) 河謙鎭, 『晦峯集』 권35 「岳陽亭重修記」. "岳陽亭 是在頭流山下蟾津江上"

22) 鄭載圭, 『老柏軒集』 권34 「岳陽亭會遊記」. "載圭與湖南友人鄭季方 有蕭寺之約 過岳陽 金君豐五偕焉 豐五嘗寓於是 與居人朴生濟翊劉生啓承李生炳憲炳郁鄭生基洙 議掃遺墟 修講契 以致地荒井廢之感 而以余過 是置酒相邀 設小學講會 會者數十人 各誦一章 酒一巡而止 豐五遂歌孤舟大江之句 亂之以寒暄小學詩一絶"

2. 사(士)의 처세와 수신 강조

  유교사회에서의 전통적 출처관은 공자의 흥사행장用舍行藏이다.[23] 출사하면 세상을 위해 자신의 능력을 발휘하고[用行], 등용되지 않으면 물러나서 수신修身을 통해 꾸준히 도를 간직하는 것[舍藏]을 일컫는다. 사인에게 있어 '사장'은 '용행'만큼이나 중요하고도 절실한 가치덕목이었다. 특히 '사장'은 난세의 사인이 자신 삶의 지취를 부지하고 확립하는 실천 방법이었다. 누정은 혼란기에 출사하지 않은 사인이 수신을 통해 자신의 정체성을 찾는 공간이었으며, 때문에 그 공간에 투영된 인식은 남다른 의미를 부여하지 않을 수 없었다.

  『주역』에 이르기를 "경(敬)으로써 안을 곧게 하고, 의(義)로써 밖을 방정하게 한다[敬以直內 義以方外]"라 하였다. 정부자(程夫子)는 이 뜻을 찬술하여 "경과 의를 함께 끼고 있다[敬義夾持]"라 하였고, 주자 또한 "경과 의를 함께 세운다[敬義偕立]"고 하였으니, 대개 이 모두는 안팎으로 서로 공력을 다하여 없애서는 안되며, 그 중 하나라도 없애면 학문이 아님을 말한 것이다. 우리 남명 조선생께서는, 자신의 학문을 이 두 가지로써 주된 근본으로 삼아, 늘 '우리 집안에 경과 의가 있는 것은 마치 하늘에 해와 달이 있는 것과 같다'고 말씀하셨으니, 이것이 바로 협지(夾持)와 해립(偕立)의 설이다. 후에 또 겸재 하선생이 남명을 사숙하여 그 학문을 전수받았는데, 공은 겸재의 조카이다. 가학으로 물려받아 마음에 체득해서는 복심(服心)하여 행함에 근본이 있었다. 그러므로 '직방(直方)'으로써 그 재(齋)를 이름하였다.[24]

  직방재는 하동 옥종에 세거했던 하철河澈 1635~1704의 독서 공간이

---

23) 『論語』「述而」. "子謂顔淵曰 用之則行 舍之則藏 惟我與爾有是夫"
24) 河謙鎭, 『晦峯集』권33 「直方齋重建記 庚午」. "易大傳曰 敬以直內 義以方外 程夫子贊其義曰 敬義夾持 朱子亦曰 敬義偕立 蓋皆言內外交致其功 不可以廢 一有廢 則非學也 而至我南冥曹先生 其學以是二者爲主本 恒言以爲吾家之有敬義如天之有日月 此夾持偕立之說也 後又有謙齋河先生 私淑於南冥 以傳其學 而公謙齋之從子也 擩染家庭 驗之於心 而服行有素 故以是名其齋"

다. 그가 세상을 뜬 후 폐허로 변해 없어졌던 것을 1918년 그의 후손들이 중건하였다. 옥종에 세거하는 진양하씨는 하항·하수일·하홍도로 이어지는, 남명南冥 조식曺植의 학문을 전수받은 대표적 문중이다. 하철의 부친 낙와樂窩 하홍달河弘達 1603~1651은 하홍도의 동생이었으니, 그 역시 남명학의 자장 속에 있던 한 사람이다.

또한 남명학은 경의학敬義學이라 일컬어질 만큼 심성 수양에 있어 경과 의를 중요시하였다. 조식은 『주역』곤괘 문언전文言傳의 '경이직내 의이방외敬以直內 義以方外'의 실천을 일생의 목표로 삼았던 인물이다. 경의를 하늘에 떠 있는 해나 달과 같다고 한 언급[25]에서 그가 얼마나 이의 실천에 절박하고 치열한 노력을 기울였는지 알 수 있다.

19세기 중반 이후 강우지역에는 인조반정 이후 미미했던 학문 활동이 다시 크게 일어나 각 지역에서 수많은 학자가 배출되었고, 지역의 선현인 조식을 정신적 지주로 추숭하고 그의 정신을 본받아 한말의 난세를 극복하려는 강한 동질감을 형성하였다.[26] 「직방재기」에 투영된 의식은 이와 동일한 맥락에서 이해할 수 있다. 곧 직방재는 하항·하수일·하홍도로 전해진 남명의 경의를 본받아 부단히 수신에 힘쓰고, 나아가 이를 통해 사의식이 부지되기를 바라는 염원의 공간이라 할 수 있다.

악양정에서 그리 멀지 않은 곳에 거주했던 손광언孫光彦은 최숙민에게 조부가 물려준 일신재日新齋의 기문을 청하였다. 진정 일신하고자 한다면 그곳에서 혼자 일신하면 그뿐인데 굳이 기문을 받으려는

---

25) 鄭仁弘, 『來庵集』권12 「南冥曺先生行狀」. "最後 特提敬義字 大書窓壁間 嘗曰吾家有此兩箇字 如天之有日月"
26) 최석기, 「晚醒 朴致馥의 南冥學 계승 양상」, 『남명학연구』23집, 경상대 남명학연구소, 2007, 235~239쪽.

이유를 묻자, 손광언은 조부가 '일신재'라 명명한 그 뜻을 지키고 또 자신을 경계하고 면려하기 위해서라고 답하였다. 이에 최숙민은 '일신'이 상탕商湯·공자孔子·증자曾子로 이어진 성학聖學의 요체임을 강조하고, 유독 이 두 글자로 누정명을 삼아 자손을 위한 계책으로 남겨준 조부의 뜻을 상기시키며, '일신'의 방법을 제시하였다. 곧 '일상생활에서 존양성찰을 통해 늘 두려운 듯 경계하고 노력하여, 선과 옳음을 지향하고 악과 그름을 배격하며, 알지 못하고 능하지 못한 것을 알게 하고 능하게 하며, 이미 알았거나 능했던 것을 더욱 넓게 알고 정치精緻하게 능한다면 새롭고 또 새로워져서, 궁극엔 명덕明德의 차례와 성덕盛德의 실상이 내 몸에 갖추어지게 될 것'이라 하였다.[27] 한 순간도 혹 게을러지거나 소홀해질까 두려워하여 욕기浴器에 적어 경계로 삼았던 탕왕처럼, 일상생활 속에서 늘 두려운 듯 경계하여 날로 새로워지고, 궁극엔 품부 받은 본성을 온전히 하는 데까지 나아가기를 면려하고 있다. 이는 퇴처한 사인이 실천할 수 있는 전형적인 사장舍藏의 실천 방법이다. 최숙민은, 아울러 이는 애초 고원해서 실천하기 어려운 것이 아니라 일상 속에서의 꾸준한 실천만이 최선임을 덧붙여 강조하였다.

손광언은 생애가 자세치 않으나 이 시기 하동지역 인물의 기록에 빈번히 등장한다. 악양정 인근에 거주하며 악양정의 소학강회小學講會에도 적극 참여하는 일원이었다.[28] 그가 존양성찰을 통해 도학 공부에 얼마나 진력했는가는 「몽회실기夢晦室記」에서도 확인할 수 있다.

---

27) 崔琡民,『溪南集』권24「日新齋記」.
28) 文晉鎬,『石田遺稿』권2「花岳日記」. 1901년 문진호는 손광언을 비롯한 인근의 학자들과 함께 정여창의 유적지를 중심으로 하동 화개와 악양정 일대를 유람하였다.

지금 천하는 어떤 세상이며, 그대가 사는 데는 또한 어떤 곳인가. 악양정에서 『소학』을 읽는 소리가 한 번 끊어진 이후로 3백 년 동안 사방의 산에는 온통 사찰이나 굿을 하는 곳뿐이다. 지금 그대가 그 사이에서 태어나 능히 스스로 힘써 배워야 할 것을 알고서 문을 닫아걸고 독서하니, 선생의 없어지지 않은 정령이 혹이에 감응한 것이리라. 기이하도다, 그대의 꿈이여. 선생은 우리나라에 학문을 열어준 현인이다. 백세의 세월이 지났는데도 하룻밤 사이에 친히 벽이(辟咡)의 가르침을 받게 되었으니, 그대의 학문은 진정 잠잘 때나 깨어있을 때에도 하사받았다고 할 만하다. 원컨대 그대는 힘쓸지어다. 부지런히 날로 새롭고 또 새롭게 하여, 깨어있어도 잠잘 때와 다르지 않고 잠잘 때도 깨어있을 때와 다르지 않아, 잠잘 때나 깨어있는 사이에도 늘 선생을 대하듯 한다면, 선생의 뜻을 저버리지 않을 것이며, 또한 아침저녁으로 선생과 만난다고 할 수 있을 것이다.[29)]

이택환李宅煥 1854~1924이 산석山石 김현옥金顯玉 1844~1910과 함께 악양정 소학강회에 참여했다가 일신재에 들렀는데, 몽회실이란 편액이 있었다. '몽회'의 뜻을 물으니, 어느 날 꿈에 회헌晦軒 안향安珦, 1243~1306이 자신의 책 읽는 소리를 듣고 나타나 격려의 말을 남겼기에, 그 뜻을 잊지 않기 위해 몽회헌이라 명명했다고 하였다. 안향은 우리나라에 주자학을 도입한 최초의 인물로 받아들여지고 있다.

일상생활에서 부단한 수신을 통해 일신해가는 사인의 공부는 때와 장소를 가리지 않는다. 깨어있든 잠잘 때든, 어느 한 순간도 자신의 마음을 속이지 않는 신독愼獨을 무엇보다 강조하였다. 성찰을 통해 인욕과 물욕을 제거하고, 마음에서 일어나는 선악의 기미마저 다스려서 천리를 보존하는 것을 중요한 실천덕목으로 생각하였다.

주공周公의 도를 실천하기 위한 공자의 집념은 꿈에서도 주공과 만나고자 했던 일화로 유명하다. 이는 이후 도를 향한 사인의 실천적 의

---

29) 李宅煥, 『晦山集』 권8 「夢晦室記」. "今天下何世 子之所居又何地 一自岳陽亭小學聲絶 寥寥三百年間 但見環山四面 盡是祈佛賽神 今子生出其間 能自知力學 杜門讀書 先生未泯之靈 其或感應於是也歟 異哉 子之夢也 先生吾東倡學之賢也 百世之下 親承辟咡之詔於一夜之間 君之學 眞可謂卜於夢寐者矣 願光彦俛焉 孜孜日新又新 覺不異夢 夢不異覺 夢覺之間 常若對越先生 則庶不負先生 而亦可謂朝暮遇也夫"

지를 표상하게 되었는데, 깨어있는 시간은 물론 잠든 때에도 그 마음을 내려놓지 않는 긴장을 일컫는다. 전통유학의 도가 실추되고 이학異學이 성행하던 한말의 난세에 손광언은 수신을 통한 일신을 염원하였고, 몽회실은 그의 일념이 투영된 공간이었던 것이다.

누정 공간에 대한 이러한 인식은 특히 16세기 누정기에 집중적으로 나타난다. 16세기가 성리학적 세계관의 정립 및 고착화로 인해 그 이념체계를 누정 공간을 통해 구현하려는 의식이 강했다면,[30] 19~20세기 하동 누정기에 투영된 사인의 수신과 학문을 강조한 공간인식은 한말의 혼란한 사회상황 속에서 쇠락해 가는 전통유학의 도를 부지하고 확립하려는 당대 지식인의 안타까움과 고집스러움이 반영된 것이라 하겠다.

3. 성리학적 세계관에 의한 천리 구현

하동 누정기의 저자는 대체로 19~20세기 강우지역에서 활동하던 유학자들이다. 이 시기 강우지역의 학술은 학맥과 당파를 초월하여 활발한 활동과 함께 학문적 발전을 이룩하였는데, 표에서 보이는 조성가·최숙민·최익현崔益鉉·박치복朴致馥·김인섭金麟燮·조긍섭曺兢燮·권재규權載奎·문진호·이택환 등이 주도적인 인물이다. 학파 간 다소 차이가 있으나, 이들이 강한 결속력과 치열한 논쟁을 통해 공통적으로 강조했던 것은 리理의 절대적 가치이다. 그들은 한말에 몰아닥친 외세의 침략과 일제의 야욕, 이로 인해 해체되어 가는 전통유학의 봉건적 질서를 회복하는 길은 리의 가치를 존숭하는데 있다

---

30) 박종우, 「누정기를 통해 본 조선중기 지식인의 공간의식」, 『동아시아고대학』 14집, 동아시아고대학회, 2006, 467~468쪽.

고 믿었다. 한말의 위태로운 시대 상황을 절대 선의 세계로의 회복만이 구제할 수 있는 유일한 대안이라 여겼던 것이다.[31] 따라서 전통적으로 계승되어 온 리의 절대성을 더욱 강화시키고 발전시키는 방법을 통해 시대변화를 이해하고 대응하려 하였다. 이 시기 유학자들의 이러한 사고는 그들의 누정기에도 그대로 표출되어 있다.

> 사람들은 하한정이 시원하다는 것만 알고 구릉이 높은 줄은 알지 못하며, 구릉이 높은 줄은 알지만 들판이 트였음을 알지 못하며, 들판이 트였음을 알지만 옥산(玉山)과 병천(屛川)이 장송(長松)을 도와 시원하게 해주는 것임을 알지 못하니, 어찌 옳겠는가. 이 구릉과 들판의 산천이 추위와 더위를 뒤바꾸어 조물주의 공효를 뺏는 것은 알지만, 하늘의 조화가 춥기도 하고 덥기도 하여서 숱한 아름다움을 베풀고 인간 삶을 은혜롭게 하는 공효임을 알지 못한다면, 이 또한 말단을 얻고 근원을 버리는 것이니, 더 더욱 옳겠는가. 그렇다면 하한정의 창건이 어찌 유상(遊賞)의 즐거움과 기거(起居)의 적의(適意)함만 추구한 것이겠는가.[32]

하한정夏寒亭은 1881년 하동의 인사 26인이 공동 건립한 정자로,[33] 당나라 시인 왕유王維의 '낙락장송하한자落落長松夏寒者'란 시구에서 누정명을 취하였다.[34] 현 하동군 옥종면 청룡리에 위치한다. 그 주변 경관을 살펴보면 사방이 툭 트인 평지에 야트막한 둔덕이 있고, 둔덕 위

---

31) 김낙진, 「17세기~19세기 강우 유학의 흐름과 쟁점」, 『남명학연구』15집, 경상대 남명학연구소, 2003, 212~219쪽; 이숙인, 「개화기(1894~1910) 유학자들의 활동과 시대인식」, 『동양철학연구』37집, 동양철학회, 2004, 39~41쪽.
32) 李道黙, 『南川集』권6 「夏寒亭記」. "人知是亭之寒 而不知是邱之敞 知是邱之敞而不知是野之曠 知是野之曠而不知玉山屛川助長松而爲寒 則豈可乎哉 知是邱是野之山之川 反寒暑 奪造化之功 而不知天之造化能寒能暑 設衆美 惠居人之功 則是亦得其末而遺其本 尤豈可乎哉 然而亭之創也 豈顓遊賞之娛起居之適而已"
33) 鄭光鉉, 『晉陽誌續修』권4 亭臺 夏寒亭條. "在州西良邱村 今可東玉宗 哲宗時 州內人士二十六人河經範鄭光愚鄭宅秀鄭宅仁鄭允敎李有完梁柱昊梁柱漢李有濟梁柱基崔孝淑李有臣崔相恂河圖範李宰璜白南斗梁世煥李寅商鄭翰贊李敦必李益必崔相敏李夏元李弘必梁柱瓔李壽熙 修契創建 初名三夏亭 後改今名 興宣大院君書額以揭之 后孫立碑以紀蹟"
34) 王維의 「田園樂七首」중 네 번째 시이다.

의 하한정을 수백 년은 됨직한 소나무가 둘러싸고 있다. 하한정에 서면 위 인용문에서 일컫듯 야트막한 구릉, 툭 트인 들판, 사방에서 불어오는 바람, 소나무가 만들어주는 그늘 등이 여름에도 시원함을 제공해 준다.

하한정에서의 이런 시원함은 마치 누정이 지닌 입지 조건에 의한 것인 듯하나, 이를 궁구해보면 하한정이 위치한 옥종지역의 여러 주변 환경, 예컨대 하한정에서는 보이지 않지만 옥종의 안산案山인 옥산과 그 골짜기에서 흐르는 병천 등이 이루어낸 조화의 결과이며, 나아가 조물주의 천리 운행의 순리가 더해져 나타나는 현상이다. 눈으로 보이는 현상으로만 인식하여, 정작 그 근원을 알지 못하는 인간의 우둔함을 함께 지적하고 있다. 이도묵李道黙 1843~1916은 하한정이 사인들의 유상을 위한 교유 공간일 뿐만 아니라, 그 주변 경관을 통해 천리가 운행하고, 나아가 그로 인한 인간 삶의 근원까지도 궁구하는 공간으로 해석해 내고 있는 것이다.

누정의 주변 경관을 통해 천리 유행과 그 속에서 살아가는 인간 삶의 이치를 핍진하게 그려낸 것은 함월정涵月亭의 공간이다. 아래 글을 읽어 보자.

함월정은 소쇄하니 시냇가에 위치한다. '함월'이라 이름하였으니, 그 뜻은 어디에 있는가. 이 시내는 도덕산(道德山)과 사림산(士林山) 사이에서 발원하여, 정자 아래에 이르면 깊은 웅덩이에 물이 모인다. 또한 서쪽에 있는 월봉(月峰)은 바라보면 우뚝하다. 이에 군자가 도덕을 온축하고, 물과 달을 함허(涵虛)한 뜻을 취합하여 이름한 것이다. 지금 모든 시내의 물은 하나이다. 천하의 달도 마찬가지다. 얕은 여울이나 급류에 달빛이 비치면 그 달빛을 충분히 받아들이지 못하여, 혹 구불구불 비추기도 하고, 혹 흘러가며 비추기도 한다. 갑작스레 움직이고 순간적인지라 그 전체 달 모양을 갖추지 못한다. 반드시 고요한 물과 맑은 못에 비추어야만 떠있는 달빛이 금빛처럼 빛나고 고요한 달그림자가 벽에 잠긴다. 고요한 밤 사물을 관찰하면 그 본체가 다 드러나고, 사람의 생각으로 하여금 환해져서 군자의 학문과 통하게 한다. 안과 밖이 서로 길러주니, 정(靜)할 때는 천하의 큰 근본을 함양하고 동(動)할 때는 일상의 흐름을 체험하게 한다. 동정이 상수(相須)하고 체용(體用)이 떨어지지 않는다. 그러나 그 귀착점을 궁구해보면 반드시 정으로써 근본을 삼으니, 또한 물이 지극히 고요한데 달이 그 물을 비추는 것과 같다. 함양하는 바가 없으면 물화(物化)에 꾀여 흔들리며 따라 흘러가게 된다. 귀의할 바가 없는 것은 비유컨대 얕은 여울의 물살이나 급한 여울에 비친 달빛과 같다. 그렇다면 이 정자는 태극동정(太極動靜)을 함양하는 도구가 되는 곳이니, 주자(周子)가 인극(人極)을 세운 뜻이 이곳에 있으리라. 진실로 아침저녁으로 종사하여 심체(心體)를 가라앉히고 도에 나아가는 방법을 궁구한다면 누가 막으리오.[35)

함월정은 횡구橫溝 조성택趙性宅 1827~1890이 만년에 장수하던 곳이다. 조성택은 조성가의 동생으로, 형과 함께 기정진의 문하에서 수학하였다. 조성가가 쓴 조성택의 행장에 의하면 '옥종 월횡마을의 안산이 가사산佳士山이고 그 아래로 도덕천道德川이 마을을 감싸며 흐르는데, 시냇물이 흘러와 함월정 앞에 모여 못이 되었다. 밤이 되면 그 못에 달이 잠기고, 그 맑은 달빛이 정자를 가득 비춘다고 하여 함월정이라 이름했다.'[36)고 한다. 함월정은 조성가 형제가 함께 학문을 연마하던 강학처이다. 누정기의 저자 단계端磎 김인섭金麟燮 1827~1903은 성재性齋 허전許傳의 문하에서 수학하였으나, 조성택 형제와 학맥을 초

---

35) 金麟燮, 『端磎集』 권10 「涵月亭記」. "有亭蕭灑臨于溪上 名以涵月 其義何居 是溪也 發源於 道德士林兩山之間 至亭下 涵泓淳溢 又西有月峰 望之儼然 於是 取君子蘊畜道德涵虛水月之 意 合以名之者也 今夫萬川之水 一也 天下之月 相似也 而淺灘急瀨 月光烓之 則不能洽受月光 或斜暎焉 或流照焉 剗動倏忽 全體不備 必於止水澄潭 而來照之 則浮光躍金 靜影沈壁 靜夜觀 象 本體呈露 使人意思豁然以通君子之學 內外交相養 靜以涵天下之大本 動以驗日用之流行 動靜相須 體用不離 然究其歸 則必以靜爲本 亦如水之至靜而月烓之也 其無所涵養而知誘物化 流徇歆側 無所歸宿 譬之淺灘之水急瀨之月也 然則斯亭也 涵太極動靜之具 而周子立人極之義 其在斯乎 苟能朝夕從事 潛心體動 究其進道也 孰禦"
36) 趙性家, 『月皐集』 권18 「二弟橫溝處士行狀」. "村之案山曰佳士山 下一灣曰道德川 抱村而流 川之左有一片奧區 崖石頗勝 營起亭榭 塗堊甚精 與家相對若近而遠 水至亭前而泓 夜來星月 涵泳於鏡中 故扁之曰涵月亭"

월하여 교유하였다.

성리학적 세계관 속에서의 이기理氣 관계는 대개 물과 달[水・]月로 비유되어 왔다.37) 이때의 리는 달이며, 기는 물이 된다. 리는 다시 공동리共同理와 분수리分殊理로 나눌 수 있는데, '공동리'가 바로 '상천지월 인극지리上天之月・太極之理'이며, '분수리'는 곧 '수중지월水中之月'이다. 이것이 바로 구체적 현실 속에서 때와 장소에 따라 다른 모습이나 형태[水]를 통해 하나의 가치[月]를 실현할 수 있다는 리일분수理一分殊의 가치론적 해석이라 하겠다.

'하늘의 달'은 곧 만물에 깃들어 있는 절대 선善인 리이다. '하늘의 달'이 비추는 '만천萬川 속 달'은 물[水]의 상태에 따라 변한다. 얕은 여울이나 급류에 비친 달빛은 구불구불하여 달의 전체 모양을 갖추지 못한다. 반드시 고요하고 맑은 물에 비추어야만 달의 온전한 모습을 갖출 수 있다. 그러나 물에 비친 달이 어떤 모습이든, 하늘의 달은 여전히 하나이다. 달과 물은 그 형체가 비록 다르나 이치는 하나인 것이다.

인간의 수양과 학문도 마찬가지이다. 고요하고 맑은 물이 온전한 달의 모습을 담아내듯, 인간 또한 마음을 고요한 상태로 유지하고 수양해야만 하늘로부터 품부받은 본성을 회복할 수 있다. 정시靜時의 함양과 성찰을 통해서만 절대 선인 리의 세계에 도달할 수 있다. 이러한 정시의 수양은 곧 지극히 고요한 물속에 달이 비추는 것과 같은 이치라 말하고 있다. 온전한 달의 모습을 담는 물처럼, 마음도 지극히 맑고 고요한 상태를 유지해야만 사람의 생각이 환해져서 군자의 학문과 통하게 되고, 안과 밖이 서로 길러주게 되는 것이다. 박치복은 "주

---

37) 李滉, 『退溪集』 권17 「答奇明彦」. "天地之性 譬則天上之月也 氣質之性 譬則水中之月也 月雖若有在天在水之不同 然其爲月則一而已矣 今乃以爲天上之月是月 水中之月是水 則豈非所謂礙者乎"

자가 시에서 '긍과심월야동고肯誇心月夜同孤'라고 하여 '마음'을 '달'로 보았고, 쌍호雙湖 호일계胡一桂는 '만물이 각각 태극을 갖추고 있음은 마치 달이 모든 시내에 있는 것과 같다.'라고 하여 '태극'을 '달'로 인식하였으며, 소옹邵雍은 '건괘가 손괘를 만났을 땐 달을 살핀다'고 하여 선천도先天圖의 우방右方 32괘를 모두 '달'로 보았다."38)고 하였으니, 이는 성리학자가 그들의 세계관 속에서 견지하고 있던 보편적 시각이었음을 알 수 있다.

김인섭과 박치복이 인식한 함월정은 바로 이러한 천리가 구현된 공간이었다. 만물이 리를 포함하고 있듯, 그러한 리의 상징인 달을 품고 있는 곳이 함월정이다. 그 달[理]이 함월정 앞의 도덕천에 비치는 형상은 천리가 도덕천에 잠기는 것과 같다. 곧 '함월'은 '함리涵理'가 되며, 이 함월정은 이러한 천리 운행의 이치가 투영된 공간이 되는 것이다.

누정기의 서술방식에 의거해 본다면, 하한정과 함월정 기문은 사경寫境과 의론議論 형식이 복합적으로 나타나는데, 특히 사경에 치중하여 기술하고 있다. 누정의 위치와 주변 경관과의 배치 등을 통해 추구하려는 의식과 염원을 누정 공간에 투영하는 방식이다.

> 운곡(雲谷)은 남쪽 지방에 있으니, 고정(考亭)의 근근(勤謹)함을 본받고자 함이다. 한천(寒泉)이 손지(巽地)에서 솟아나니 정사를 열어 진덕수업(進德修業)할 만하다. 작은 시냇물이 뜰 섬돌 앞으로 콸콸 흘러가니 그 근원을 궁구해 보면 좌우에서 만나고, 덕천(德川)이 중안(重案) 밖에서 흘러가니 그 물결을 거슬러 올라가면 예가 삼천 가지가 있으니, 사문은 여기에 있는 것이 아니겠는가. 산수의 아름다움을 다 모았다고 할 만한데, 아, 이곳을 어찌 차마 버리겠는가.……이교(異教)가 비록 성행하나 저절로 쇠할 것이요, 정학(正學)이 이미 끊어졌으나 다시 이어

---

38) 朴致馥, 『晚醒集』 권12 「涵月亭記」. "朱子詩曰肯誇心月夜同孤 心亦月也 雙湖胡氏曰 萬物各具太極 如月在萬川 太極亦月也 邵子曰 乾遇巽時觀月窟 先天圖右方三十二卦 皆月也"

질 것이다. 땅으로써 사람이 드러나니, 사림산의 명성이 온 천하를 떨칠 것이다. 사람으로써 도가 보존되니, 우리의 가르침은 만승(萬乘)에 더해질 것이다. 인륜은 하늘로부터 정해지고, 세상은 집집마다 다 봉해줄 만큼 성인의 교화가 점점 높아갈 것이다. 영웅호걸은 땅의 영험함을 말미암으니, 세상에선 진유(眞儒)가 배출되기를 기대할 만 할 것이다.[39]

모한재는 하홍도가 물러나 고반지락考槃之樂을 즐기며 학문에 전념하던 공간으로, 주자의 한천정사寒泉精舍에 비의하여 명명하였다. 이 글은 1936년 모한재를 이건할 때 지은 상량문의 일부이다.

주지하듯 '한천정사'는 주자가 모친 사후 여묘 근처에 세운 강학처이다. '한천'은 자식이 부모를 그리워하고 효도하는 마음을 담고 있다.[40] 맹자는 '근원에서 솟은 샘물이 흘러가서 밤낮으로 멈추지 않는다.'[41]고 하였다. 샘은 근원이니, 우물을 파서 샘을 얻는 것은 근원을 만난다는 의미이고, 물에 근원이 있음은 사람에게 조상이 있는 것과 같다. 곧 부모는 세상을 떠났지만, 우물을 파서 샘을 얻듯, 근원인 부모에 대해 지극한 정성을 다해 효도하면 돌아가신 어머니를 만날 수 있다고 여긴 것이다. 이는 학문과 수양의 방법에서도 마찬가지이다. 자연의 이치, 곧 도의 근원을 향해 어머니를 그리듯 성실히 궁구하면 천리에까지도 도달할 수 있다는 뜻으로 그 의미를 확장해 볼 수 있다.

주자가 쉬지 않고 흘러가는 시냇물을 통해 천리의 유행을, 나아가 자신의 수양의 극처를 보여주었듯,[42] 하홍도는 모한재라는 공간을

---

39) 河弘道,『謙齋集』권9「慕寒齋上樑文丙子 齋在士林山下」. "雲谷在南方 願效考亭之勤謹 寒泉湧巽地 可搆精舍而進修 小澗奔放於庭除之前 窮其源而原逢左右 德川下流於重案之外 泝其波而禮有三千 而斯文不在玆乎 可謂山水之萃美 粤此地安忍棄也……異敎雖盛而自衰 正學旣絕而復續 地以人顯 士林之名震於八方 人以道存 吾輩之敎加於萬乘 彝倫自天敍 俗漸躋比屋可封 豪雄由地靈 世可期眞儒輩出"

40)『詩經』邶風「凱風」. "爰有寒泉 在浚之下 有子七人 母氏勞苦 睍睆黃鳥 載好其音 有子七人 莫慰母心"

41)『孟子』「離婁 下」. "孟子曰 原泉混混 不舍晝夜 盈科而後進 放乎四海 有本者如是 是之取爾"

통해 똑같은 방식으로 자신이 추구하려는 도의 근원을 찾으려 하였고, 한말 지식인들은 폐허가 된 모한재 공간을 다시 이건하면서 그 공간에 투영된 선현의 의식을 본받고자 하였다. 곧 근원이 있는 물이 썩지 않고 계속 흘러가는 모습은 천리가 끊임없이 유행하는 모습을 보여준다. 한말의 학자들은 모한재를 통해 구도求道 및 존도尊道의 의지를 다지고 주자의 근근함을 본받고 노력하여 당시의 어려운 시기를 극복하고자 하였던 것이다.

IV. 결론

이상으로 현재까지 발굴된 하동 누정기를 분석하여 누정에 투영된 공간인식을 살펴보았다. 지금까지의 논의를 정리해 보면 다음과 같다.

하동지역 누정은 19~20세기에 건립되거나 중건된 사례가 많고, 누정기 저자 또한 이 시기 강우지역 학자에 집중되어 있다. 따라서 하동 누정기에는 한말 강우지역 지식인의 의식세계가 그대로 반영되어 있다고 할 수 있다. 누정 명칭에 해석을 가미하는 의론류 서술의 누정기가 압도적으로 많기는 하나, 안식정이나 직하재처럼 누정이 위치한 지역적 특성을 살려 공간인식을 표출한다거나, 하한정과 함월정처럼 누정의 주변경관과 누정명을 복합적으로 활용하여 작자의 염원을 누정공간에 투영하는 방식을 확인할 수 있었다. 이는 누정이 실질적 생활공간으로서의 기능보다는 다분히 관념적이고 이념적인 공간으로 해석되고 있었음을 의미한다.

---

42) 朱熹, 『晦庵集』 권2 「觀書有感二首」. "半畝方塘一鑑開 天光雲影共徘徊 問渠那得淸如許 爲有源頭活水來 昨夜江邊春水生 蒙衝巨艦一毛輕 向來枉費推移力 此日中流自在行"

무엇보다 하동 누정기에 풍류 공간으로서의 해석이 보이지 않는 것은 특기할 만하다. 이는 하동 누정 중 경관이 빼어나기로 이름난 섬호정蟾湖亭에서도 확인할 수 있다. 섬호정은 하동향교의 뒷산인 갈마산 정상에 위치하는데, 그곳에 올라 사방을 조망하면 섬진강이 호수처럼 아름답게 보인다고 하여 '섬호정'이라 이름하였다. 섬호정은 섬진강의 유려流麗한 모습뿐만 아니라, 광양의 백운산과 지리산의 절경까지도 아우르는 勝景이다.

그러나 「섬호정기蟾湖亭記」에서는 그 빼어난 경관을 칭송하기보다 악양정에 은거했던 정여창의 삶과 섬진강을 따라 지리산을 유람했던 남명 조식[43] 등의 절의와 도학의 공간으로 비의하여 인식하고 있다. 예컨대 "무릇 선현이 지나간 곳은 그 흔한 풀 한 포기 나무 한 그루 바위 하나 돌 한 개도 모두 내 마음을 발현시킬 만한데, 하물며 호수와 산은 정기를 띠고서 오래도록 없어지지 않으니, 그 경물을 붙잡고서 천 년 전의 일도 마치 어제인 듯 생각을 불러일으키는 데 있었으랴. 아! 그 사람을 그리워하면 반드시 그 행적을 흠모하고, 그 행적을 흠모하면 반드시 그 마음의 학문을 터득하고자 한다. 하동의 인사는 더불어 힘써 두 선생의 마음을 체득하고 학문을 배우는데 게을리 하지 않으니, 이곳에 등람하는 것을 즐길 뿐만 아니라 이 정자가 천하에 알려지는 것 또한 멀지 않았다."[44]라고 하였다. 이들에게 있어 자연경관은 정신적 의식적 이념의 매개이며, 그 속에 위치한 누정 공간을 같

---

43) 조식은 1558년(성종 13) 4월 10일부터 26일까지 지리산 청학동 일대를 유람하였다. 합천 삼가를 출발하여 사천에서 배를 타고 섬진강을 따라 화개로 들어갔다. 「遊頭流錄」이 전한다.

44) 河謙鎭, 「蟾湖亭記」. "夫先賢所過之地 雖尋常之 一草一木一岩一石 俱可以發吾耿 矧乎湖山 猶帶精光久而不沬沬攬物 起想千載如隔晨者乎 噫 思其人 必慕其蹟 慕其蹟 必欲得其心之學 河陽人士 其相與勉力 無怠體二先生之心 學二先生之學 無徒登覽之爲快 而使斯亭 廣之天下 則幾矣"

은 맥락에서 인식하고 해석해내는 것은 당연한 귀결이라 할 수 있겠다.

그러나 지금까지 논의는 하동 누정기에 한하여 살펴 본 것이다. 누정문학 연구의 중요한 자료는 누정기 외에도 제영시 등이 있다. 산문체인 기문과 달리 제영시는 운문이다. 기문이 사실 위주의 서술방식이라면, 운문은 정감을 표현한 노래이다. 제영시에 나타난 누정 공간에 대한 인식은 다른 기회를 기다린다.

▶ 이 글은 2012년 『남명학연구』 제34집에 실렸던 「누정기에 나타난 하동 누정의 공간 인식」을 재수록한 것임.

조선산악회와 지리산 투어리즘

박찬모*

Ⅰ. 서언

예부터 지리산은 삼신산三神山의 하나인 방장산方丈山으로 일컬어 졌으며, 신라시대에는 나라를 진호鎭護하는 남악南岳으로 중사中祀에 올랐다. 신선神仙과 불사약不死藥, 그리고 나라의 환란을 통어하는 권 능성 등으로 지리산은 신산神山으로 인식되었다. 더불어 조선시대에 는 여러 유학자들이 심성을 수양하는 수신처이자,[1] 민중들이 기복을 비손하던 산신 신앙의 제장祭場이었다.[2] 지리산은 신산이면서도 천

---

* 순천대 지리산권문화연구원 인문한국 교수.

1) 조선조 지식인의 지리산 인식에 대해서는 강정화, 「지리산 遊山記에 나타난 조선 조 지식인의 산수인식」, 『남명학연구』 제26집, 경남문화연구원, 2008 참고.
2) 지리산 산신제에 대한 통시적인 고찰은 김아네스, 「지리산 산신제의 역사와 지리 산 남악제」, 『남도문화연구』 제29집, 순천대 남도문화연구소, 2011 참고. 성모에 대한 조선조 유자들의 인식은 김지영, 「지리산의 성모에 대한 조선시대 유학자들

지의 이치와 운행, 그리고 삶의 희원을 현시하는 성산聖山으로 인식되었던 것이다.

그러나 20세기 들어 지리산의 고봉연산과 대삼림은 식물학과 위생 담론 등 근대적 지식 체계와 담론에 의해 재－현되어re-presented 지리산에는 제국대학의 연습림3)과 '선교사 휴양촌'4)이 조성되었다. 그리고 점차 휴양촌이 입소문을 타며 지리산이 최적의 피서지로 거론되었다. 동시에 금강산이 "기생탕자들의 놀이터"5)로 '속화俗化'되자, 지리산은 천혜의 생태계와 자연경관, 명승고적을 두루 갖춘 명소로, 그리고 '박물 채집'과 '체위 향상'6)을 도모할 수 있는 연습장演習場으로 인식되기 시작하였다. 1936년 전남실업연합대회 등에서 촉발되어 다음해 교토 제국대학의 다무라[田村] 박사와 전라남도·경상남도의 타당성 조사와 실지답사까지 진행된 지리산 국립공원화7)는 일종의

의 인식과 태도」, 『역사민속학』 제34집, 한국역사민속학회, 2010 참고.

3) 『개벽』지의 '조선문화의 기본조사'에서는, 조선총독부가 1912년 12월 12일자로 교토제국대학과 규슈제국대학에 지리산을 '80개년 장기대부' 하였다고 기록하고 있다. 각 대학이 임대한 소재지와 면적은, 교토제대가 경남 함양군 11,754 정보, 산청군 3,012정보, 합계 14,766정보이며, 규슈제대가 산청군 13,899 정보, 하동군 14,905 정보, 합계 28,804 정보이다. 「조선문화의 기본조사－일부발표」, 『개벽』 제34호, 1923.4, 27쪽.

4) '선교사 휴양촌'은 미국 남장로회 한국선교부가 1920년대에 조성한 것이다. 선교사 휴양촌의 조성 및 훼손 과정, 그리고 이것의 종교문화적 가치에 대해서는 한규무, 「지리산 노고단 '선교사 휴양촌'의 종교문화적 가치」, 『종교문화연구』 제15호, 한신인문학연구소, 2010.12 참고. 본고는 이 논의에 따라 노고단에 있었던 휴양 목적의 건물과 시설 일체를 선교사 휴양촌이라고 칭하겠다.

5) 이학돈, 「지리산 등척기」, 『조선일보』, 1936.8.11.

6) 「그리운 남국의 명산」, 『조선일보』, 1938.7.23.

7) 『매일신보』, 1936.7.20; 『동아일보』, 1937.6.12; 『동아일보』, 1937.9.13; 『매일신보』, 1937.10.5; 『매일신보』, 1938.6.12; 『동아일보』, 1938.6.20; 『매일신보』, 1938. 7.29. 『국립공원30년사』에 따르면 지리산의 국립공원화는 중일전쟁 이후 일본 자체의 국립공원 행정이 정체됨으로써 이 계획이 무위에 그치고 만다고 지적하고 있다(국립공원관리공단, 『국립공원30년사』, 1998, 99쪽). 그러나 「영봉 지리산의

투어리즘tourism8)의 후광을 얻어 추진된 상징적인 사례라고 할 수 있다.

더불어 "금강산은 그 경치에 동경憧憬하야 가는 것이고 등산을 목적한 등산은 안이다"9)라는 언급처럼 1920년대 후반부터 대두된 알피니즘alpinism으로 인해 지리산은 '남선 알프스'라 호명되며 피켈pickel을 든 '용사勇士'들을 위한 정복의 전장戰場이 되었다. 제대로 된 '답파-코스'도 없는 형편에서 양정고등보통학교 산악부 '오용사五勇士'가 '호각'과 '단도', 그리고 지도 한 장에 의지해 설봉雪峰 지리산에 올랐다. 결국 그들은 "최후의 승리를 획득한 패왕覇王"이 되었으며, 오용사에게 지리산의 "첩첩이 업데인 연맥들은 굴복"10)하였던 것이다. 간혹 근대에 들어서도 지리산을 "무격巫覡의 근본 영장靈場이자 총본영"11)으로 인식하는 예외적인 사례도 존재하지만, 뭇사람의 삿된 접

국립공원 구체화−삼도 관계협회 조직」(『매일신보』, 1941.6.12) 등을 참고할 때 중일전쟁 발발 이후에도 국립공원화는 계속 추진되고 있었던 것으로 보이며, 태평양 전쟁 개시 이후 그 논의가 정체된 것으로 보인다.

8) 투어리즘은 일반적으로 투어(tour)라고 하며, 관광으로 번역한다. 본고에서는 이 용어를 여행과 탐승 등의 용어와 함께 사용하고자 한다. 투어리즘과 여행 등의 어원과 의미, 그리고 사회학적 함의와 관련해서는 닝 왕의 『관광과 근대성』(이진형·최석호 옮김, 일신사, 2004)과 『여행과 관광으로 본 근대』(국사편찬위원회, 두산동아, 2008)의 제1장을 참고하길 바란다. 다만 본고에서는 알피니즘이, 레크레이션이나 즐거움과 같이 비도구적 목적(non-instrumental purpose)을 지닌 투어리즘에 비해 고봉 등정(등정주의)와 험로 등정(등로주의)이라는 비교적 뚜렷한 목적을 지니고 있으며, 아울러 안전과 편리, 편안함 등 소비재 상품의 특성을 갖춘 투어리즘과 달리 모험과 위험, 특정 기술 등을 수반 내지 요구하고 있는 까닭에 투어리즘과 다른 범주에서 다루고자 한다. 관광의 성격과 특성에 대해서는 닝 왕, 위의 책, 제1장 참고.

9) 이일, 「등산과 야영」, 『가톨릭청년』 1권 3호, 1933.8, 가톨릭청년사.

10) 최기덕, 「지리산 등반기」, 『조선일보』, 1937.5.5. 오용사의 지리산행에 대한 구체적인 논의는 박찬모, 「탐험과 정복의 '戰場'으로서의 원시림, 지리산」, 『한국문학이론과 비평』 15(2), 한국문학이론과비평학회, 2011 참고.

11) 이은상, 『지리산 탐험기』, 조선일보, 1938.9.20. 이은상의 지리산행에 대한 구체적인 논의는 박찬모, 「자기 구제의 '祭場'으로서의 대자연, 지리산」, 『현대문학이론연구』 제38집, 현대문학이론학회, 2009 참고.

근으로부터 지리산을 비호하던 신성한 아우라는 근대 이후 점차 약화되어 1930년대에 이르러서는 투어리즘과 알피니즘이 그 자리를 대체하였던 것이다.

한편, 1930년대 들어서는 알피니즘이 확산되면서 여러 산악단체들이 조직되었다. 여러 매체들을 통해 살펴보자면, 경성제국대학 산악부를 포함한 전문학교 산악부가 주를 이루며,[12] 중등학교 산악부로는 양정고등보통학교 산악부가 유일했다. 드물지만 지역별 산악회로 정읍군웅동산악회, 평양산악회, 영남산악회 등이, 기관 단체의 산악회로는 조선총독부 철도국 국우회局友會 산악부 등이 있었던 것으로 보인다. 그리고 조선 최초의 산악단체라고 일컬어지는 <조선산악회>가 있었다. 이들 단체 중 <조선산악회>는 비록 최초라는 상징성에도 불구하고 일본인이 중심이 되었던 까닭에 알피니스트들의 등반기록만 제시될 뿐,[13] 산악회의 창립과 회원, 주요 목표와 사업 등에 대해서는 면밀하게 천착된 바가 없다. 그렇지만 와세다대학 산악부와 간사이대학 산악부 등 일본의 주요 대학 산악부와 더불어 <조선산악회>가 조선의 여러 전문학교 산악부의 역할 모델role-model이 되었을 개연성이 다분하고, 이에 <조선산악회>의 제반 활동에 대한 연구는 조선의 여러 산악단체들의 의의와 성격, 그리고 근대적 산행의 의미 등을 규명하는 데에 유효한 단초가 될 수 있을 것이다.

따라서 본고에서는 <조선산악회>의 회지會誌 『조선산악』에 수록된 '회보會報'[14]를 바탕으로 그 산악회의 주요 활동 등을 살펴보고, 아

---

12) 해방 이전까지 보자면, 전문학교 산악부로는 연희전문학교 산악부, 세부란스의학전문학교 산악부, 보성전문학교 산악부, 법학전문학교(현 서울대학교 법과대학) 산악부, 중앙불교전문학교(현 동국대학교) 산악부 등이 있었다.
13) 손경석, 『한국등산사』, 이마운틴, 2010.
14) 회보는 제1호, 제2호, 제3호의 말미에 수록되어 있다. 각주에 주기할 때에는 편의

울러 가토 렌페이[加藤廉平]의 「남선의 산을 순회하고南鮮の山を巡りて」를 분석하여 그 산행의 성격과 특성을 규명하고자 한다. 특히 후자의 경우 일본인이 쓴 한 편의 산행기록을 통한 제한적인 접근이지만 <조선산악회>의 산행 성격을 추론하고, 더불어 1930년대에 활성화된 지리산 투어리즘의 양상과 그 함의를 규명하는 데에 중요한 밑바탕이 될 것이다.

Ⅱ. <조선산악회>와 그 주요 활동

1. 발기인 모임과 창립총회

조선 최초의 산악단체인 <조선산악회>는 1931년 10월 28일 창립한다. 이날 경성명과 3층에서 진행된 창립총회에서는 회會의 설립과 회칙을 결의하고, 임원 선거 등이 이뤄진다. 이에 따라 '조선산악회 Chosen Alpine Club'라는 명칭을 정식 공표하고, '산악에 관한 연구 및 회원 상호 간의 친목 도모'라는 목적과, '등산에 관한 적당한 사업 및 기관 잡지의 발행'을 주요 사업으로 채택한다. 이날 총회에 참석한 인원은 16명이며, 이 중 다섯 명의 이사와 한 명의 감사가 선임되었다. 훗날 11월 12일에 열린 제1회 소집회에서는 산악회 대표로 나카무라[中村兩造]를, 회계로 센파[仙波 泰]를 위촉하고, 아울러 소집회 이후 진행된 임시총회에서는 창립총회 이사 투표에서 6위를 차지한 사이토[齊藤龍本]를 이사로 추가 위촉하게 된다. 회보를 통해 확인할 수 있는 창립 회원은 23명이며, 1933년 3월 11월까지 가입한 회원 46명

상 각 호수에 따라 회보1, 회보2, 회보3으로 명기하고자 한다.

의 명단을 부기하면 <표 1>과 같다.

<표 1> 〈조선산악회〉 회원 명부(1931~1933)

비고	성 명	근무처	발기인모임		총회		
			1차	2차	1차	2차	3차
1	朴來賢	경성 응평상점			○		
2	福田 登	용산철도국 영업과			□	□	
3	本鄕鶴藏	용산철도국 기계과		○	○	△	△
4	飯山達雄	용산철도국 영업과	○	○	□	□	□
5	飯沼 貢	上三峯철도공업계					
6	伊藤春夫	鏡城공립농학교					
7	池田 茂	京城 李王職					
8	石田 榮	용산철도국 경리과					
9	加藤 要	상업	○		■	■	■
10	筧 梁	총독부 수산과					
11	高興信	경성 동척지사					
12	宮島敏雄	京城 李王職	○		□	□	□
13	前田 寬	용산철도국 기계과					
14	中村兩造	경성제대 의학부			●	●	●
15	中江和一	상업	○	○		○	
16	野野村康平	상업	○		○		
17	西本秀雄	용산철도국 경리과			○		
18	岡田 茂	철도국경성공무사무소건축공사계			○	○	
19	下出繁雄	경성동척지사	○	○	□	□	□
20	齊藤龍本	상업	書		□	□	□
21	仙波 泰	龍山進昌洋行	○	○	△	○	
22	宇土正雄	상업					
23	吉田正男	용산철도국 관리과					
	* 林茂		○		○		
	* 寺師壽一		○		○		
	* 箸尾文雄		○				
	* 三谷行南			○	○		
	* 森田定夫				○		

書: 찬성 서한, ○:참석, □:이사, ■:감사, △:회계, ●:대표 및 이사

* 회원이 아닌 참석자

** 1932년 신입회원(8명)

篠尾文雄(경성), 高草木伊達(함남 함흥군 흥남 조선질소비료회사산악부 대표), 林實眞(함북 경성군 주남공립보통학교), 竹中 要(성대예과 식물학교실), 岸浪義彦(동경), 名倉辰夫(경성), 田邊多聞(경성), 裵嘆煥(경성)

*** 1933년 11월까지 신입회원(15명)

細淵重智(경성 전매국), 原田 章(경성 제일은행), 谷口伊三美(경성), 阪本丁次(함경), 泉 靖一(경성), 立岩 巖(경성), 石田芳太郞(경성), 川村光三(경성), 藤井仁吉(경성 금정철도관사), 門馬 博(경성), 奧野正亥(경성), 加藤廉平(경성), 甲本丈夫(경성), 佐佐龜雄(경성), 島崎藤太郞(경성)

그렇다면 <조선산악회>는 어떤 과정을 거쳐 창립하게 되었을까. 산악회를 창립하기 위한 대강의 밑그림은 창립총회 한 달 전에 치러진 발기인 모임에서 마련된다. 9월 26일에 있었던 제1회 발기인 모임에서는 산악회를 결성하고자 하는 숙망이 그 작은 싹을 틔웠다고 전제한 후, 산악회의 명칭과 "반도의 산악자山岳者의 친목과 연구를 겸한 단체"[15]를 설립하고자 하는 창립 협의가 이뤄졌다. 아울러 동년 10월 8일에 진행된 2차 발기인 대회에서는 창립을 촉진하기 위한 방도가 모색되고, 그 결과 10월 23일 자로 '조선산악회 설립취의서設立趣意書'가 경성과 나남羅南의 유지에게 보내졌다. 이 취의서에는 "소단체를 조직하여 산악에 관한 연구와 더불어 회원상호 간의 친목을 두텁게 하고, 건전한 등산의 기풍을 진흥하고 또 애악愛岳 정신을 보급하기 위해 노력함으로써 반도산악계의 진보에 일조한다."[16]라는 내용이 담겨 있다. 취의서에는 설립 발기인으로 나남의 사이토, 경성의 미야지마[宮島敏雄]와 가토[加藤 要]가 서명하였다. 이렇듯 발기인 모임과 취의서를 검토해보면, 두 차례에 걸쳐 진행된 발기인 모임 등을 통해 명칭과 목적, 주요 사업 등 회칙에 명기될 사항들이 대부분이

---

15) 「회보1」, 『조선산악』 제1호, 조선산악회, 1931.4, 52쪽.
16) 위의 글, 52쪽.

사전에 준비되었으며, 이에 맞추어 총회가 진행되고 이후 임시총회를 통해 임원 선임과 보충이 있었음을 알 수 있다. 이와 함께 <표 1>에서 알 수 있듯이 이이야마[飯山達雄], 시모데[下出繁雄], 센파 등이 적극적으로 모임에 참여하고, 그 활동에 사이토와 미야지마가 후원·지지하고 있었음을 확인할 수 있다.

창립 총회에서 주목해야 할 것은 창립 회원 다수가 조선총독부 철도국에 근무하고 있다는 점이다. 창립 총회 이후 1933년까지 두 차례에 걸쳐 가입한 신입 회원 13명 중 철도국 소속은, 경성운수사무소와 영업과에서 근무했던 다나베[田邊多聞]와 철도국 공작과와 기계과에서 근무했던 후지이[藤井仁吉] 단 2명뿐이다. 이에 비해 창립 회원 23명 중 9명인 약 40%가 철도국에 근무하고 있었던 것이다. 이는 총독부의 관광정책이 철도국에 의해서 주도적으로 시행되고 있었던 점과 깊은 관련을 맺고 있는 것으로 판단된다.[17]

또한 조선인은 창립 회원인 박내현朴來賢과 고홍신高興信, 그리고 이후 가입한 임실진林實眞, 배석환裵奭煥 단 4명에 불과하다.[18] 회원의

---

17) 조성운, 「일제하 조선총독부 관광정책」, 『동아시아문화연구』 제46집, 동아시아문화연구소, 2009; 「1930년대 식민지 조선의 근대관광」, 『한국독립운동사연구』 제36집, 한국독립운동사연구소, 2010 참고. 일제 강점기 식민지 근대 관광에 대해서는 조성운, 『식민지 근대관광과 일본시찰』, 경인문화사, 2011 참고.

18) 고홍신은 동양척식주식회사 본사와 함북 羅津지점 등에서 근무했으며, 해방 후에는 朝鮮毛織株式會社 이사장에 취임하였다(국사편찬위원회 한국사데이터베이스). 임실진은 가입 당시 함경북도 주남보통학교 훈도로 재직 중이었으며, 이후 함경북도 경성제일심상소학교장으로 발령을 받는다(국사편찬위원회 한국사데이터베이스 및 『동아일보』, 1938.7.3). 그리고 1940년에 발간된 잡지에 배석환은 재계·실업계 방면의 유지로 서울 長橋의 지주로 소개되어 있다(「機密室, 우리社會의 諸內幕」, 『삼천리』, 1940.9, 5쪽). 한편, 이용대에 따르면, 창립총회에 참석한 林茂는 한국인으로 그 당시 성대 예과 스키산악부와 경성제대 산악부를 창설할 때의 한 사람이었다고 한다(이용대, 「인수봉 초등, 기록되지 않은 등반과 기록된 등반」, 『mountain』, 2010.11(http://emountain.co.kr) 참고). 박래현과 관련한 기록은 찾을 수 없었다.

가입은 기존 회원 두 명과 이사 한 명의 추천, 그리고 가입 여부에 대한 이사회의 결의에 따른다고 규정한 회칙 제10조에 비추어 보자면,[19] 조선인이 일본인 중심의 <조선산악회>에 가입하기란 쉽지 않은 형편이었음을 알 수 있다. 또한 비록 산악회가 순수 산악 단체를 표방하지만 총독부와 직간접적으로 관련된 인사가 다수임을 감안해 볼 때 일제의 여러 정책에 동의하거나 협조할 수 있는 성향을 가진 조선인만이 참여할 수 있었으리라는 점을 유추해 볼 수 있다.

2. 좌담회와 『조선산악』

<조선산악회>의 주된 사업은 좌담회의 개최와 『조선산악』의 발간이었다. 좌담회는 '소집회'라는 명칭의 모임을 통해 주로 진행되었다. 회칙 제6조에 따르면 소집회는 수시로 개최하고,[20] 별도의 공지를 통해 알리는 것으로 되어 있다. 1932년에는 두 차례, 그리고 1932년 12월의 제2회 총회 이후부터 1933년 12월 제3회 총회 전까지는 모두 열한 차례의 소집회가 진행되었다.[21] 제1회와 제2회 두 차례의 소집회를 제외하고 모든 소집회는 회원들의 정기 모임 일자로 지정되어 있던 매월 첫 주 화요일에 산악회 사무실에서 진행되었다. 먼저 소집회에서 진행된 좌담회 주제를 열거하면 다음과 같다.

「스킹과 점프(スキーイングとジャンプ)」(제2회 소집회, 中村兩造, 1932.3.1)
「용문산 등산 계획(龍門山登山計劃)」(제2회 소집회, 飯山達雄・加藤 要, 1932.3.1)
「금강산의 새로운 루트에 대하여(金剛山の新ルートに就て)」(제3회 소집회,

---

19) 「회보1」, 『조선산악』 제1호, 앞의 글, 54쪽.
20) 「회보1」, 위의 글, 54쪽.
21) 「회보1」, 위의 글, 53쪽; 「회보2」, 『조선산악』 제2호, 조선산악회, 1932.12, 153~154쪽; 「회보3」, 『조선산악』 제3호, 조선산악회, 1934.3, 12, 127쪽.

下出繁雄, 1932.7.7)

「금강산 집선봉 암벽등반에 대하여(金剛山集仙峯の岩登りに就て)」(제4회 소집회, 小川登喜男, 1932.9.9)

「관모봉의 식물에 대하여(冠帽峯の植物に就て)」(제5회 소집회, 竹中 要, 1932.10.4)

「관모봉에 있어서 하나의 사건 보고(冠帽峯に於ける 一つの事件報告)」(제5회 소집회, 下出繁雄, 1932.10.4)

「카멧토 초등반(カメツト 初登攀)」(제5회 소집회, 中村兩造, 1932.10.4)

「이번 겨울 스키 등산에 대하여(今冬のスキー登山に就て)」(제6회 소집회, 下出繁雄, 1933.1.17)

「금강산비로봉의 스키(金剛山毘盧峯のスキー)」(제6회 소집회, 飯山達雄, 1933.1.17)

「외과의학에서 본 스키(外科醫學より觀たるスキー)」(제6회 소집회, 中村兩造, 1933.1.17)

「함남 天火嶺行(咸南天火嶺行)」(제7회 소집회, 下出繁雄, 1933.3.7)

「瑞西山 안내인 강습회에 대하여(瑞西山案內人講習會に就て)」(제7회 소집회, 中村兩造, 1933.3.7)

「비로봉의 눈사태(毘盧峯の雪崩)」(제8회 소집회, 飯山達雄, 1933.5.2)

「적설기의 집선봉 등반(積雪期集仙峯登攀)」(제8회 소집회, 泉 靖一, 1933.5.2)

「봄의 군선계곡과 집선봉(春の群仙溪谷と集仙峯)」(제8회 소집회, 下出繁雄, 1933.5.2)

「산의 날씨에 대해서(山の天候に就て)」(제9회 소집회, 宮島敏雄, 1933.6.6)

「제주도 한라산 기행(濟州道漢拏山紀行)」(제9회 소집회, 竹中 要, 1933.6.6)

「지질로 본 조선의 산악(地質より觀たる朝鮮の山岳)」(제10회 소집회, 立岩 巖, 1933.7.4)

「관모봉행(冠帽峯行)」(제11회 소집회, 中村兩造, 1933.9.5)

「백두산행(白頭山行)」(제11회 소집회, 飯山達雄, 1933.9.5)

* 麻生武治 환영 강연(麻生武治 환영 茶話會, 1932.11.6)

* 산에 관한 단편 영화 수편 감상(山に関する小型映畵數篇, 제3회 소집회, 1932.7.7)

* <금강산의 록클라이밍(金剛山のロッククライミング)> 영화 감상(제2회 총회, 1932.12.9)

11차례의 소집회에서 열린 스무 번의 좌담회 중 오가와 도키오[小川登喜男]의 환영 좌담회 1회를 제외하고는 모두가 회원 중 일부가 주제 발표자로 나서고 있다. 발표자로는 나카무라와 시모데가 5회,

이이야마가 4회로 대다수를 차지하고 있다. 그리고 이들은 좌담회의 참석에도 무척 적극적이었던 것으로 보이는데, 제1회부터 제5회까지의 소집회 참석자 명단을 살펴보더라도 다섯 차례 모두 참석한 회원은 이들 세 명과, 가토[加藤 要], 미야지마 두 명에 불과하다. 또한 제6회 소집회 이후 진행된 일곱 차례의 좌담회 중 네 차례의 좌담회에 이들 세 명이 발표자로 나서고 있는 것에서도 이들의 적극적인 참여를 확인할 수 있다.

한편, 좌담회 주제와 관련해서는 등반에 관한 내용이 주로 이루고 있으며, 이어 스키가 이어진다. 또한 주요 대상으로서는 집선봉, 비로봉 등을 포함하여 금강산이 7차례, 관모봉冠帽峰이 3차례 나타난다. 금강산을 중심으로 그 등반 루트 및 기술, 스키와 관련된 내용이 주를 이루고 있는 것이다. 1932년 제3회 미국 레이크플레시드lake－placid, レーク、ブラッド 동계올림픽에 일본 스키 대표 감독으로 참가했던 아소 다케하루[麻生武治]의 환영 강연과 제2회 총회가 끝나고 상연된 영화 <금강산의 록클라이밍>, 그리고 1931년 금강산 집선봉을 초등정했던 도쿄제국대학 스키산악부원 오가와의 집선봉 암벽등반에 관한 강연 등은 이들의 주된 관심사를 집약적으로 보여준다고 할 수 있다.

다음으로 『조선산악』의 발간에 대해서 살펴보자. 『조선산악』의 발간은 소집회에서 진행된 좌담회와 더불어 <조선산악회>의 주요한 사업 중의 하나로서, 세칙의 4항에서는 기관잡지인 『조선산악』을 격월간 발행한다고 규정하고 있다. 그러나 이 세칙은 지켜지지 못하고 『조선산악』은 네 차례 발간으로 그치고 만다. 제1호는 1932년 4월, 제2호는 1932년 12월, 제3호는 1934년 12월, 제4호는 2년여 후인 1937년 3월에 발간되었던 것이다.

제1호부터 제3호까지 편집과 발행을 담당했던 시모데는 제1호 편집후기를 통해 산악회의 형편에 따라 격월간이 아니라 4·8·12월 연 3회 발간을 희망한다고 밝혔다. 그렇지만 제2호는 12월에야 발간되었으며, 이 점에 대해서 시모데는 편집후기를 통해서 원고모집이 순조롭지 못해 발간이 불가피하게 지연되었음을 토로한다. 그리고 회원들에게 양해를 부탁하고, 편집자로서 최선을 다하겠다는 각오를 드러낸다. 그러나 이 각오 또한 결과적으로 공언空言이 되고 마는데, 제3호가 두 해 뒤인 1934년 12월에야 발간되기 때문이다. 그리고 제3호의 편집후기에서는 『조선산악』의 발간이 연 1회 5월로 변경되었음을 밝히고, 제4호는 보다 충실한 회보가 되기 위해 진력을 다하겠다고 다시 한번 각오를 드러냈다. 그러나 이 또한 계획대로 되지 못하고, 편집과 발행인이 요코야마[橫山正德]로 교체되어 제4호는 1937년에야 발행되었다. <조선산악회>의 회보 『조선산악』은 연 6회 발행에서 연 3회로, 다시 연 1회로 발간 횟수와 시점을 변경하지만 창립 이후부터 1937년 3월까지 고작 네 호만을 발간했던 것이다.

이렇듯 『조선산악』이 미발간되거나 지연된 이유로는 시모데의 편집후기를 통해 드러난 원고 부족 문제와 함께 예산상의 문제를 꼽을 수 있다. 제2회 총회 결산 내역을 보면 제1호 발간비용은 인쇄비 70원으로 총수입 대비 30%, 총지출 대비 35%가량이다.[22] 그리고 제3회 결산 내역에서는 제2호와 제3호의 인쇄비가 185원으로 총수입 대

---

22) 「회보2」(위의 글, 155쪽)에 기록된 제2회 총회 결산보고(1931년 10월~1932년 11월) 내역이다.
수입 : 입회금 93원, 회비 87원, 기부금 40원, 잡수입 18.44원, 이자 0.40전, 계 238원 84전.
지출 : 인쇄비 70원, 회원장과 약장 67원 80전, 사무소임대료 10원, 비품비 9.84원, 소모품비 18.80원, 지도제작비 11.00원, 통신비 5.10원, 집회비 5.37원, 계 197.91, 잔금 40.93.

비 83%, 총지출 대비 90%를 차지하고 있다.[23] 곧 세칙에 제시되거나 시모데가 밝히고 있는 것처럼 격월간 발간이나 연 3회 발간은 총수입과 총지출 등을 고려해 볼 때 무리가 아닐 수 없었던 것이다. 더욱이 산악회의 주요 재정 수입원인 입회비와 회비가 각 3원이었음을 고려해 보자면 70~90원의 인쇄비는 과도한 것이었다. 이렇게 보자면 투고 원고와 예산 부족으로 인해 발간이 지지부진하다가 결국 연 1회 발간조차 원고 부족으로 발간이 정지된 것으로 볼 수 있다.

이제 『조선산악』의 목차와 그 필자 등에 대한 검토를 통해 <조선산악회>의 주요 활동가와 주된 관심 등을 검토해 보기로 하자.

<표 2> 『조선산악』 목차와 글의 성격

호수	제목	필자	비고
제1호 (1932.4)	朝鮮 アルプの偉觀	齊藤龍本	사진
	冬季毘盧峯頂	飯山達雄	사진
	創刊號の卷頭に	中村兩造	권두사
	『朝鮮山岳』の創刊を祝す	前田 寬	축사
	冬の萬瀑洞溪谷行 二篇	下出繁雄	산행기록
	冬季毘盧峯登高(上)	飯山達雄	산행기록
	殘雪の道峯と仁壽峯	仙波 泰	산행기록
	南下石山	齊藤龍本	산행기록
	山の歌	宮島敏雄	운문 3편
	朝鮮の山 三題	中村兩造	짧은 수필 3편
	冠帽峯と雪嶺	齊藤龍本	수필
	山想	中江和一	수필
	金剛山の岩石と鑛床	前田 寬	조사 보고
	朝鮮山岳の名稱所在及眞高一覽	宮島敏雄	조사 보고

---

23) 「회보3」(위의 글, 128쪽)에 기록된 제3회 총회 결산보고 내역(1932년 12월~1933년 11월)이다.
수입 : 이월금 40.93원, 입회금 39원, 회비 93원, 약장대 5원, 기부금 35원, 잡수입 6.50원, 이자 2.85원, 계 222.28원.
지출 : 조선산악인쇄비 185원, 사무소임대료 10원, 통신비 6.90원, 집회비 2.50원, 계 204.40원, 잔금 17.88원.

	表に就て		
	登山の信條	筧 梁	기타
	會報		기타
제2호 (1932.12)	兜峯と冠帽峯	岸浪義彦	조사 보고와 산행기록
	朝鮮山岳の名稱所在及眞高	宮島敏雄	조사 보고
	京城を緯る山岳	下出繁雄	수필
	道峰山の岩場	飯山達雄	산행기록
	龍穴峰(北韓山彙の一峰)	中江和一	산행기록
	北漢山登行記	加藤要	산행기록
	初夏の麻桑へ登る	本郷鶴藏	산행기록
	北實峰	齊藤龍本	산행기록
	初夏の遮日峰	下出繁雄	산행기록
	金剛山彩霞峯 初登攀	原正典・ 泉 靖一	산행기록
	冬季毘盧峰登高(下)	飯山達雄	산행기록
	金剛山 漫筆	前田 寬	수필
	毘盧峰頂ヒュッテ久米山莊	野浦留(福田登)	설명문
	山境	中村兩造	운문
	雜錄		기타
	會報		기타
제3호 (1934.12)	北漢山	本郷鶴藏	일러스트
	蓋馬高台	飯山達雄	사진
	七月下旬に於ける朱乙・冠帽峰 間の蝶類について	衫谷岩彦	산행기록
	渡正山ー冠帽峰 縱走記	齊藤龍本	산행기록
	兜峰 登行	佐藤吉郎	산행기록
	朝鮮山岳 拾遺	下出繁雄	기타
	山岳雜詠	川村光三	운문
	朝鮮山岳の名稱所在及眞高	宮島敏雄	조사 보고
	會報		기타
제4호 (1937.3)	積雪期 冠帽連山の一先蹤者	後藤武憲	수필
	集仙峰の岩場	泉 靖一	산행기록
	南鮮の山を巡りて	加藤廉平	산행기록
	二月の大石澤(漢拏山)を下る	後藤武憲	산행기록
	蓋馬高臺の蝶	佐佐龜雄	조사 보고
	赴戰高原 植物採集目錄	竹中 要・ 黑田朝太郎	조사 보고
	朝鮮山岳の名稱所在及眞高	宮島敏雄	조사 보고

사진 혹은 일러스트, 권두사, 축사, 잡록과 회보 등을 제외하면 총 37편이 글이 게재되어 있다. 연속 게재문인 시모데의 「겨울 비로봉 등고」와 미야지마의 '조선산악의 명칭과 소재, 높이'에 관한 글을 한 편으로 취급할 경우 34편이다. 이 중 산행기록이 17편, 수필과 운문이 각각 6편과 3편, 식물·곤충·지질 등 조선의 산악에 대한 주요 정보 등에 관한 직·간접적인 연구조사 결과를 기록한 조사 보고문이 5편 등이다. 여정을 뚜렷하게 명기하고 있는 산행기록과, 등산과 관련한 경험을 토대로 자신의 인상과 감상을 표현한 글, 그리고 산에 관한 연구 결과를 기록한 글이 주를 이루고 있는 것이다. 이는 나카무라가 권두사에서, 산악인들의 산악 연구와 친목 도모를 목적으로 한 모임인 만큼 『조선산악』 또한 이 의도에 충실해야 될 것이라고 언급과 일맥상통하는 것으로,[24) 『조선산악』이 산악에 대한 갖가지 정보와 감상 등을 회원 상호간에 공유하는 데에 주안점이 맞춰져 있음을 알 수 있다. 특히 총독부가 설치한 조선임시토지조사국에서 1911년에 조사 발표한 『조선지지자료』를 바탕으로 산악의 명칭과 소재지, 높이 등을 정리해서 네 차례에 걸쳐 연재한 미야지마의 글은 『조선산악』 전체 지면의 36%에 해당하는 분량을 차지하고 있는데,[25) 이는 조선 산악에 대한 기초 정보 제공이 긴요했으며, 『조선산악』이 그 역할을 수행하고 있음을 일러준다.

그렇지만 산악회가 주요 사업 목표로 상정하고 있는 산악에 관한 연구가 제대로 진행되었는지에 대해서는 『조선산악』으로 국한해서 보자면 의문이 아닐 수 없다. 『금강산』(경성: 조선철도협회, 1931)이

---

24) 中村兩造, 「創刊號の卷頭に」, 『조선산악』 제1호, 위의 글.
25) 미야지마의 글은 제1호 56쪽 중 18쪽, 제2호 156쪽 중 74쪽, 제3호 130쪽 중 74쪽, 제4호 128쪽 중 40쪽을 각각 차지하고 있다.

란 책자를 발간했던 마에다[前田寬]는 창간 축사를 통해 <조선산악회>의 발족이 "우리 조선을 위해 참으로 기쁜" 일이라며 <조선산악회>의 지리, 지질, 식물학, 역사, 기후 등 여러 연구를 통해 산악에 대한 사회의 주위를 환기시킬 뿐만 아니라, 나아가 국가의 평화와 민심의 양화良化, 국가의 부유에 이바지 할 것이라고 '단언'하고 있다.[26] 제5회 소집회에서 다케나가[竹中要]가 관모봉에서 채집한 고산식물의 표본에 대해 설명하는 시간도 가졌지만, 앞서 살펴본 것처럼『조선산악』에 게재된 조사 보고가 5편 정도에 불과하다는 점은 산악회의 목표에는 미달하는 성과라고 할 수 있다.

아울러 필자의 경우, 사이토와 이이야마가 다섯 차례, 시모데와 미야지마가 네 차례, 나카무라와 마에다[前田寬]가 세 차례 기고하였다. 참여 주체의 측면에서 앞서 살펴본 좌담회와 비교해 보자면, 나카무라와 시모데, 이이야마의 적극적인 기고와 함께 좌담회에서는 활동하지 않았던 사이토의 기고가 눈에 띤다. 사이토의 참여도가 이렇듯 현격하게 다른 까닭은 그가 함북 경성鏡城에 있었기 때문으로 보이며, 그의 글 모두가 함북의 산악과 관련된 글인 까닭도 같은 연유인 듯하다.

그리고 그 대상 또한 좌담회와 유사한 양상을 보여주고 있다. 앞서 검토한 34편 중 미야지마의 글을 제외하자면, 금강산에 관한 글이 여덟 편, 관모봉을 중심으로 한 함경북도 일대의 고원과 산악에 관한 글이 아홉 편, 경성 인근의 산에 관한 글이 다섯 편, 마상산과 한라산, 그리고 지리산을 포함한 호남의 산에 관한 글이 각각 한편이다. 좌담회에 비해 함북의 산악에 대한 글이 다소 많은 것은 사이토의 적극적인

---

26) 前田寬,「『朝鮮山岳』の創刊を祝す」,『조선산악』제1호, 앞의 글, 2~3쪽.

참여와 관련지어 이해할 수 있다.

마지막으로『조선산악』과 관련지어 산악회의 활동 기간을 짚어보는 것이 필요할 듯하다. 제3호에 실린 회보를 면밀히 들여다보면 제3호가 발간된 1934년까지의 활동이 아니라 1933년까지의 활동만을 담고 있다는 것을 간취할 수 있다.[27] 그리고 제4호에는 회보조차 수록되어 있지 않다. 이 점에서 1934년 들어 산악회의 활동이 현저하게 감소하고 있음을 알 수 있다. 그렇다면 산악회의 활동이 이처럼 감소한 까닭은 무엇일까. 우선 회원들의 독자적인 개별 산행 관례를 꼽을 수 있다. 산행 기록 17편을 개괄해 보면, 회원 다섯 명 이상이 참여한 산행은 1931년 12월에 있었던 동계 비로봉 등정 하나에 불과하다.[28] 나머지 산행은 모두 두 서너 명의 개별적 산행이었다. 총회 결산보고에서 집회비가 소액 지출되고 있는 점을 보더라도 회원 대다수가 참여하는 행사는 매우 드물었다는 점을 알 수 있다. 이렇듯 개별 산행이 주가 되고 회원 다수를 위한 행사가 부족하다는 점은 조직의 결속력을 저해한다는 측면에서 단체의 존립과 활동을 위태롭게 할 만한 충분한 이유가 될 것이다. 아울러 예산과 원고 부족 이외에도『조선철도협회회지』와『금강산』등의 발간, 총독부와 철도국, 그리고 여러 관광 단체에서 발간한 여행안내서와 여행리플릿 등도『조선산악』의 발간 필요성을 매우 약화시켰을 것이다.『조선산악』을 대체할 만한 다양한 관광 자료가 대량으로 발간되고 있었던 것이다.

그렇지만 1943년에 이이야마가 116편의 사진이 수록된『조선의

---

27) 제3회 총회 날짜는 12월 5일(화)로,『조선산악』제3호의 발행일자는 소화 9년(1934년) 12월 5일로 되어 있다. 일곱 차례의 소집회와 총회 일시에 나타난 날짜와 요일을 비교해보면 1933년임을 확인할 수 있다.

28) 飯山達雄,「冬季毘盧峯登高(上)」, 위의 글, 9~10쪽 참고. 이때 동참한 인원은 寺師壽一, 飯山達雄, 林茂, 中村兩造, 下出繁雄, 仙波 泰로서 회원은 다섯 명이었다.

산朝鮮の山을 <조선산악회> 명의로 발간하고 있는 점으로 보아 <조선산악회>가 이 무렵까지는 존속한 것으로 보인다.29) 다만 책의 서두에 놓인, "본서의 출판으로 본회로서는 기왕에 있어서의 사업성적을 가장 간명하게 일단 모아서 세상에 드러내고, 일반의 비판을 청할 만한 기회가 주어진 까닭에 더없이 흔쾌하다"30)라는 회장 다테이와[立岩 嚴]의 글을 통해 확인할 수 있듯이, 회원 개인의 성과를 산악회의 사업 성과로 삼을 만큼 그 활동은 무척 저조했던 것이다. 요컨대 <조선산악회>는 1943년 무렵까지 존속하지만, 조직의 결속력 약화, 관광 매체의 대량 발간 등으로 인해 그 활동은 이미 1934년 이후 급속하게 침체된 것이다.

Ⅲ. 투어리즘의 대상으로서의 지리산

앞서 살펴본 바와 같이 <조선산악회>의 주된 관심 대상은 금강산과 관모연산冠帽連山이었다. 조선 제2의 고봉인 관모봉을 위시하여 도정산渡正山, 설령雪嶺, 두봉兜峰 등을 포함하는 관모연산은 '조선의 알프스'라고 불리며 국내외 알피니스트들의 주된 관심 대상이었다. 그런 까닭에 『조선산악』에는 관모연봉의 산행기록이 꾸준히 게재되고, 또한 '잡록雜錄'을 통해 백두산, 금강산과 더불어 관모연봉에 오른 인물과 경로, 그리고 일자 등이 소상히 안내되곤 하였다. 아울러 금강

---

29) 현존 <한국산악회>의 前身인 <조선산악회>는 1945년 9월 15일 창립했다. <한국산악회>의 연혁에 따르면, 이 <조선산악회>는 1930년대부터 산악활동을 해오던, 조선인들만의 단체인 '백령회' 회원들이 중심이 되어 창립되었다고 한다. 곧 <한국산악회>는 1931년에 창립한 <조선산악회>와는 무관한 단체인 것이다. 한국산악회 홈페이지(http://cac.or.kr/) 참고.
30) 立岩 嚴, 「序」, 『朝鮮の山』, 조선산악회, 1943.

산 역시 관모연봉 못지않은 관심 대상이었다. 그렇지만 주지하다시피 경원선의 개통1914년과 만철경관국滿鐵京管局 등의 지속적인 도로 시설 정비, 철원－김화 간 금강산 전기철도의 1차 개통1924 등으로 금강산은 일찍이 1920년대 무렵부터 관광지가 되었다. 관모연봉에 비해 금강산은 관광지로서의 성격이 강했던 것이다. 이렇듯 관모연봉과 금강산에 대한 <조선산악회>의 관심을 고려하자면 그들의 산행이 알피니즘과 투어리즘, 이 두 가지 성격을 복합적으로 지니고 있음을 추론할 수 있다. 본 장에서는 「남선의 산을 순회하고」31)를 대상으로 가토와 나카무라 일행의 주요 여정과 감상 등을 분석하여 투어리즘적 산행의 양상과 그 함의를 보다 구체적으로 살펴보고자 한다.

1. 주요 여정과 지리산행 경로

가토와 나카무라 두 사람은 1935년 8월 7일 오전 10시 50분에 경성을 출발한다. 이튿날 8월 8일 오전 7시 무렵 정읍역에서 내린 가토 일행은 버스로 내장산內藏山으로 향한다. 그리고 내장사內藏寺 등지를 둘러보고 백양산白羊山을 넘어 숙소인 백양사白羊寺에 도착한다. 다음날 8월 9일 오전, 일행은 차편을 이용해 정읍역으로 나와 호남선을 이용해 오후 5시 무렵 곡성역에 도착한다. 이후 버스를 타고 구례로 향해 그곳 여관에 투숙한다.

사흘째인 8월 10일, 일행은 차편을 이용해 화엄사에 도착한 후 도보로 노고단에 올라 '외인外人 선교사 피서지'를 둘러보거나, 그곳에 있는 매점[賣店怡泰棧, 경성지부 양식료품점 출장소]에 들러 여러 물

---

31) 加藤廉平, 「南鮮の山を巡りて」, 『조선산악』 제4호, 1937.3. 본 글을 인용할 때에는 본문에 쪽수를 부기한다.

품을 산다. 그리고 노고단에서 사위를 조망한 후 선교사 휴양촌을 관리하고 있던 윤성만尹成萬 씨의 사택에 머문다. 이튿날 8월 11일, 윤씨의 사택을 나온 일행은 올라왔던 길을 되짚어 내려와 화엄사를 둘러본 후, 구례와 곡성을 거쳐 남원에 도착하여 여관에 투숙한다.

닷새째인 8월 12일, 일행은 남원 산내면 백일리白日里에 도착하여 면사무소에서 인부 2명을 부탁한 후 실상사實相寺를 방문한다. 이후 마천면 가흥리에 있는 교토제국대학 산림사무소에 들러 천왕봉 등산 코스에 대해 문의하고, 벽송사碧松寺를 경유하여 천왕봉을 오르려던 애초 계획을 바꿔 백무동을 지나서 천왕봉에 오르기로 결정한다. 그리고 교토제대 연습림 감시소에 주거하고 있는 와타나베[渡邊] 씨의 집에서 숙박한다. 엿새째인 8월 13일 오전 7시, 감시소를 출발하여 세석평전과 통천문을 거쳐 11시 45분에 천왕봉 정상에 서게 된다. 그곳에서 점심 식사와 사진 촬영을 한 후 하산하여 오후 7시에 벽송사에 도착한다.

이레째인 8월 14일에는 가흥리와 백일리를 거쳐 다시 남원으로 되돌아와 이리를 거쳐 오후 10시 50분 대전의 여관에 투숙한다. 이튿날 8월 15일 대전을 출발, 옥천과 보은을 경유하여 법주사法住寺 인근에 도착하여 주변 명소를 방문한다. 그리고 8월 16일 법주사를 들린 후 다시 대전으로 되돌아와 유성온천儒城溫泉으로 향한다. 이들의 일정을 간략히 정리하면 다음과 같다.

경성→정읍→내장산→내장사→백양산→백양사(8월 8일)
정읍→이리→곡성→구례(8월 9일)
화엄사→노고단(8월 10일)
화엄사→구례→곡성→남원(8월 11일)
실상사→백무동(8월 12일)

세석평전→천왕봉→벽송사(8월 13일)
가흥리→남원→이리→대전(8월 14일)
속리산→보은(8월 14일)→법주사→유성온천(8월 14일)

　이들 여정의 주요 기착지는 정읍과 남원, 그리고 대전 등으로, 가토 일행은 호남선과 전라선의 주요 역을 중심으로 인근 관광명소 등을 둘러본다. 먼저 가토 일행은 경부선으로 경성에서 대전으로, 그리고 대전에서 호남선으로 환승하여 정읍에 도착한다. 그리고 정읍역 인근의 명소로 알려진 내장사와 백련암白蓮庵, 원적암圓寂庵, 백양사 등을 둘러본다. 내장산 정상에서는 군산만과 "근래에 유명해진"(20쪽) 변산반도를 조망하기도 한다. 첫날 여정에서 흥미로운 점은, 철도 역사를 중심으로 역 주변의 명소들을 소개하고 있는『조선여행안내기』조선총독부 철도국 편, 1934에 조선 각지의 관광코스 중 하나로 '내장산·백양사 관광(2일)'이 안내되어 있는데,[32] 가토 일행이 정읍역에서 하차한 후 이 코스대로 산을 넘어 내장산에서 백양사로 넘어가고 있다는 점이다. 이는 철도를 중심으로 하는 관광 형식을 충실히 따를 뿐 아니라 가토 일행이 관광 자료를 이용하여 여정과 관광지를 선택하고 있음을 보여준다.[33]

---

32) 조선총독부 철도국 편,『조선여행안내기』, 조선총독부 철도국, 개설편 229쪽. 이 책은 '개설편'과 '안내편'으로 구성되어 있으며 개설편에는 조선의 위치지세, 기후, 行政區劃, 교육, 역사 등 조선에 대한 제반 정보와 '금강산 안내', '고적 안내' 등 주요 여행 코스, 그리고 여행의 주의사항 등을 담고 있다. 안내편에는 경부선, 동해남부선, 호남선 등 주요 철도 노선을 항목화한 후 그 하위에 노선별 각 역의 위치, 驛舍 소재지에 대한 설명, 인근 주요 관광지 등을 약술하고 있다.
33) 1914년에 발간된『호남선 노선안내』정읍역 편에는 그들이 둘러본 내장사와 白蓮庵, 圓寂庵, 백양사 등 여러 사찰과 암자들이 명승지로 언급되어 있다.『호남선 노선안내』, 조선총독부 철도국, 1914, 32쪽.『여행과 관광으로 본 근대』에서는 1940년에 발간된『호남지방』(조선총독부 철도국)를 인용하여, 호남선 정읍역 인근의 관광명소를 검토하고 있다.

그리고 백양사를 떠난 일행은 노고단을 들른 후 자동차로 남원에 도착한다.

> 남원은 예부터 교통과 경제의 요지로 정치적·군사적으로 중시되어 정유재란[慶長の役]과 동학란에는 병화에 휩쓸렸다고 한다. 읍 부근에는 성벽의 자취도 남아 있는 것 같다. 왠지 모르게 옛 도시의 정취가 떠다닌다. 이조 초기에 건립된, 부사(府使)와 군수(郡守)의 연행장이 있었다고 하는 광한루(廣寒樓)는 훌륭한 건물로 연지(蓮池)에 안겨 있어 경성의 경회루(慶會樓)를 연상하게 한다. 또한 그 경내에 있는 춘향사(春香祠)는 이조 문학의 걸작, 춘향전기(春香傳記) 중의 춘향을 제사지낸다. 읍의 서북 2㎞ 지점에는 교룡산이라는 것이 보이고, 석산성이 있던 곳으로 석벽이 남아 있다. (중략) (급사가 – 인용자) 남원의 긍지 정녀 춘향의 전설이라든가 실내에서 서북에 보이는 교룡산(蛟龍山)부터, 요즘 금광(金鑛)을 발굴하고 있는 곳 등을 얘기해 준다. 그리고 남원 또한 경기(景氣)가 좋다고 한다. 저녁식사 후 나카무라 씨와 둘이서 산책하러 나가, 그림엽서 등을 산다. 가벼운 소나기에 젖어서 돌아오다.(27~28쪽)

가토는 남원의 지정학적 의미를 되짚어보며 옛 정취를 음미하고, 광한루를 방문한다. 그리고 저녁식사 후 그림엽서를 사서 돌아온다. 남원에 대한 가토의 설명은 『조선여행안내기』 남원역 편에 서술된 남원읍에 대한 설명과 흡사할 뿐 아니라, 그의 시선 또한 안내서에 주요 관광지로 설명되어 있는 광한루와 교룡산성에 머물 뿐이다. 정읍과 남원 인근에서의 가토 일행의 여정이 철도국이 고안한 관광 패턴을 추종하고 있을 뿐만 아니라 그것이 가토 일행의 시선 또한 '가이드' 하고 있음을 확인할 수 있다. 특히 그림엽서를 구매하는 가토의 행동은 내장사와 화엄사 등지에서 '스탬프'를 찍는 행위와 더불어 그들 일행의 '순회[巡り]'가 투어리즘에 있음을 명시적으로 드러낸다.[34]

---

34) 총독부는 관광 산업을 더욱 발전시키기 위해 관광 진흥책의 일행으로 觀光通信日附印과 관광기념인장(스탬프)를 제작하였다. 관광통신일부인이 총독부가 관리하는 것이라면, 관광기념인장은 관광지를 관리하는 주체들이 제작하였다. 관광객들

가토 일행은 지리산행에서도 유형화된 코스를 따른다. 『조선산악』
에 실린 산행 경로와 그들의 산행 여정이 대체로 일치하고 있음을 확
인할 수 있다.

〈표 3〉 지리산 탐승경로

방면	목적지	주요 경로 및 수단(소요시간)
호남선 방면	천왕봉	남원 → 자동차(1시간 45분 ~ 2시간) → 실상사 → 도보(약 8km, 3시간 35분 ~ 45분) → 벽송사 → 도보(약 16km, 6시간 30분) → 천왕봉 → 도보 → 벽송사 → 도보 → 실상사 → 자동차 → 남원 * 1박 2일의 경우 천왕봉 야영, 2박 3일의 경우 벽송사에서 2박
	노고단	남원 → 자동차(약 3시간) → 화엄사 → 도보(약 8km, 3시간) → 노고단 → 종주(약 4시간) → 반야봉 → 도보 → 노고단(1박) → 도보(약 2시간) → 천은사 → 자동차(약 3시간) → 남원
진주 방면	천왕봉	(1) 진주 → 자동차(약 4시간) → 실상사(함양경유) → 도보 → 벽송사(1박) → 도보 → 천왕봉 → 도보(약 20km, 소요시간 5시간) → 대원사(2박) → 도보(약 1시간 30분) → 산청 석남리 → 자동차(약 1시간 20분) → 진주 (2) (1)의 返路
	노고단	진주 → 자동차(약 3시간) → 화개장 → 쌍계사 → 자동차(약 1시간 30분간) → 구례 → 화엄사 → 도보 → 노고단(1박) → 도보 → 천은사 → 구례 → 진주

출전 : 「잡보 - 南鮮の靈山智異山」, 『조선산악』 제2호, 1931.12, 146~149쪽.

가토 일행의 여정을 위의 탐승경로와 비교해 보면, 천왕봉의 경우
백무동을 경유하고 있다는 점, 노고단의 경우 반야봉을 거른 채 화엄
사로 다시 하산한다는 점이 다를 뿐이다. 이러한 차이는 교토제국대

은 우편엽서나 그림엽서 등에 관광통신일부인을 찍어 발송하거나 혹은 스탬프 북
혹은 엽서를 사서 각 관광지마다 특색 있는 스탬프를 찍으며 관광을 기록으로 남
겼다. 원두희, 『일제강점기 관광지와 관광행위 연구 - 금강산을 사례로』, 한국교
원대학교 대학원 석사학위논문, 2011, 27~28쪽 참고.

학 산림사무소에서 계획을 수정하고 날씨 탓으로 반야봉행을 포기한 데에서 비롯된 것이다. 『조선여행안내기』도 이와 유사한 코스로, 곡성을 기점으로 탐승경로를 안내하고 있는 점이 다를 뿐이다. 주목되는 것은 『조선산악』에 실린 내용은 「철도뉴스鐵道ニュース」20호(조선철도협회)의 글을 재록한 것인데, 기점만 다를 뿐 경유지 및 인근 관광지에 대한 설명이 『조선여행안내기』의 '곡성' 편에 실린 내용과 동일하다는 점이다. 이 뿐만이 아니다. 1939년에 발간된 『조선의 관광朝鮮之觀光』(조선지관광사, 1939)의 '곡성' 편 또한 『조선여행안내기』를 옮겨놓은 듯 똑같다. 이는 고적조사를 통해 명승지를 창출하여 관광지로 육성하는 한편,[35] 대량으로 생산·복제된 관광 자료들을 대중들에게 널리 배포하여 관광 산업을 적극 독려 했던 총독부의 지속적인 관광 정책의 결과로 보인다. 이렇듯 유사한 관광 자료를 통해 규격화되고, 표준화된 획일적 관광이 널리 확산되게 되었음을 두말할 나위가 없다.

가토 일행의 여정을 1937년과 1938년에 각각 지리산 천왕봉에 오른 양정고보 오용사와, 이은상이 참여한 조선일보사 지리산탐험단의 그것과 비교해 보자. 오용사가 1936년부터 운영되기 시작한 구례구역을 거쳐 화엄사(3.19) → 노고단 → 반야봉 → 연동(3.20) → 칠불암 → 덕평(3.21) → 세석평전 → 통천문 → 천왕봉 → 유평리(3.22)로 이동한다. 그리고 지리산탐험단은 구례구역 → 천은사 → 화엄사 → 코재 → 종석대 → 우번대 → 노고단 아래(7.29) → 노고단 → 반야봉 → 직전계곡(피아골) → 연곡사(7.30) → 칠불암 → 쌍계사(7.31) → 불일폭포 → 신흥동 → 세이암 → 쌍계사 → 대승동(대성

---

35) 조성운, 「1930년대 식민지 조선의 근대관광」, 앞의 글, 374쪽.

동, 8.1) → 세석평전 → 통천문 → 천왕봉(8.2) → 백무동 → 실상사
(8.3)로 이동한다.

우선 세 그룹 모두 화엄사에서 노고단까지의 경로는 대체로 유사
하지만 가토 일행이 곡성역에서 차편으로 구례로 이동하는 것에 비
해 후발 두 그룹은 곧장 구례구역을 기점으로 산행을 시작한다는 차
이가 있다. 이 차이는 1936년 12월에 곡성-순천 간 전라선(경전북부
선)이 개통되었기 때문에 비롯된 것이다. 그리고 가토 일행의 천왕봉
등반 경로가 지리산탐험단에게는 하산 경로로 이용되고, 오용사의
하산 경로는 진주방면 천왕봉 하산 경로와 동일한 것임을 알 수 있다.
이는 후발 그룹들 또한 기존의 노고단과 천왕봉 경로를 활용하고 있
음을 보여준다.

한편, 가토 일행과 후발 그룹들의 산행의 가장 큰 차이는 가토 일행
이 지리산의 노고단과 천왕봉을 두 곳만을 중심으로 화엄사, 실상사,
벽송사 등 인근 명승지를 둘러보고 있음에 비해, 후발 그룹들은 노고
단-반야봉을 거쳐 하동 쪽으로 우회하여 칠불암과 쌍계사 등을 둘
러본 후 천왕봉을 등반한다는 점이다. 그러나 노고단과 반야봉, 천왕
봉을 목표로 한다는 점에서는 대동소이하다고 할 수 있다. 즉 세 그룹
모두 지리산행의 목표가 무엇이었든 간에 기차역을 기점으로 하고,
노고단과 천왕봉을 중심으로 유형화된 기존의 산행 경로를 활용하고
있는 것이다. 다만 정읍과 남원 등지에서 드러난 가토 일행의 모습에
서 확인할 수 있듯이 후발 두 그룹과 달리 가토 일행이 그들이 관광
자료의 정보에 전적으로 의존하고 있다는 점은 간과할 수 없는 차이
점이라고 할 수 있다.

그렇다면 보다 구체적으로 지리산에서 가토 일행이 경험한 것은
무엇이었을까.

2. 지리산과 관광 형식

8월 13일 가토 일행은 지리산의 최고봉인 천왕봉에 오르게 된다.

> 11시 20분 통로에 있는 통천문(通天門)이라고 하는 자연의 암석문(岩石門)을 빠져나가, 잠시 오르면 천왕봉의 절정(絶頂)에 도달하다. 11시 45분이다. (⋯) 여기에서 몇 개의 통조림을 열어, 백무동에서 가져 온 주먹밥으로 점심을 마치고, 적석(積石) 앞에서 서로 사진을 찍는다. 정상은 넓지 않지만 갑갑함을 느낄 정도는 아니며, 암붕(岩棚)이 드러나 있다. 그리고 立木이 없고, 잘 보이지 않던 고산화초가 피어 있다. 좋은 날씨라면 사면을 둘러볼 절호의 기회일 것이라고 생각되지만, 주변의 운해는 좀처럼 가시지 않는다. 1시 17분 하산을 시작한다.(31쪽)

그가 천왕봉에 도착하여 가장 먼저 한 일은 점심 식사와 사진 촬영이다. 그리고 주위를 조망하려다 운해가 가시지 않자 결국 하산하게 된다. 천왕봉에서 가토 일행의 모습은 오용사와 이은상의 그것과는 매우 이질적이다. 그들은 모두 '만세'를 외치며 천왕봉 정상에서의 환희와 경이로움을 한껏 표현한다. 닝 왕의 논법에 따르자면,[36] 오용사에게는 정복의 환희라는 '육체성의 느낌'으로, 이은상에게는 '자아 형

---

[36] 닝 왕(Ning Wang)은 관광동기와 경험에 도입된 진정성(authenticity)이라는 개념을 보다 세분화하여 객관적 진정성(objective authenticity), 구성적 진정성(constructive authenticity), 실존적 진정성(existential authenticity)으로 나누어 설명한다. 객관적 진정성은 진품(the original)의 진정성을 일컫는 것으로서, 관광에서 진정한 경험은 진품의 진정성에 대한 인식론적 경험과 같은 이미지이다. 구성적 진정성은 관광객 또는 관광공급자들에 의해 그들의 이미지, 기대, 선호, 믿음 등의 측면에서 관광 매력물에 투사된 진정성을 일컫는다. 실존적 진정성은 관광 행동에 의해 야기되는 존재의 진정한 실존적 상태를 일컫는 것으로서, 이는 관광매력물의 진정성과는 별로 관계가 없다. 아울러 관광 경험에서 실존적 진정성은 개인 내적 진정성의 차원에서는 '육체적 느낌'과 '자아 형성'으로 구체화된다. '육체적 느낌'은 휴식, 오락, 자극적 즐거움, 흥분 등의 감각적 측면과 건강, 운동, 미 에너지, 활기 등 육체의 문화와 관련된 상징적인 측면이 있다. '자아 형성'은 자아형성 내지 자기 정체성과 관련된 것으로 일상성을 벗어나 경험하게 되는 진정한 자아와 관련된다. 닝 왕, 앞의 책, 89~118 참고.

성'37)으로 구체화된 실존적 진정성이 드러나고 있음에 비해 가토에게는 개인 내적 진정성이 전혀 드러나 있지 않는 것이다. 그렇다면 8월 10일에 올랐던 노고단 정상에서는 어떤 모습이었을까.

> 외국인 부부들이 하는 테니스 등을 보고, 노고단 정상에 발을 옮기다. 산등성이에 오르니 동쪽 하늘에 예쁜 무지개가 걸린다. 6시 10분 경 정상에 도착하여 돌탑[ケルン]의 주변에서 사진을 찍거나 고산의 화초를 꺾거나 한다. 이곳은 오천 척(尺)에 조금 미치지 못해서 금강산의 비로봉 정상보다도 사백 척 정도 낮다. 일본 알프스에 가면 이 높이에는 호텔조차 있지 않느냐는 이야기가 나온다. 발밑은 남으로 동으로도 도쿄제대 연습림의 수목이다. 그리고 좋은 날씨라면 이날 왕복할 예정이었던 지리산맥 제2의 고봉 반야봉(1,751m)이 동북에 분명 보일 것인데도 가스 때문에 보이지 않는다.(26쪽)

선교사 휴양촌을 보고 오른 노고단 정상에서 그는 사진을 찍거나 화초 채집을 한다. 그리고 나카무라와 '잡담'을 나누고 연습림의 수목과 반야봉 쪽으로 차례차례 시선을 향한다. 노고단 인근 산등성이에서, 멀리 내다보이는 여수만과 구례의 넓은 평야, 섬진강 등의 풍경을 흡족하게 바라보긴 했지만, 정상에서는 이렇다 할 감흥이 없는 것이다. "노고단 우에 서서 운무雲霧가 걷히기를 기다리나 모처럼 어든 산상山上의 신비감을 좀더 맛보라 하심인지 좀체 거치지를 아니한다. 바람부는 대로 동서로 날리는 운무 속에 섯스매 몸만 아득한 것이 아니라 마음도 아득하야 어디가 어딘지도 모를 뿐만 아니라 무엇이 무엇인지도 모르겠다. 그러나 다시 삽시간에 운무는 걷혀지고, 각하脚下의 일경일물一景一物이 차례로 눈아페와 대령한다. …(중략)… 어허 이러

---

37) 이은상의 지리산행은 성모사 등의 유존을 통해서 천신신앙의 편재성을 확인하고 민족적 주체성을 확고히 하는 관념적 여로이자 '샤먼되기'를 통해 '자기'를 구제했던 통과의례적 여로이다. 박찬모, 「자기 구제의 '祭場'으로서의 대자연, 지리산」, 앞의 글, 80쪽.

한 가경묘취佳境妙趣를 보이심이 다 여기 이 '할머니'의 덕이신가 하매, 국사대자연國師大自然, 노고대자연老姑大自然, 길상대자연吉祥大自然, 이 성모대자연聖母大自然 아페 고고孤苦한 궁자窮子의 감격이란 언어가 끈힌 곳에까지 이르럿음을 알겟다"38)라며 천신[국사, 노고, 길상]이 주재하는 대자연의 숭엄 앞에서 '감격'하는 이은상의 모습과는 적지 않은 차이를 드러내고 있다. 천왕봉과 노고단에서의 가토의 이러한 태도는 이리에서 비가 내리기 시작하자 곡성으로 오는 내내 바깥 날씨에 온 신경을 집중하며 지리산행에 대해 '비관'까지 하던, 그리고 구례 여관에서도 하늘을 올려다보며 먹구름을 원망하던 그의 모습에 비추어 보자면 의외의 반응이라고 하지 않을 수 없다.

그렇지만 유형화된 관광 코스를 따라서 내장사에서 백양사로 넘어오던, 그리고 관광 자료의 '가이드'대로 관광지에만 주의를 기울이던 가토의 행적을 더듬어 보자면, 천왕봉과 노고단에서의 그의 모습은 그다지 의외라고 할 수도 없다. 관광 자료가 제공한 정보의 내용과 형식의 수준에 따라 관광 대상에 투사하고 있는 가토의 기대치도 유동적일 수 있으며, 이 때문에 산정에서의 모습 또한 여느 사람들과 다를 수 있기 때문이다. 더욱이 천왕봉의 표고를 훌쩍 뛰어넘는 관모연봉에 오른 경험(31쪽)이 있는 가토에게는 노고단과 천왕봉이 대단치 않을 수도 있다.

우선 관광 자료를 살펴보자. 천왕봉에 대해서는 그 표고와 함께 연산連山과 삼도三道, 전라남북도와 경상남도, 그리고 대마도의 산줄기를 담을 수 있는 웅대한 조망에 대해서 기술하고 있다. 노고단의 경우에는 그 곳에 오르는 경로와 표고 등을 비롯해서 '외인 별장'의 현황과 시

---

38) 이은상, 앞의 글, 1938.8.28.

설 등에 대해서 설명하고 있다.39) 천왕봉은 조망권을, 노고단은 그 경로와 그곳의 시설을 중심으로 기술하고 있는 것이다. 안내서에 담긴 내용을 바탕으로 가토의 태도를 다시 보자면, 천왕봉에서는 기대했던 조망에 실패하고 있기 때문에, 노고단에서는 주변의 풍경과 여러 시설들을 그 정상에 오르기 이전에 둘러보았기 때문에 각각의 산정에서 그다지 환호할 것이 없었던 것이다.

> 조선에는 금강산과 함께 추천할 명산으로 지리산이 있다. 기봉난립(奇峰亂立)한 산악미를 갖춘 금강산과 달리 지리산은 울창한 고목으로 가려진 완전한 대산림이다. 다종다기한 식물이 우거져 식물학상 귀중한 곳이며 대학의 연습림도 있어 완연히 심산유곡을 이루고 있다. 넓이는 실로 다섯 개 군에 이르고 예로부터 역사적으로도 다양한 전설이 남아 있고, 산 속 그윽하고 고요한 곳에는 법등(法燈)을 누백년 지킨 기품 있는 사찰이 흩어져 있다.
>
> 지금까지 지리산은 교통이 불편하고 안내 자료도 부족했기 때문에 유람지로서 그다지 세상에 알려지지 않았다. 다만 몇 해 전부터 서양인 사이에 피서지로 회자된 노고단 별장이 잇따라 건설됨에 따라 점차 피서 유람지로서 알려진 모양이다. 남원과 진주까지 기차가 개통된 금일에는 자동차와의 연계도 편리하여 하루 또는 사나흘의 짧은 일정으로 탐승할 수 있는 모양이었다.
>
> 산중(山中)의 명승지로는 금강산의 비로봉보다 약 삼백 미터 높고 웅대한 조망을 지닌 천왕봉과 반야봉, 서양인 피서지가 있는 노고단, 산중 제일의 화엄사를 시작으로 크고 작은 많은 사찰이 있다.40)

---

39) [天王峯] 標高一九一五米、山中の最高峰で附近の群山は脚下に朝し眺望雄大三道の山河を一眸に收め、煙波遙かに對馬の翠巒も見られる。[老姑壇] 求禮ーから華嚴寺南まで自動車(所要時間十五分貸切自動車賃片道一圓五十錢)にとり其れより約二里の山路を登れば外人避暑地として知られた老姑壇に達する。地は一千米に垂んとする高地で南原の平野を遠く瞰下し現在三十七戶の別莊が建てられ、テニスコート、水泳プール、ゴルフリンク等の設備もある。「잡보-南鮮の靈山智異山」, 앞의 글, 147쪽.『조선여행안내기』나『조선의 관광』에서는 문장만 다듬어져 있을 뿐 기본적인 정보는 동일하다.

40) 의역으로서 본문은 다음과 같다. 朝鮮では金剛山と共に推賞すべき名山で金剛山の奇峰亂立する山岳美に引きかへ智異山は鬱密たる老樹を以て掩はれた全くの大森林で多種多樣の植物が繁茂して植物學上貴重な存在をなし大學演習林もあって全くの深山幽谷をなしゐる。廣裵實に五郡に亘り古來歷史的にも多幾の傳說を殘し山中幽勝閑靜の地に

가토의 산정과 그 전후의 모습, 예컨대 고산 화초를 눈여겨보거나 꺾는 것, 천왕봉의 성모상을 보며 와타나베에게 들은 전설을 되새기는 것, 천왕봉이 아닌 노고단을 비로봉과 비교하는 것,[41] 노고단 선교사 휴양촌과 연습림을 주의 깊게 보는 것, 노고단에서 내려와 화엄사를 경유한 것 등은, 그가 관광 자료가 제공한 정보와 정형화된 이미지를 관광 대상에 투사하고, 그 이미지만을 소비하고 있음을 잘 보여준다. 다시 말해 그의 관광 경험 내지 행동이 관광 자료가 제공한 정보를 추체험하는 수준에 머물고 있는 것이다. 자연 관광의 경우 풍경 landscape에 대한 낭만적 향유를 통해 실존적 진정성이 발현될 수 있음에도 정보에 대한 지나친 의존이 이러한 발현을 가로막고 있다고도 해석할 수 있는 것이다.[42]

특히 각종 관광 자료와 조선 관광이 일본인의 아이덴티티를 강화하고 있다는 점을 참조하자면,[43] 대마도의 푸른 산줄기를 조망할 수 있다는 천왕봉에 관한 정보는, 체험 여부와 별개로 제국의 영토 관념을 환기시키면서 식민지 조선과 제국 일본의 위계적 심상지리와 일본인의 우월감을 강화할 소지도 다분하다.[44] 실상 노고단 정상頂上에

は法燈幾百年を守る優雅な古刹が點在してゐる。從來智異山は交通不便と案内資料の乏しきが為、遊覽地として餘り世に知られず、只近年外人間に避暑地として膾炙せられ山中老姑壇に別莊の簇々と建設せられてから、漸く避暑遊覽地として知らるる様になり、南原、晉州まで汽車開通の今日では自動車の連絡も便利となって一日又は三、四日の短期日で探勝出来る様になった。山中の名勝地としては金剛山の毘盧峰より約三百米高き天王峯の雄大なる眺望、般若峰、外人避暑地の老姑壇、山中第一の華嚴寺を初め大小數多の寺刹等がある。「잡보-南鮮の靈山智異山」, 앞의 글, 146쪽.

41) 시간적으로 노고단 등반이 천왕봉 등반보다 앞서지만, 이미 관광 계획을 세우는 단계에서 이러한 정보를 취득했을 개연성이 매우 높다.

42) 자연풍경과 실존적 진정성에 관한 논의는 닝 왕, 앞의 책, 137~139쪽 참고.

43) 서기재, 「일본 근대 여행 관련 미디어와 식민지 조선」, 『일본문화연구』 제14집, 동아시아일본학회, 2005, 89쪽.

44) 조선의 산악에서 제국의 영토를 표상하는 사례에 대해서는 박찬모, 『조선과 만주

서 나온, "일본 알프스에 가면 이 높이에 호텔조차 있지 않느냐는 이 야기"에서는 서양은 물론 조선에 대한 배타적 위계 의식과 우월감을 엿볼 수 있다. 또한 연습림이 그 소유 관계와 관리 운용 방식에서 식민통치의 은유적 등가물이라는 점에 착안하자면, 수목의 소유를 언급하고 있는 대목은 지배와 통제의 실효적 범위가 자연대상에까지 미치고 있음을 확인하는 것에 다름 아니다. 노고단 정상에 오르기 전 선교사 휴양촌 내의 매점에서 가토 일행이 술과 담배를 찾고, 그 요구에 당황하는 점원에게 "맥주와 담배가 없으면 인생도 없다."(25쪽)라고 응수한 나카무라의 '야유'에는, 선교사 휴양촌을 설립하게 된 이유를 도외시한 채[45] 비슷한 높이에 유사한 편의 시설을 갖춘 제국 일본을 과시하고자 하는 욕망과 함께 식민지를 응당 일본 제국의 영토로 간주하는 일본인의 '텃세' 또한 작용하고 있었던 것이다.[46] 곧 가토 일행에게 지리산은 조선 지배의 '리얼리티'와 우월감을 선사하고, 나아가 제국의 영토와 아이덴티티를 현시하는 매개체이자 구상물具象物로 소비되고 있는 것이다.[47] 이러한 소비가 규율화된 관광 정보를 생산·배포한 주체를 은폐한 채, 웅장한 조망과 연습림, 그리고 선교사 휴양촌이라는 시각적 보증을 통해 지리산을 '대삼림의 피서 유람지'로 반복 재생산할 개연성도 매우 크다는 점은 재론의 여지가 없을 것이다.[48]

(朝鮮及滿洲)』에 나타난 조선 산악 인식」, 『한국문학이론과 비평』 16(2), 한국문학이론과비평학회, 2012, 326쪽.
45) 선교사 휴양촌의 조성 배경에 대해서는 한규무, 앞의 글, 144~146쪽 참고.
46) 선교사 휴양촌을 바라보는 조선인의 시선은 대체로 부정적이다. 이에 대해서는 위의 글, 157~163쪽 참고.
47) 일본인들의 조선 산악에 대한 인식은 박찬모, 「『조선과 만주(朝鮮及滿洲)』에 나타난 조선 산악 인식」, 『한국문학이론과 비평』 제16집, 한국문학이론과비평학회, 2012 참고.

아울러 관광 자료와 그 정보를 추체험하고 있는 가토 일행에게 대상 이외의 것이 타자화되는 현상도 경시할 수 없다. 대표적인 예가 정읍 인근에서 가토 일행이 목도한 극심한 가뭄이다. 가토는 내장산 초입에서 "도로에 접해 있는 하천에는 물 한 줄기 없고, 논과 밭도 가련한 상태"(20쪽)라고 기술한다. 그렇지만 일찍이 단풍의 명소로 이름난 내장산에 접어들어서는 "대부분 잡목림으로 특별히 내세울 것이 없지만 단풍나무가 눈에 띄"며, "가뭄 때문도 있겠지만 계곡물이 말라 있는 것은 무언가 부족"(20쪽)하다며 아쉬움을 표명한다. 곧 관광 자료에서 전경화하고 있는 단풍나무만을 시각적 범위 내에서 선택적으로 소비할 뿐, 극심한 가뭄은 간과하고 있는 것이다.

> 비탈길이 끝나니 작은 부락이 나왔다. 그것은 봉서라는 곳으로 시원한 정자에 걸터앉아 쉬다. 아이들이 신기한 듯 모여든다. 나카무라 교수가 캬라멜을 주어서 나도 따라한다. 다다르게 된 평화로운 작은 산촌 마을이다.(21쪽)

가토는 봉서라는 작은 산촌 마을에서 아이들의 모습을 통해 평화로움을 느낀다. 그러나 과연 산촌 마을이라고 해서 대한발大旱魃에서 자유로울 수 있었을 지는 의문이다. 이 무렵의 언론기사는 전남북과 경북지방의 한재旱災가 매우 심각해서 "전북지방의 경우 18,717 정보 중 이앙을 하지 못한 것이 8,146 정보에 달하"며, "조선 사람의 생활상을 매우 암흑하게 하는 것"이라고 쓰고 있기 때문이다.[49] 그는 평

---

48) 이와 관련하여 흥미롭게 살펴볼 수 있는 글이 서춘의 「지리산 통로 구례」(『조선일보』, 1936.8.5)와 「조선편력기행 : 노고단의 피서지」(『조선일보』, 1936.8.6), 그리고 『구례명승고적안내』(일본어, 필자와 간행 연도 미상)와 『지리산 탐승 안내』(필자 및 간행 연도 미상, 『구례명승고적안내』와 내용은 동일)이다. 후자의 여행안내서가 본문에서 살펴본 여행안내서와 동일한 관점과 방식으로 지리산을 안내하고 있다는 점, 그리고 서춘이 후자의 여행안내서를 인용하고 있기 때문이다. 이에 대해서는 별고를 기약하는 바이다.

화로운 관광 명소라는 가공된 이미지만을 재생산할 뿐, '암흑'의 생활상은 보지 못하고 있는 것이다. 하룻밤을 묵은 백양사에서 나와 "가뭄을 만난 비참한 '천수답'의 실상이 생생하게 머릿속에 새겨졌다."(23)라면서도, 지리산자락으로 향하면서부터 산행이 물거품이 될까봐 비와 먹구름을 원망하는 대목 또한 이와 무관하지 않다. 곧 조선의 생활상을 간과하거나 날씨를 원망하는 그의 태도는 목표로 한 관광 대상만을 소비하고자 하는 강한 욕망의 표현이자, '가이드'되지 않은 관광 외적 대상 — 현실이 소거된 결과인 것이다. 이는 특정 코스를 제한된 정보에 의지하여 수동적으로 추체험하는, 그런 까닭에 관광 대상 — 이미지에만 관광객의 시선을 고착시키는 관광 형식에서 비롯된 불가피한 귀결이기도 하다. 백양사에서 "조선 요리가 거북스러워서[苦手なので] 지참한 통조림"(22)으로 저녁 식사를 대신하거나 노고단 윤씨의 사택에서 "음식[御馳走]이 나왔지만 통조림"(26)을 열어 식사를 마치는 모습 등에서 잘 드러나듯이, 조선 음식에 대한 가토의 부정적 반응은 관광 대상 — 이미지로서 관광 매력물만을 소비할 뿐, '날 것' 그대로의 문화적 요소는 '체험'할 뜻이 없음을 명시적으로 드러낸 것이다.

결국 가토는 관광 자료를 통해 선별되고 획일화된 정보만을 수동적으로 받아들이고 가공된 관광 대상 — 이미지만을 추체험함으로써, 관광 자료가 규율하는 정보에 포섭되어 제국신민의 정체성을 강화하고 있는 것이다. 그리고 지리산 등은 고유한 장소성을 지닌 관광 외적 대상 — 현실로 인식되지 못하고 '가이드'된 대상 — 이미지로 표상되어 제국적 욕망을 고양하는 구상물로 매개될 뿐이다. 이는 투어리즘적 산행이 <조선산악회>의 알피니즘적 산행과 병존하고 있으며, 아

---

49) 「혹독한 자연의 脅威」, 『동아일보』, 1935.8.2.

울러 지리산을 식물학적 보고寶庫이자 최적의 피서지로 표상하는 피상적이고 획일화된 관념이 지리산 투어리즘이라는 그 관광 형식에 의해 거듭 재생산되고 있음을 의미하는 것이기도 하다.

Ⅳ. 결어

근대 이전 지리산은 성산聖山 혹은 신산神山으로 인식되었다. 그러나 근대 이후 제국대학의 연습림과 선교사 휴양촌이 조성됨에 따라 지리산은 식물학의 보고이자 최적의 피서지로 인식되었다. 본고는 조선 최초의 산악단체인 <조선산악회>의 제반 활동을 개괄하는 한편, 가토 일행의 주요 여정과 관광 경험 등에 대한 분석을 통해 <조선산악회>의 산행의 한 측면과 지리산 투어리즘의 양상과 그 함의를 살펴보았다. 지금까지의 논의를 요약하면 다음과 같다.

첫째, <조선산악회>의 창립과 회원에 대해서는, 우선 <조선산악회>가 발기인 모임에 적극적으로 참여하고 후원한 이이야마, 시모데, 센파, 사이토, 미야지마에 의해 창립이 주도되었다는 점, 그리고 창립 당시 철도국에 근무하고 있던 인원이 다수를 차지하고, 산악회 회칙 상 일제의 정책에 동의하거나 협력할 수 있는 조선인만이 가입할 수 있는 여건이었다는 점 등을 규명하였다.

둘째, 산악회의 주요 활동이자 성과 중의 하나인 좌담회가 나카무라, 시모데, 이이야마의 적극적인 참여로 진행되고 있으며, 주요 주제는 등반과 스키이며, 관심 산악은 금강산과 관모봉이었다는 점을 밝혔다. 아울러『조선산악』과 관련해서는, 원고 부족과 예산상의 문제로 발간이 네 차례에 그치고 있다는 점, 그리고 회지에 수록된 글이 산악에 대한 갖가지 정보와 감상을 공유하는 데에 주안점이 맞춰져 있으며, 그런 까닭에 산악 연구라는 산악회의 주요 목표를 달성하고 있지 못하고 있다는 점을 규명하였다. 또한 사이토, 이이야마, 시모데, 미야지마, 나카무라, 마에다가 적극적으로 기고하고 있으며, 금강산과 함북 일대의 산악에 관한 글이 다수를 차지하고 있다는 점을 확인할 수 있었다. 아울러 <조선산악회>가 1943년 무렵까지 존속되지만, 조직의 결속력 약화와 관광 매체의 대량 발간 등으로 인해 1934년 이후부터 그 활동이 침체되고 있었음을 논구하였다.

셋째, 가토 일행이 조선총독부 철도국이나 관광 단체에서 제공한 관광 자료에 의존하여 관광 경로와 대상매력물을 수동적으로 추체험하는 획일화된 여정을 따르고 있으며, 이 때문에 관광 자료가 규율하는 정보에 포섭되어 제국신민의 정체성을 강화하고 관광 외적 대상ー현실을 타자화하고 있는 양상을 살펴보았다. 그리고 이러한 가토 일행 산행을 통해 <조선산악회>의 산행에 투어리즘적 산행이 알피니즘적 산행과 병존하고 있음을 확인할 수 있었다.

마지막으로 투어리즘이라는 관광 형식에 의해 지리산이 '가이드'된 대상ー이미지로 표상되어 고유한 장소성을 상실한 채 제국적 욕망을 고양하는 구상물로 매개되고, 더불어 그 시각적 보증에 의해 식물학적 보고이자 최적의 피서지로 고착될 개연성이 다분함을 살펴보았다.

본고에서 <조선산악회>의 알피니즘적 산행의 구체적인 면모와 가토 일행의 지리산 투어리즘이 끼친 파급 효과를 포괄적으로 논의하지 못한 채 <조선산악회>의 주요 활동과 지리산 투어리즘의 일단만을 살핀 점은 필자로서도 아쉬운 대목이다. 『조선산악』의 산행기록에 대한 면밀한 고찰과, <조선산악회>의 알피니즘적 산행과 그

함의를 규명하는 작업은 추후의 과제로 남기고자 한다. 또한 이후 별도의 논고를 통해 가토 일행의 투어리즘적 산행과 이은상 일행의 탐승探勝 산행, 조선조 유학자들의 유람로와 근대적 산행 경로 등을 비교함으로써 지리산 투어리즘의 다층적 함의를 깊이 있게 탐색하여 본고의 논의를 보완하고자 한다.

▶ 이 글은 2012년 『남도문화연구』 제23집에 실렸던 「조선산악회와 지리산 투어리즘」을 재수록한 것임.

『태백산맥』의 탈식민성 연구

최현주*

Ⅰ. 진공상태로서의 시공소와 『태백산맥』

　1945년 8·15 해방은 어느 민족주의자의 표현처럼 도둑같이 뜻밖에 온 것이었다. 강고하던 일본제국주의가 그렇게 쉽게 무너지리라고는 누구도 예상하지 못하던 바였다. 그런 까닭에 해방직후 자주와 독립, 민족국가 건설이라는 중차대한 과업에 대해서는 민족 구성원 대부분의 준비가 충분하지 못하였고, 탈식민의 구체적인 실천을 이루어내기 어려운 상태였다. 민족국가 수립을 목표로 진행해야 할 다양한 노력들을 기대하기 어려웠던 진공상태,[1] 하지만 비어있음으로

---

* 순천대 사범대 국어교육과 교수.

1) 탈식민화 과정 중에 우리가 동등한 무게중심을 두고 중시해야 할 것들이 있다. 새로운 민족의 탄생, 새로운 국가의 창달, 그리고 그 국가의 외교적 관계 및 정치, 경제적 경향성에 대한 강조가 그것이다. 그러나 무엇보다 중요한 것은 탈식민화의 초기 과정을 특징짓는 일종의 진공상태 그것을 얼마나 정확하게 읽어내는가이다. 그

써 무엇이든 채워 넣을 수 있는 역설의 상황이 바로 해방직후 우리 민족의 실상이었다. 이러한 진공상태 혹은 여백 때문에 박명림은 이 시기를 '모든 것이 가능한 순간', '정치적 열정으로 가득한 시기', 즉 '광기의 순간'[2]이라 명명하기도 하였다.

이러한 광기와 열정의 순간에 민족 구성원 모두가 지향해야 할 당위는 바로 민족국가 건립이었으며, 그것은 탈식민을 전제로 한 탈식민 혁명을 통해 가능한 것이었다. 따라서 갑작스럽게 찾아온 진공상태로서의 해방 공간은 탈식민을 통한 민족국가 건설의 목표가 당위를 선점하는 공간이어야 했다. 그러한 당위를 실현하려는 노력이 여운형을 중심으로 한 건국준비위원회와 그것이 발전적으로 전환한 인민위원회 조직이었다. 이들은 탈식민 의제가 투사 응축되어 광범한 사회세력을 하나로 결집하여 새로운 역사단계로 이끌어갈 혁명적 변화의 계기를 선취할 수 있었다.[3]

이유는 그 진공상태가 생래적으로 식민지인들의 최소한의 요구를 반영하기 때문이다. 기실 탈식민화가 성공적인가 성공적이지 않은가의 증거는 기층 민중들의 변화의지가 새로운 사회구조를 정초해 가는 데 얼마나 반영되어 있는가에 달려 있다고 해도 과언이 아니다. 왜냐하면 그 변화의지 속에는 민중 일반의 욕망, 소망 그리고 욕구가 기투되어 있기 때문이다(프란츠 파농, 「폭력에 대하여」, 『아프리카탈식민주의 문화론과 근대성』, 도서출판 동인, 2001, 12쪽).

2) 박명림은 비스마르크(Otto von Bismark)의 말대로 정치를 '가능의 기술'이라 전제하고, 졸버그(Aristide Zolberg)의 견해를 좇아 특정 순간의 귀착에 따라 다가올 시기의 발전 방향이 결정되는, '모든 것이 가능한 순간'을 '광기의 순간(moment of madness)'라 표현한다. 졸버그의 견해에 따라 '광기의 순간'을 "근대사회의 인간이 모든 것이 가능하다고 믿는, 정치적 열정으로 가득찬 시기"라고 정의하는 그는 프랑스의 1948년 2월 혁명, 1871년 파리코뮌, 한국에서의 동학혁명과 8·15 해방을 이러한 광기의 순간이라고 설명한다(박명림, 『한국전쟁의 발발과 기원Ⅱ』, 나남출판, 1996, 36쪽).

3) 박명림은 건준과 인위를 포함하는 이러한 움직임들은 탈식민의제를 밑으로부터 성취하려는, 그러면서도 현실인식과 대응에서 반동적이지도 과격하지도 않았던, 그람시가 말하는 이른바 '민족적 민중적 집합의지(national-popular collective will)'를 담은 역사적 블록으로서의 특징을 지닌 것이라 평가한다. 그는 이들이 해방 이후

하지만 이러한 탈식민을 향한 민족 구성원들의 자발적 의지와 노력은 미·소군대의 진주와 함께 왜소화되거나 무력해질 수밖에 없었다. 특히 미군의 점령과 함께 시작된 남한에서의 미군정은 민족 자주 세력에 의해 구성된 건국준비위원회와 인민위원회 조직을 철저하게 파괴시켜 나갔다.

> 그 거침없고 막힘없던 새 나라 세우기는 미군의 점령과 함께 실시된 군정의 조선인민공화국 부인으로부터 균열을 일으키기 시작했다. 군정의 인공부인은 혁명적 인민의 나라를 파괴하는 일단계 공작이었다. 그리고 미군정은 연속적으로 파괴공작을 펴나갔다. 각 지역으로 군정중대를 파견한 것이 이단계 공작이었고, 그 조직을 이용해 반민족 세력인 경찰과 관리를 재등장시킨 것이 삼단계 공작이었다. 그리고 경찰을 무장시킨 다음 모든 지역에서 인민위원회를 강압적으로 해체시켜 나간 것이 사단계 공작이었다.(1.94)[4]

『태백산맥』에 제시되고 있는 위의 문면에서와 같이 미군정 당국은 일제 식민지 기간 반민족 세력이었던 친일 경찰과 관리를 다시 군정에 참여·재등장시키면서 남한 모든 지역의 탈식민과 민족국가 건립 시도를 철저히 차단하고 방해하였다. 미군정이라는 신식민적 과도기구가 탈식민을 시도하려는 민족 구성원 모두의 주체적 의지를 무시하고 말살해버린 것이라고 하겠다. 식민주의는 끝났지만 제국주의는 종결되지 않았다는 것을 다시 한번 확인시켜주는 부분이다.[5]

최초로 등장한 식민국가에 대한 일종의 대안국가적 조직이었음을 규명한다(박명림, 위의 책, 41쪽 참조).

4) 조정래, 『태백산맥』1권, 해냄, 2004(3판 43쇄), 94쪽(이하는 권, 쪽 번호만 표기).

5) 식민주의란 정착행위를 통해서 벌어지는 제국주의 작용방식에 관한 역사적으로 구체적인 경험이지만, 제국주의적 이상을 추구하는 유일한 방식은 아니다. 그러므로 식민주의가 오늘날 사실상 끝난 반면에, 제국주의는 미국과 같은 서구 국가들이 다른 국가들의 경제를 지속적으로 약탈하여 부와 권력을 확보하려는 방식으로 제국주의 행위에 여전히 관여하기에 식민주의에 맞물려서 지속된다(존 맥클라우드, 박종성 외 번역, 『탈식민주의 길잡이』, 한울 아카데미, 2003, 23쪽).

이처럼 진공상태로서의 역설을 보여주는 동시에 열정과 광기의 장이었던 해방 전후의 총체적 지형은 『태백산맥』에서 '벌교'라는 공간을 매개로 하면서 더욱 구체화된다. 작품의 가장 중심적인 공간으로서 벌교는 식민과 탈식민이 교묘하게 결합하고 갈등하는 중층적인 공간이다. 벌교는 한국에서의 근대화 과정, 식민화의 과정, 그리고 탈식민화의 과정을 압축적으로 보여주는 전형적 공간이기도 하다.

그런 점에서 벌교라는 소설적 공간은 『태백산맥』이라는 리얼리즘적 서사의 플롯과 주제를 견인하는 핵심적 요소로 작용한다. 『태백산맥』은 벌교를 중심으로 일어나고 있는 여러 가지 사건들의 극적 장면을 묘사적으로 제시하는 데에 힘쓰고 있으며, 그렇게 함으로써 거대한 역사적 사건의 핵심을 꿰뚫을 수 있게 되었다.6)

특히 벌교라는 공간은 해방 전후의 진공 상태에서 민중들의 탈식민 의식을 총체적으로 보여주는 주요한 공간이다. 탈식민주의는 주변화된 '공간/담론'에 주목함으로써 이를 소외시킨 중심의 '공간/담론'을 상대화하려는 의도를 전면에 내세운다.7) 그런 점에서 식민 담론이 직접적으로 투영된 중심공간으로서의 서울보다 국토의 주변부에 위치한 벌교가 훨씬 탈식민성을 강하게 지향하는 역설을 보여준다.

따라서 일제의 식민적 기획이 치밀하게 배치된 벌교라는 공간에서 해방 후 민중들의 탈식민 의식이 다른 어느 지역보다 강하게 표출되고 실천을 이루게 된 것은 하나의 역설이면서 당위를 선점한다. 과도

---

6) 소설 『태백산맥』은 모든 이이갸가 공간적 형식으로서의 플롯 개념으로 결합한다. 시간적인 인과성을 중시해 온 장편 소설의 일반적인 구성법으로서는 6·25 전쟁과 거기에 얽혀들어 있는 민중의 참담한 삶을 제대로 제시할 수 없다는 것은 당연한 일이다. 모든 인물들은 벌교를 중심으로 배치된다. 모든 사건도 벌교를 떠나서는 이해할 수 없다. 6·25 전쟁의 여러 가지 변화 과정마저도 벌교의 상황을 벗어나서는 별다른 의미를 갖지 못한다(권영민, 『太白山脈 다시읽기』, 해냄, 2003, 131쪽 참조).
7) 고인환, 『이문구 소설에 나타난 근대성과 탈식민성 연구』, 청동거울, 2003, 65쪽.

한 식민적 기획만큼 조선민중들의 삶은 더욱 왜곡되고 피폐해졌으며, 그에 따라 제국주의에 대한 저항과 탈식민 의식은 성숙되고 고조되었을 것이기 때문이다. 그런 점에서 여순사건이 계기가 되어 다른 어느 지역보다 저항적 탈식민의 중심점으로 벌교가 자리하게 된 것은 나름의 설득력을 확보하게 된다. 그러므로『태백산맥』에서는 진공상태로서의 해방전후와 저항적 탈식민의 거점으로서의 벌교를 시공소로 설정하여 해방전후 탈식민 저항운동의 당위를 사실적으로 제시해내고 있는 것이다.

따라서 이 글은 탈식민주의의 관점에서『태백산맥』의 문학적 지형을 규명해보고, 그 문학적 성취를 새롭게 조명해보고자 한다. 식민과 탈식민, 신식민 등 이념의 혼융 속에서 작품의 서사주체들이 직면한 정체성의 위기와 그것을 극복하기 위한 비동일화 담론으로서의 계급담론의 양상을 살펴볼 것이며, 탈식민 저항 운동의 방법으로 서사주체들이 채택하고 있는 '폭력'의 의의를 탈식민주의적 관점에서 고찰해볼 것이다.

II. 민족 정체성의 위기와 비동일화 담론으로서의 계급담론

해방 전후의 이념적 지형은 대단히 중층적이고 혼성적이었다. 식민주의와 탈식민주의, 그리고 신식민주의가 교차 · 혼융되는 공간이 바로 해방전후의 이념적 장의 모습이었기 때문이다. 이러한 상황에서 많은 이들이 일제 잔재 청산을 통한 탈식민을 지향하였지만 그것은 쉽지 않은 과업이었다. 이는 일제에 의해 기획되고 배치되었던 식민주의 담론이 여전한 관성을 가지고 민족 구성원 대부분의 내면을 지배하고 있었기 때문이며, 외부적으로는 미군정의 신식민적 담론이 물리적 영향력을 행사했기 때문이다. 이러한 식민과 탈식민, 신식민주의의 교차와 혼융은 곧바로 민족 정체성의 위기를 불러왔다.

『태백산맥』에서는 민족 정체성의 위기가 이미 일제 식민지 시절부터 비롯된 것이며, 보다 구체적으로는 일제의 치밀한 식민화 교육으로부터 말미암은 것이었음을 밝히고 있다.

> 일본 군국주의자들은 인간은 교육으로 재창조될 수 있으며, 그건 소년기 교육으로 결정된다고 확신하고 있었다. 그러므로 초등학교 선생들은 군국주의적 인간을 양성해내는 전초병이었고, 그 임무를 완벽하게 수행해낼 수 있는 능력자를 길러내는 것이 사범학교였다. 사범학교 교육은 선생이라는 존재가 언제가 균형을 잃지 않아야 할 지식적인 면과 현실적인 면을 융합시켜 주도면밀하게 실시되었다. 특히 조선인 학생들에게는 뇌세포 하나하나까지 일본화되게 하는 의식교육이 강조되었다.(4.234 - 235)

위의 문면과 같이 일본의 식민지 교육의 본질은 『일본 근대문학의 기원』한국판 서문에서 가라타니 고진이 지적한 바와 같은 조선민족의 무화無化 정책, 바로 그 자체였다. 일본 제국주의자들의 일선동조론日鮮同祖論은 상대의 타자성을 무화시키고 나서 타자를 지배하는 방법이었던 것이다.[8] 『태백산맥』에서 제시되고 있는 것처럼 일본 군국주의자들은 교육을 통해서 조선인 학생들의 뇌세포 하나하나까지 일본화되는 식민화교육을 실시하였다. 이러한 일제의 강압적인 민족성 무화 정책으로 인해 조선인으로서의 민족적 정체성은 소멸되거나 혼란스러울 수밖에 없었던 것이다. 더불어 일본 식민주의자들과 결탁한 조선인 내부의 친일분자들에 의해 이루어진 민족적 열등감과 패배감의 조장은 민족 내부의 정체성 혼돈과 분열[9]을 초래하기도 하였다.

---

8) 가라타니 고진, 박유하 옮김, 『일본 근대문학의 기원』, 2002, 12쪽.

그뿐만 아니라 그 사실을 일본놈들이 폭력적 관권을 행사하면서 끝없이 되풀이함으로써 그렇지 않아도 기죽고 주눅든 조선인들의 의식 속에 자학적 자기비하가 뿌리박히게 했다. 그것은 개인적 열등감과 자신감 상실을 조성했으며, 전체적으로는 민족적 패배감과 민족의식 분열을 초래했다. 더구나 친일분자들이 일본놈들과 똑같이 '역시 조선놈들은 어쩔 수 없다니까'하는 식의 말을 아무 거리낌 없이 해댐으로써 자기비하는 대중최면현상을 일으키며 사회적 고정관념이 되어갔다.(7.354)

　이러한 일제의 조선 민족 무화 정책으로 인해 해방 직후 민중들의 의식 저변에는 일제의 식민담론이 여전히 내면화되어 있는 상태였다. 이러한 민중들의 패배감과 무기력으로 인해 일본에서 미국으로의 제국주의 세력의 교체에도 불구하고 강력한 반동일화를 통한 민족 정체성을 구성해낼 수 없었던 것이다. 즉 당시의 조선 민중들은 식민주의가 끝났다는 인식만 있었지 제국주의가 여전히 강고한 힘을 구축하고 행사한다는 사실을 제대로 인식해내지 못했던 것이다.

　그런 상황의 연장선에서 해방 이후 조선인에 대한 미국인의 인식은 일본 제국주의자들의 그것과 별반 다르지 않았다.

　　"지금 한국 전쟁에 참전하고 있는 모든 미군들에게는 적을 증오하게 하는 생각을 고취시키고 있소. 적을 증오하는 생각을 갖게 하기 위해서는 먼저 이렇게 가르칩니다. '아시아인은 미국인과 동등하지 않다. 아시아인은 인간이 아니며, 인간 이하의 존재다' 이런 정의를 내려놓고, 그러므로 아시아인은 물건과 같이 취급할 수 있다. 또한 그들은 동물과 다르지 않다."(8.57)

---

9) 이러한 식민지인들의 분열된 의식에 대한 파농의 다음과 같은 지적은 적실하다.
　흑인은 이차원적인 존재이다. 자신의 종족과 관련되어 있고 다른 한 차원은 백인과 관련되어 있다. 흑인은 백인에 대해서는 물론이고 자신과 다른 종족의 흑인에 대해서도 매우 차별화된 행동양식을 선보인다. 흑인의 이러한 자기 분열이 식민주의적 굴종의 직접적인 산물이라는 사실은 의심의 여지가 없어 보인다. 또한 식민주의의 그 교묘한 지배 기술이 다종다기한 이론의 중심에서 도출된 것임을 믿지 않는 사람은 거의 없어 보인다.
　프란츠 파농, 이석호 옮김, 『검은 피부 하얀 가면』, 인간사랑, 1998, 23~24쪽.

위의 문면은 통역관으로 있던 김범우에게 영국인 장교 암스트롱이 미군의 한국인에 대한 인식을 비판하고 있는 대목이다. 극단적인 전쟁 상황에서의 한국인에 대한 미군의 인식들이겠지만 평시에도 그 내용은 별반 다르지 않았을 것이다. 동양인과 한국인에 대한 백인들, 제국주의자들이 갖고 있던 인종적 민족적 편견이 여전히 한반도에서 한국인들에게 작용했다고 추론할 수 있다. 이러한 식민적 상황에서도 많은 민족 구성원들은 미군정의 실체가 일본 제국주의의 그것과 그다지 변별성을 갖지 못한다는 것을 제대로 파악해내지 못했던 것이다.

　따라서 해방공간에서의 민족 구성원들은 다양한 이념에 노출되었으면서도 제대로 된 동일화의 담론을 구성해내지 못함으로써 민족 정체성의 위기에 직면하였고, 그것이 바로 민중들의 역량을 하나로 집중시킬 수 없었던 요인으로 작용하였던 것이다. 이는 일재 잔재 청산의 실패와 미군정의 정치적 전략에 휩쓸리게 되는 결과를 낳고 말았다. 『태백산맥』에서는 일제 청산을 효과적으로 수행하지 못했던 민중들의 자기 반성이 필요함을 역설한다.

> 미군정이 점령하기 전까지 우리 민중들에겐 이십 일이 넘는 절호의 시간이 주어져 있었어. 거기다가 건준이 신속하게 조직구성을 했지. 그런데 민중들도 그 아까운 시간을 허송했고, 건준도 전국 방방곡곡에 자생적으로 만들어진 민중 조직을 결속시켜 그 일을 단행하는 데 소홀히하고 말았어. 그나마 나라나 민족을 생각한다는 사람들이, 친일세력을 제거하지 못한 것이 미군의 비호 때문이라고 쉽게 말해버리는데, 물론 미군이 우리 민족문제에 개입해 저지른 범죄야 엄연하고 용서할 수 없는 일이지만, 그에 앞서 우리들 스스로는 그 기막힌 이십 일 동안을 뭘 했느냐고 냉정하게 우리 스스로를 비판해야 한다 그거네(5.186)

　이러한 민족적 위기를 불러온 상황에 대한 자기 반성은 기층 민중들의 미군정의 실체에 대한 인식의 변화와 연결된다. 『태백산맥』의 중반부 이후 그런 인식의 변화가 두드러지는데, 일본군대가 미군으로 바뀐 것에 불과하며 민중들의 고달픈 삶은 여전하다는 그들의 인식과 발화는 당시 민중들의 시대적 현실 상황과 이념적 지형에 대한 정확한 인식의 편린을 보여준다. 때문에 당대의 기층 민중들은 시대와 상황의 변화, 특히 우방으로 인식되었던 미국에 대한 새로운 인식과 실천을 통해 제3의 정체성10)을 구성해낸다. 그러한 식민적 존재로서의 정체성 구성을 이루어낸 존재들이 결국은 여순사건과 그로부터 촉발된 저항적 탈식민 운동에 몸을 던지게 되었다고 할 수 있다.

따라서 『태백산맥』은 이념의 혼성성11) 속에서 일제 식민 잔재의 청산과 민족 정체성의 재구성을 위한 탈식민 저항 운동을 있는 그대로 보여준다. 특히 탈식민 저항 운동의 주체라고 할 수 있는 염상진,

---

10) 탈식민 이론가 무스타파 마루치(Mustapha Marrouchi)는 "사이드가 보기에 논리와 정체성의 논리는 모든 이항대립의 출발점이 되는 안과 밖의 대립에 기초하고 있다."고 지적한다. 사이드는 우리―그들, 혹은 안―밖과 같은 상동적인 대립쌍들에 반대하면서도, 동시에 정체성이 타자화 과정을 통해 구성된다는 점을 직시한다. 모든 문화와 사회들은 "자아와 타자의 변증법에서, 즉 토착적이고 진정하며 고향에 속한 '나'라는 주체와, 외래적이며 위협적일지도 모르고 이질적인 저 바깥에 속한 '그것' 혹은 '너'라는 대상의 변증법"에서 정체성을 구성한다는 것이다(빌 에쉬크로프트·팔 알루와라이, 『다시 에드워드 사이드를 위하여』, 앨피북, 2005, 213~214쪽).

11) 임화와 바바의 차이점은 임화가 유물변증법에 의존하는 반면 바바는 탈구조주의(그리고 해체론)에 기대고 있는 점이다. 그에 따라 임화는 문화를 상부구조의 정신적 영역에 위치시키지만 바바는 문화 자체를 물질적인 것으로 본다. <중략> 그 둘과는 달리 우리는 (탈구조주의에 근거한) 탈식민주의와 마르크스주의, 미시적 담론이론과 대서사, 그리고 바바와 임화의 연계가 가능하다고 본다. 우리 근대 문학을 확대된 의미의 혼성성(그리고 제3의 공간)이론으로 해석하는 것은 그처럼 수정된 바바 이론을 통해 주체적인 탈식민주의적 논의를 펼치기 위해서이다. 미시이론의 측면에 편중된 바바는 주로 미시서사의 측면에서 문학작품들을 분석한다. 그러나 우리는 한발 더 나아가 대서사와 연계된 미시서사의 위치에서 작품들을 고찰할 수 있다(나병철, 『탈식민주의와 근대문학』, 문예출판사, 2004, 10~11쪽).

하대치 등의 서사주체들은 식민잔재 청산과 민족 정체성의 재구성을 위해 비동일화[12]의 담론을 구사한다. 식민과 탈식민, 신식민 등 이념의 혼성성 속에서 맞게 된 민족 정체성의 위기를 극복하기 위해 염상진과 하대치 등은 비동일화의 담론을 채택하게 된 것이다. 그들은 대다수 민중들의 내면을 지배하고 있던 반동일화 담론으로서의 식민담론을 폐기할 뿐만 아니라 동일화 담론으로 여겨졌던 민족담론의 한계를 일찍 간파해냈다. 그로 인해 그들은 민족담론도 식민담론도 아닌 계급담론을 비동일화담론으로 수용하고 선택한 것이다. 그런 점에서 『태백산맥』의 주제를 구현해내고 있는 계급담론의 지향은 총 4부로 이루어진 이 작품의 1－2부에서 3－4부로 전환하면서 초점인물의 변화, 즉 민족주의자인 김범우에서 사회주의자인 염상진으로 바뀌는 것에서 찾아볼 수 있다. 더구나 작품의 후반부에서 민족주의자인 김범우조차 사회주의자로 변신한다는 점에서 『태백산맥』의 지배적 담론이 계급담론임을 확인해 볼 수 있다.

이처럼 계급담론이 당시의 실천적인 민중들에 의해 탈식민 저항운동의 핵심담론으로 선택된 것은 조선 사회주의 운동의 특수성 때문이다. 제국주의적 억압과 착취를 체험한 지역에서의 사회주의가 민족적 정향을 본질로 한다[13]는 점에서 해방직후의 계급담론은 민족주의적 속성이 강했다. 특히 일제 식민지 시대를 거치면서 성장한 조선

---

12) 페쉬에 의하면 비동일화는 이데올로기 종속의 지배적 실천에 편승하는 동시에 저항하는 작업의 결과로 기술된다. 비동일화는 지배적 이데올로기 안에서 만들어지는 정체성과 동일화가 비록 완전히 거기에서부터 빠져나올 수는 없지만, 변형되고 치환된 결과에서 비롯된 것이다. 다시 말해 비동일화는 지금 우세한 이데올로기 실천에 편승하는 동시에 저항하는 정치적이고 이데올로기적인 실천에 의해 발생 가능한 것이다(다이안 맥도넬, 임상훈 옮김, 『담론이란 무엇인가』, 한울, 1992, 53~54쪽 참조).
13) 박호성, 『남북한 민족주의 비교연구』, 당대, 1997, 121쪽.

의 사회주의가 제국주의의 대체이념[14]으로 존재하였다는 점에서 그 저변에는 탈식민적 속성이 내재되어 있음을 미루어 추측할 수 있는 것이다.

그러므로『태백산맥』은 식민과 탈식민, 신식민 등 다층적 이념의 혼성성 속에서 민족적 정체성의 위기를 맞은 실천적 민중들이 비동일화 담론으로서의 계급담론을 정체성의 기제로 설정하였음을 사실적으로 형상화해낸 작품이라고 하겠다.

Ⅲ. 탈식민화의 구체적 방식, 폭력의 의의

갑작스럽게 다가온 해방으로 인한 진공 상태의 역설적 상태, 특히 식민과 탈식민, 신식민담론이 중층적으로 교차하는 이념적 지형 속에서 우리 민족이 탈식민에 대한 구체적 방식을 선취하기는 어려운 것이 사실이었다. 극복해야 할 내면화된 일본 제국주의의 식민담론과 그 실체를 파악하기 어려운 미군정의 신식민 담론의 혼재가 가장 큰 장애요인이었다. 따라서 급박하게 전개되는 혼돈의 상황에 노출된 민중의 대응은 즉자적인 것일 수밖에 없었으며, 그 방식은 논리적이기보다는 폭력적인 방식에 의존할 수밖에 없었다. 이러한 탈식민

---

14) 일제의 강압적 억압이 심화되는 가운데에도 사회주의 운동이 지속될 수 있었던 것은 사회주의가 민족해방에 대한 희망을 제시하였기 때문이었다. 그것은 현실적으로, 식민지 민족의 독립운동에 대한 전격적인 지원을 통해서 식민지의 사회적 모순과 계급적 모순을 타파하고 독립할 수 있는 희망을 갖도록 하는 현실 사회주의 사회의 존재를 통해서 추동력을 갖는 것이었다. 이 점에서 일제하 일본제국주의 지배체제에 대한 적극적인 대항의 이념으로 수용된 한국의 사회주의는 제국주의에 대한 대체이념의 성격이 강하다고 할 수 있다(전상숙, 「사회주의 수용 양태를 통해본 일제시기 사회주의 운동의 재고찰」, 『동양정치사상사』 4권 1호, 2005, 169쪽).

화의 구체적 방식으로서 폭력의 정당성을 형상화해낸 작품이 바로
『태백산맥』이다.

프란츠 파농은 탈식민화 과정에서의 어쩔 수 없는 폭력의 발생을
정당화한다. 그는 탈식민주의는 특성상 적대적인 두 힘의 대결을 의
미하는데, 그것은 바로 원천적으로 식민지 환경 속에서 성장하고 성
숙한 두 힘의 대결을 말하며, 그 두 힘의 조우는 폭력의 기록[15]이라는
것이다. 그는 식민주의적 폭력에 맞서기 위해서는 또다른 형태의 폭
력이 필요하며 이 경우 폭력은 자유라는 대의를 가진 폭력이라고 강
조한다. 그리하여 민족해방을 위한 무장 투쟁이 비로소 시작된다고
주장한다. 이러한 파농의 견해를 전제로 할 때 우리는 『태백산맥』에
서 민중들이 폭력적인 방식으로 식민적 잔재를 청산하고 동시에 신
식민적 기득권 세력에 대항하는 방법으로 폭력을 선택할 수밖에 없
었던 이유를 찾을 수 있다.

더군다나 『태백산맥』에서 제시되는 벌교 민중들의 무장투쟁은 폭
력적인 제국주의의 지배방식에 대한 '방어적 폭력'이자 '상대적 폭력'
이었다.

> 결과적으로 그들이 무장투쟁을 전개하지 않을 수 없는 것은 미군정의 무력탄
> 압에 그 명백한 원인이 있었다. 그러니까 그들의 행위를 '폭력'으로 간주하더라도
> 그건 어디까지나 '방어적 폭력'이었고, '상대적 폭력'이었다. 미군정은 여운형의
> 조선인민공화국 부인, 친일파 핵심세력인 한민당의 옹호, 청년단 구성과 백색테
> 러 감행, 공산당원들의 무차별 체포와 조직 파괴공작, 남한 단독정부 수립으로

---

15) 탈식민적 기획을 실천에 옮기거나 이 기획의 원동력이 되기로 결심을 한 원주민
은 어느 때고 폭력을 사용할 준비가 되어 있는데, 그것은 원주민의 입장에서 볼 때
다양다기한 금기들로 얽히고 설킨 한 세계를 절대적인 폭력을 통하지 않고서는
심문할 수 있는 방법이 없기 때문이라고 파농은 강조한다(프란츠 파농, 「폭력에 대
하여」, 『아프리카탈식민주의 문화론과 근대성』, 도서출판 동인, 2001, 12~14쪽
참조).

이어지는 폭력행위를 조직적이고 단계적으로 시행해왔던 것이다. (1.67)

위의 문면에서 보는 바와 같이 우리 민족에게 가해지는 미군정의 폭력성이 결국은 또 다른 피식민주체의 방어적 폭력을 발생시켰음을 『태백산맥』은 보여주고 있는 것이다. 그러한 방어적 폭력은 최소한의 인간적 생존과 존엄의 유지를 위해 불가피한 것이었다. 이에 대하여 메를로 퐁티는 "폭력을 행사하는 자들에 대해 폭력을 자제하는 것은 오히려 그들의 공모자가 되는 것이며, 모든 폭력을 비방하는 사람은 정의와 불의의 영역 밖으로 자신을 밀어내는 사람이다"[16]라고 설파한다. 이러한 인간적 생존과 정의의 실현을 위한 방어적 폭력의 전형적 양상이 바로 소설 『태백산맥』에서 발단을 이루는 여순사건으로 설정되고 있는 셈이다. 여순사건[17]은 단지 제주 4·3항쟁 진압에 저항하는 좌파 군인들의 모험주의적 성격의 반란이 아니라 해방 이후 탈식민화 과정의 다층적 문제와 모순들이 결집되어 폭력적인 방식으로 폭발한 것이라고 하겠다.

또한 이 작품에서는 남한에서의 미군정의 폭력성뿐만 아니라 북한

---

16) 모리스 메를로-퐁티, 박현모 외 옮김, 『휴머니즘과 폭력-공산주의 문제에 대한 에세이』, 문학과 지성사, 2004, 146쪽.
17) 여순사건 직후부터 최근에 이르는 여순사건에 관련한 담론은 주로 여순사건과 폭력을 등식화하는 것이었다. 이러한 등식화를 통해 대한민국이 얻은 효과에 대해 비판적으로 검토한 연구가 바로 임종명의 「여순사건의 재현과 폭력」이다. 여기서 필자는 여순사건과 폭력의 등식화 속에서 대한민국은 많은 관념상, 실질적 이득을 누리게 되었다고 강조한다. 그는 이같은 등식화를 통해 여순사건 진압, 국가보안법 제정, 학도호국단 창설 등을 통한 대한민국 국가능력 강화에의 인류애적, 민족주의적인 근거와 대의를 제공했으며, 대한민국의 정당성이라는 단순명료한 규율적 지식을 통해 대중들의 규율적 지배를 가능하게 하였다고 주장한다. 결국 필자는 여순사건과 폭력의 등식화가 대한민국 자신을 근대 민족국가로 재현·형상화하고, 동시에 근대 민족국가성을 획득하는데 여러 면으로 공헌했다고 비판하고 있다(임종명, 「여순사건의 재현과 폭력」, 『한국근현대사연구』 32집, 2005, 130~131쪽 참조).

에서의 소련의 제국주의적 폭력성을 지적해낸다. 이 작품의 서사주체들은 미국의 폭력적인 지배전략 뿐만 아니라 소련의 북한 지역 지배 전략에 대한 문제점을 날카롭게 지적해내고 있다.

> "그런데 미군정이 한 짓은 뭐였나. 바로 그 인공을 부인하지 않았소. 그 행위는 바로 우리 민족 전체를 부인하는 만행이었소. 그럼 상황을 바꿔서 생각해보세. 미국과 쏘련이 바뀌어서, 아니 그렇게 하면 복잡하니까, 인공이 서울이 아닌 평양에서 구성되었다면 소련은 어땠을 것 같소! 인정일까, 부정일까? 그들도 미국과 마찬가지로 부인했소. 그들도 미국처럼 자기네한테 필요한 정권을 세워야 하는데 인공은 민족주체적 정치조직이고 따라서 외세배격적 민족세력이었기 때문이오. 우리는 우리의 훌륭한 자치능력을 새로운 침략자들의 폭력으로 파괴당했소."(5.306 − 307)

<해방일보> 기자이자 사회주의자였던 이학송의 위의 발언은 민족의 분단과 6 · 25 전쟁과 같은 비극적 상황이 바로 미 · 소 양 강대국의 폭력적 지배 전략으로 인한 것임을 제대로 통찰하게 한다. 특히 이러한 제국들의 팽창주의적 지배전략으로 인한 폭력의 비극적 희생양이 바로 염상진, 하대치, 김범우를 비롯한 우리 민족 구성원 전부임을『태백산맥』은 적실하게 그려내고 있다.

한편 사이드는 피식민지인의 폭력이란 "주체로서의 백인과 객체로서의 흑인의 사물화를 극복하는 변증법적 종합"이라고 읽어내면서, "파농은 폭력을 인식론적 혁명을 가능하게 하는 정화의 힘으로 여겼는데, 이것이 루카치가 자아와 타자의 사물화와 파편화를 극복하는 정신의 의지적 행위라고 부른 것과 흡사하다"고 주장한다.18)『태백산맥』에서도 여순사건에 참여하고 그 후 6 · 25까지의 과정에서 빨치산 투쟁에 참여하였던 염상진, 하대치 등의 인물들은 탈식민의

---

18) 빌 에쉬크로프트 · 팔 알루와라이, 앞의 책, 216쪽.

강력한 의식을 통하여 이러한 폭력의 방식에 동의했다고 할 수 있을 것이다.

따라서『태백산맥』에서 제시되는 폭력적 방식에 의한 탈식민화의 서사는 루카치적 의미의 리얼리즘적 가치를 구현해내고 있다.19) 이를테면 그러한 폭력에 의한 탈식민화의 서사는 곧 탈식민을 지향하는 주체들의 의식의 각성과 실천을 보여준다는 점에서 루카치가 리얼리즘 소설론에서 강조하는 문제적 인물을 전형적으로 구현해내는 것이 된다. 그러한 문제적 개인은 개인적 존재로서의 인간과 사회적 존재로서의 인간 사이의 모순과 긴장을 드러내는 인물이기 때문이다.

여기서 우리는 폭력을 매개로 한 탈식민적 체제저항운동의 측면에서 해방 전후와 한국전쟁에 이르는 빨치산 투쟁의 역사적 의미를 새롭게 추론해 볼 수 있다. 이러한 빨치산 투쟁을 우익에 대항하는 좌익의 폭력적 모험주의로 해석하는 것은 남한의 사회주의 세력의 민족주의적 속성을 폄하하는 것이 된다. 이는 앞에서 지적한 것처럼 식민지 경험이 있었던 제3세계 사회주의 이데올로기의 속성에 민족주의적 성향이 강하게 내재되어 있다는 점을 몰각하는 것이 되는 셈이다. 그런 점에서 빨치산 투쟁을 오직 사회주의 운동으로만 해석하는 것은 곤란할 것이며, 그 이면에는 저항적 탈식민 의식이 녹아들어 있었

---

19) 루카치에게 리얼리즘이란 일차적으로 총체적 사회 현실 또는 역사 현실을 그려내는 서사 형식을 가리키는 말이지만 그러한 서사 형식을 결정하는 것은 문학적 내용인데, 그 문학적 내용의 핵심에는 언제나 '인간이란 무엇인가'에 관한 질문이 도사리고 있다. 루카치의 리얼리즘적 관점에서 봤을 때, 성공적인 문학 작품이라면 작품 속의 인물들은 개인적 존재로서의 인간과 사회적 존재로서의 인간 사이의 모순과 긴장을 드러내야 한다. 이 과정에서 독자들은 생생하게 묘사된 개인의 모습을 접하게 되지만 그 이면에는 이미 사회적 가치나 당대의 세계관이 매개되어 역사적인 구체성을 획득한 개인을 보게 된다는 것이 루카치의 리얼리즘의 개요이다(이승렬, 「탈식민 실천으로서의 제3세계 문학」,『탈식민주의 이론과 쟁점』, 문학과 지성사, 2003, 315쪽).

던 것이다. 즉 이는 빨치산 투쟁을 제국의 변두리에서 신식민적 국가 제도에 대한 탈체제적 저항운동[20]으로도 해석가능하다는 의미이기도 하다. 이를테면 당시 남과 북 어느 정권으로부터 정당성을 인정받지 못한 채 역사투쟁으로 귀결된 빨치산 투쟁의 한계가 바로 당시 우리의 저항적 탈식민주의의 한계로 귀결됨을 추론해 볼 수 있다. 이는 당시의 빨치산 투쟁이 바로 그 근원에 탈식민의식을 전제로 하였기 때문이며, 둘은 결코 분리될 수 없는 상관물로서 작용했기 때문이다. 당시의 탈식민 의식과 빨치산 투쟁은 미국에 의해 재편성된 남한의 정치질서로부터, 한편 소련과 중국의 간섭에 의해 구성된 북한의 정치질서로부터 결국 용인될 수 없는 것이었다. 이처럼 당시 한반도에 강력한 지배력을 행사하였던 제국주의에 대항한 탈식민 의식은 당대로부터 먼 시간적 거리를 확보한 역사적 평가속에서나 용납되거나 해석될 수 있는 것이었다. 따라서 『태백산맥』은 해방전후 우리 민족의 탈식민 의식의 실체와 한계를 가장 극명하게 보여준 리얼리즘적 서사였다고 평가할 수 있다.

Ⅳ. 식민의 끝과 시작, 『태백산맥』의 문학적 지형

최근 민족주의의 허구성에 대한 실증적 연구가 다양하게 이루어지고 있다. 그러한 연구의 지적들처럼 상상의 공동체로서의 민족의 개

---

20) 식민지의 민족의식은 제국주의와 식민주의의 타자의 위치에서, 또한 제국의 변두리인 식민지 국가 제도에 반항하는 위치에서 탈체제적 저항운동과 함께 나타나기도 했다. 이 타자성을 지닌 민족 이념은 제국주의와 식민주의, 그리고 근대 국가의 제도적 외부를 경험하려는 충동으로 추동되었다. 근대성의 내부가 아니라 외부를 갈망하는 이 민족 인식은 주로 문학작품과 민중적 변혁 운동에서 발견된다(나병철, 『근대서사와 탈식민주의』, 문예출판사, 2001, 177~178쪽).

넘이 여성이나 인종, 혹은 소수자들의 권리를 지나치게 제한해 온 것은 사실이다. 하지만 제대로 된 민족주체를 구현해 본 경험이 없다시피 하는 우리에게 민족의 개념은 새롭게 재구성해야 할 당위로서의 가치를 선점한다. 그것이 제대로 완성되고 정립된 후에야 민족주의 담론이 허구와 상상의 구성물임이 확인될 것이며, 그러한 확인 후에야 민족주의의 허상은 자족적으로 깨뜨려지게 될 것이다. 때문에 민족주의로부터의 탈피는 한반도에서의 완전한 탈식민의 완성 후에 가능하게 될 것이다. 이러한 탈식민의 지향과 가능성을 통찰할 수 있게 하는 작품이 바로 대하장편소설『태백산맥』이다.

『태백산맥』은 일제에 의해 내면화된 식민담론의 관성과 미군정의 신식민적 기획에 대항하는 민중들에 의한 탈식민 혁명이 성공적으로 이행되지 못함으로써 여순사건이나 6·25와 같은 폭력적이고도 비극적인 사건이 발생되었다는 점을 적확하게 지적해내고 있다. 이러한 민족의 비극적 상황을 사실적으로 제시하면서도 그 근원으로서의 식민담론과 저항적 탈식민 의식을 철저히 묘파해낸 점에『태백산맥』은 그 문학사적 의의를 충족시키고 있다.

그리고 이 작품은 식민주의와 탈식민주의, 그리고 신식민주의가 교차되고 혼융되는 공간으로 해방전후의 이념적 장의 모습을 상동하게 반영하고 있다. 특히 이 작품에서는 서사주체들이 이념의 혼성성 속에서 정체성의 위기를 맞게 되고, 그것을 극복하기 위해 비동일화의 담론을 채택하는 양상을 보여준다. 민족 정체성의 위기 가운데 서사주체들은 동일화 담론으로서의 민족담론이나 반동일화 담론으로서의 식민담론이 아닌 제3의 담론으로서의 계급담론을 지향하게 된 것이다.

뿐만 아니라『태백산맥』은 탈식민화의 유일한 방식으로서의 폭력

의 정당성을 형상화해낸 작품이다. 그러한 폭력적 방식에 의한 탈식
민화의 서사는 루카치적 의미의 리얼리즘적 가치를 구현해내고 있
다. 그러한 리얼리즘적 서사의 구현이야말로 저항적 탈식민주의의
새로운 전형을 획득해내는 것이 된다. 따라서 이 작품은 제국주의와
식민담론에 대한 적극적인 대응 방식, 즉 폭력에 의한 저항의 서사를
구현함으로써 새로운 탈식민의 방식과 담론을 제시하고 있는 것이다.

▶ 이 글은 2006년 『현대문학이론연구』 29호에 실렸던
「『태백산맥』의 탈식민성 연구」를 재수록한 것임.

지리산 공간 스토리텔링

─문화콘텐츠화 전략과 방향을 중심으로

정경운*

Ⅰ. 들어가며

1967년 우리나라 최초의 국립공원으로 지정된 지리산국립공원은 2010년도 방문자수가 300만 명이 넘을 정도[1]로 국내에서는 이미 유명 관광지이다. 방문의 동기는 다양하겠지만, 수년 전 한참 유행했던 '20대나 30대에 꼭 해야 할' 혹은 '죽기 전에 꼭 해야 할' 목록 중 하나로 지리산 종주가 끼어 있었던 것을 생각해보면, 한국사회에서 지리산은 단순히 '산'이 아닌 인간의 존재론적 근원 탐색과 관련된 '문화적 공간'으로서의 성격까지 담보하고 있는 것으로 보인다.

지리산이 갖고 있는 위와 같은 독특한 문화성과 더불어 1990년대

---

* 전남대 문화전문대학원 교수.
1) 국립공원관리공단 홈페이지(www.knps.or.kr) 참조.

중반 지자체 실시 이후 지리산권역을 둘러싼 시·군의 개발붐, 그리고 2007년부터 산림청 주도로 추진되고 있는 '지리산둘레길'사업 등을 통해 지리산은 이미 콘텐츠의 포화상태를 보이고 있는 상황이다. 이런 시점에서 지리산의 문화콘텐츠화를 논의한다는 것이 어쩌면 무의미할 수도, 불필요한 것이라 생각될 수도 있다. 차라리 더 이상 손을 대지 않는 것이 지리산 보전을 위해서 우리가 할 수 있는 최소한의 예의일 수도 있을 것이다.

사실 지난 십수년 간 지리산권역 개발은 지자체와 지역주민들의 소득원과 직결된다는 경제적 논리에 힘입어 지속적으로 행해져 왔으며, 현재도 여전히 진행 중이다. 특히 2008년을 기점으로 지리산권역은 해당 지자체 개별 단위를 넘어 7개 시·군이 '지리산권관광개발조합'2)을 설립함으로써 개발의 박차를 더욱 가하는 상황으로 접어들고 있다. 그러나 한편으로는 개발의 가속도를 내는 이런 방식에 대해 지역의 우려가 깊어지고 있는 것3)도 사실이다.

---

2) '지리산권관광개발조합'은 지리산권 공동사업의 효율적 추진을 한다는 명분하에 2008년 9월, 전북 남원시·장수군, 전남 곡성군·구례군, 경남 하동군·산청군·함양군이 공동 참여해 설립한 자치단체조합이다. 과잉·투자 방지와 지역 관광개발사업의 광역적 시너지 효과를 확보할 수 있으리라는 기대를 안고 출발했으나, 8년 동안 공동 개발 사업 따로, 지자체별 특성 따로 사업을 허용하면서 논란을 안고 있는 상황이다. 지난 2007년 산청군이 시천면 중산관광지에서 지리산 제석봉 구간 5.4km에 케이블카를 설치한다는 계획 하에 추진위원회를 발족시키면서 케이블카 추진을 이끌어가고 있는 현상은 그 대표적 사례로, 이 사안은 현재 환경단체의 반발에 부딪치면서 지역적 논란을 일으키고 있다(「쟁점진단, 지리산 케이블카」, 『경남도민일보』, 2007.10.31~2007.12.12).

3) '지리산권관광개발조합'의 출발에 대해 지역 여론은, "지금까지 지리산이 생태계의 보고이자 역사·문화유적지가 될 수 있었던 것은 무엇보다 개발을 최소화한 덕분이었다. 그런데 이젠 정부가 앞장서서 조직적인 개발을 허락했으니, 공동개발·지자체별 특성화 개발이라는 명목으로 얼마나 지리산을 몸살 앓게 할 것인가. 최소한의 개발이라고 해도 자연환경을 일정부분 훼손할 수밖에 없는 것인데, 구경꾼을 더 조직적으로 끌어들여 돈 벌어보자고 지자체들이 손을 잡았으니, 개발 뒤에도 평화

개발과 보존이라는 위의 두 가지 팽팽한 논리는 우리가 문화콘텐츠로서 지리산을 재구성하고자 할 때, 기존의 개발 방식과는 다른 방식의 접근이 필요하다는 것을 시사해준다. 다시 말해 시각의 전환이 요구되는 시점이라는 것이다.

이 시각의 전환은 경제적 대상으로만이 아닌 문화적 공간으로서 지리산을 어떻게 해석하고 드러낼 것인가라는 질문을 동반한다. 따라서 이 글의 부제로 쓰인 '문화콘텐츠화 전략과 방향'이라는 것 또한 단순히 산업적 관점에서만이 아닌 문화적 관점으로 지리산에 접근하는 가능성을 찾아보자는 것과 관련된다. 그 가능성을 찾는 과정은 다시 다음 두 가지 질문에 대한 답을 찾는 과정과 연동될 수 있을 것이다.

첫째, 문화적 공간으로서 지리산이란 어떤 의미인가. 지리산이란 공간을 바라보는 방식은 생태적 관점, 역사적 관점, 종교적 관점, 생활사적 관점 등 해석 주체의 입장에 따라 다양할 수 있으나, 이들 중 어느 하나가 아닌 이것들의 총체 이상의 것이 지리산의 진정한 이름일 것이다. 중요한 것은 적어도 한국사회에서 지리산은 다른 국립공원과는 달리 자연공간, 휴식공간을 넘어선 존재론적 탐구가 일어나기를 기대하는 공간이라는 것이다. 다시 말해 인문적 질문을 던지거나 혹은 받아들고 그 답을 찾아나가는 공간의 성격을 갖는다는 것을 말한다. 이는 곧 지리산의 문화콘텐츠화 전략이 지리산권을 찾는 방문객들에게 단순한 자연공간, 관광공간에서 인문적 공간으로의 변화를 유도하는 방향으로 나아가야 한다는 것을 의미한다. 그렇다면 지리산을 만남으로써 일상에서 놓쳐버린 삶의 맥락을 다시 한 번 성찰

롭고 마음의 안식을 주는 지리산을 만날 수 있을지 의문"이라면서 "지리산 개발 조합에 맞선 보존 조합의 태동이 필요"하다는 입장을 보이고 있다(「지리산 개발과 상황논리」, 『경남도민일보』, 2008.9.12).

해내고 진정한 생태론적 에너지를 복원시킬 수 있는 공간으로 어떻게 전환시킬 것인가가 과제로 남는다.

둘째, '지리산권문화연구단'(이하 '연구단')이 지금까지 축적해놓은 연구 성과를 향후 '연구단'의 사업 과제 중 하나인 '문화콘텐츠 개발'과 연동하는 데 있어, 어떻게 그 방향을 설정해 나가야할 것인가이다. 이는 현장지로서의 인문학의 역할과 관련된 질문이다. 적어도 '연구단'의 성과물이 연구실 안에서 사장되는 것이 아니라, 구체적 삶의 맥락 속에 침투해 들어가기 위해서는 필연적으로 요청되는 것이다.

이 글은 앞의 두 가지 질문에 대한 고민을 동반하면서, 그 답의 가능성을 찾기 위한 하나의 시도로 작성된 것이다. 여기서는 '공간 스토리텔링'이라는 틀로 문화적 공간으로서의 지리산에 접근하기 위해 제안될 수 있는 몇 가지 사례를 살펴보고자 한다.

Ⅱ. 지리산의 장소성, 그리고 공간스토리텔링

하나의 공간과 관련된 문화콘텐츠화를 얘기하는 데 있어 편의상 공간과 장소를 구분해 설명할 수 있다. 이때 공간space은 일정한 활동이나 사물들 또는 환경을 가지는 위치들 간의 연장으로서 추상적이고 물리적인 범위와 관련된다면, 장소place는 체험적이고 구체적인 활동의 기반이면서 맥락적이고 문화적인 의미와 관련된다. 다시 말해 장소는 인간의 활동을 통해 의미가 부여된 공간이라 할 수 있다. 이런 점에서 장소는 인간과 분리되어 설명될 수 없는 것이다. 이때 각 개인이 자신의 체험을 통해 공간에 부여하거나 또는 생성·획득된 장소적 의미를 '장소감sense of place'이라 하며, 반면에 장소와 관련된 집단적 행위와 가치 부여에 대해서는 '장소정신spirit of place'이란 용어가 사용된다. 이러한 장소감이나 장소정신이 개인이나 집단의 행위 차원에서 사회적 의식으로 승화될 때, '장소성placeness'이라는 개념을 사용할 수 있다. 즉, 장소성이란 특정 사회의 구성원들이 집단적 생활을 영위하는 과정에서 그 생활의 기반이 되는 장소에 대해 가지는 사회적 의식이라고 할 수 있다.[4]

이런 측면에서 보자면 지리산은 단순히 자연공간이 아니라, 무수한 신화와 종교를 탄생시키고, 역사적 사건과 직결되며, 아직도 수많은 사람들의 삶의 거주지이자 산꾼들의 이야기를 지속적으로 만들어내고 있다는 점에서 '장소'라 할 수 있다. '연구단'이 규정한 것처럼 '한반도 문화의 중심축 가운데 하나', '융합과 조화의 표상', '인문학의 보고', '관광자원의 보고'[5] 등으로 표현될 수 있는 '장소성'을 갖추고 있다.

그러나 지리산이 갖고 있는 이 장소성은 다소 일면적인 것일 뿐이다. 다시 말해 장소와 관련된 "의미의 창출·부여·획득·상실의 근거가 그곳에서 생활하는 사람들의 상호행위와 의미부여, 생활양식"[6]이라 했을 때, 위에 언급된 지리산의 장소성은 기존에 지리산을 삶의 근거지로 혹은 활동의 근거지로 활동했던 주체들이 부여한 의미에 의해 구성된 것일 뿐인 셈이다. 따라서 현재 우리가 목표로 해야 하는 것은, 지리산의 기존 장소성이 이곳을 방문하는 방문객들과 어떤 상호작용을 통해 새로운 '장소성'을 구축할 것인가에 있다.

---

4) '장소', '장소감', '장소정신', '장소성'에 대한 논의는 최병두, 「자본주의 사회에서 장소성의 상실과 복원」, 『도시연구』 제8호(2002), 한국도시연구소, 255~257쪽 참조.
5) 지리산권문화연구단 홈페이지(http://jirisanin.org) 참조.
6) 최병두, 앞의 논문, 257쪽.

공간 스토리텔링은 지리산의 새로운 장소성을 구축하기 위한 하나의 전략이라고 할 수 있다. 물론 이는 기존의 장소성을 폐기하는 것이 아닌, 문화적 변용을 거쳐 그 가치를 더욱 확장시키자는 데 목적이 있다.

공간 스토리텔링은 기존의 '장소'가 갖고 있는 다양한 스토리[7]를 발굴해내거나 여기에 일부 첨삭을 가해 변형스토리를 창출해내거나, 혹은 공간과 전혀 상관없는 스토리를 개발한 것을 바탕으로 공간을 재구성하여, 이곳을 방문하는 방문객들과의 소통을 통해 새로운 의미를 발견해내고자 하는 전략이라 할 수 있다.

김영순(2010)[8]은 공간 스토리텔링의 공간 구성 유형으로 세 가지를 제시하고 있다. 첫째, 개체적 유형으로 '점'적인 공간이다. 이는 이야기를 실천하는 새로운 물리적 공간의 조성(예를 들면, 테마파크)일 수도 있고, 기존의 공간에 대한 이야기를 발굴함으로써 다시금 새롭게 이미지화된 공간으로서의 재발견일 수도 있다. 둘째, 서사적 유형으로 '선'적인 공간이다. 주로 '점'적인 공간을 연결하여 공간 텍스트를 읽어내는 청자에게 이야기의 동선을 부여하는 방법으로 활용된

---

7) 최인호는 스토리텔링과 관련된 몇몇 자료를 재구성하여 장소 스토리의 유형으로 다음 목록을 제시하고 있다(「스토리텔링 관점에서 본 장소마케팅」, 『대한관광경영학회 2008 제31차 정기학술발표대회논문집』, 대한관광경영학회, 2008, 39쪽).

구분	주요 내용
문화스토리	신화,전설,민담,인물,언어,축제・의식,민속・풍속,건축,조각,회화・서예,서적・활자・기기,공예・자기,전통및테마마을,유적지・사적지
자연스토리	동・식물,보호구역,산악및평지자원,수변및해양자원,경승지
산업스토리	산업현장,유명상점,시장,쇼핑몰,공장
장소・시설스토리	관광지구,공원,전시・관람시설,스포츠・체육시설,숙박시설,식음시설,쇼핑시설,교통시설,유원・휴양・수련시설,부대시설,관광안내소,안내표지,안내전화,화장실,휴게소,공중전화

8) 김영순, 「공간 텍스트의 사회문화적 재구성과 공간 스토리텔링」, 『인문콘텐츠』 제19호, 인문콘텐츠학회, 2010, 46쪽.

다. 셋째, 통합체적 유형으로 '면'적인 공간이다. 앞의 개체적 유형과 서사적 유형의 공간이 혼합적으로 나타나며, 각각의 작은 공간들은 일련의 큰 정체성을 구성하는 데 필요한 요소로서 작용한다.

이 글에서는 지리산권의 공간을 접근하는 데 있어, '점-선-면'의 공간을 순차적으로 다루게 된다. 개체적인 '점'으로서의 공간에서는 마을공동체의 문화공간화와 심미적 경험공간의 가능성을 살펴보고, '선'적인 공간에서는 '트레일trail'에 대한 새로운 접근 가능성을, 마지막으로 '면'으로서의 지리산권역 전체의 스토리를 담을 수 있는 몇 가지 사례를 살펴보고자 한다.

III. 지리산권역 공간스토리텔링 전략

1. 점 : 공간의 발견 혹은 재구성

하나의 특정 공간은 모두 점으로 간주될 수 있다. 그런 면에서 지리산권역엔 이야기를 담은 무수한 점들이 존재한다. 신화를 품은 각 봉우리와 계곡들, 창건설화를 갖고 있는 사찰들, 근대사의 비극을 담은 산청의 '지리산빨치산토벌전시관'과 반선의 '전적기념관', 경상우도의 남명학을 보여주는 '덕천서원', 『흥부전』이 살아 숨쉬는 '흥부골', 송흥록의 탄생지인 남원 운봉의 비전마을 등 그 수를 헤아리기가 어려울 정도다.

그러나 이 점들은 지자체에 의한 관주도적 방식의 시각이 그대로 반영된 개발이 이루어지면서 오히려 이야기의 본질이 흐려지거나, 혹은 직접 그 공간에서 살고 있는 거주민들의 일상적 삶의 맥락과는 전혀 상관없이 분리되어 존재하고 있는 것이 현실이다. 한편으로 운이 좋은 경우 아직까지 관의 손길이 닿지 않은 채 이야기가 공간으로 가시화되지 못한 채 남아 있기도 하다. 이것은 다시 문화적 공간으로서의 지리산을 어떻게 의미지어야 하는가라는 질문을 다시 요청하는 문제이기도 하다.

따라서 점으로서 공간에 접근하는 방식은 대략 두 가지 방향이 가능할 수 있겠다. 첫째, 거주민들의 일상적 삶의 맥락과 직결되는 스토리-문화 공간이 가능한 방법에 대한 탐색이다. 둘째, 해당 지역의 스토리에만 매달려 그것을 전달하기에 급급한 기존의 공간 개발 방식을 넘어 스토리 자원을 토대로 심미적 경험을 할 수 있는 공간 창출의 형식이 가능한가를 찾아보는 것이다.

1) 마을공동체를 중심으로 한 '스토리-문화 공간'

대부분의 관주도적 개발 방식은 해당 공간을 개발하는 데 있어 참조점을 방문객에게 두는 것이 일반적이다. 따라서 방문객에게 인지도가 큰 스토리 자원이 무엇이며, 이들을 유입하기 위해 눈에 띌 만큼 크고, 화려한 것이 무엇일까를 고민한 끝에 결국 대부분은 하드웨어 설치로 결론을 맺는다. 알 만한 스토리 자원이 있는 곳에 가보면 여지없이 큰 전시관이나 박물관이 자리 잡고 있는 이유가 이 때문이다. 당연히 이 과정에서 주민은 대상화될 수밖에 없으며, 따라서 이렇게 개발된 스토리 자원들이 해당 공간에 거주하는 지역주민들의 삶과 연관되는 것이라고는 쉽게 상상할 수가 없다.

문화라는 개념 규정에 대한 일반론을 언급할 필요도 없이 가장 일상적이고 사소할 정도로 작은 것들이 문화의 진정한 토대라고 볼 때,

생활공동체 안에 의식적·무의식적으로 계승되어 온 수많은 이야기들은 그 자체로 훌륭한 자원이 될 수 있다. 다만 그것을 어떻게 드러낼 수 있는가가 우리가 고민해야 할 지점이다.

지역주민은 자신들의 삶의 맥락 속에서 기존의 이야기를 계승하면서 새롭게 이야기를 만들어내는 전승주체이자, 생산주체라고 할 수 있다. 이들이 자신들의 이야기 자원에 대한 가치를 인지하고, 스스로 발굴·수집해내며, 그것을 가시화시킬 수 있는 역량에 대해 주목할 필요가 있다. 다시 말해, 주민이 문화주체가 되어 자신들의 공간에 편재되어 있는 이야기 자원을 아카이빙할 수 있는 '스토리-문화 공간'을 생각해볼 수 있다는 것이다.

마을공동체를 토대로 한 이런 작은 소규모 문화공간은 현재 국내에서 다양한 방식으로 실험이 되고 있는 상황이다. 예를 들어, 전북 진안에 있는 전북 백운면의 '마을조사단' 운영과 '공동체박물관',9) 제주 봉개마을의 '명도암마을갤러리'10) 등은 참조할 만한 사례이다.

물론 이 공간들은 모두 지원 사업의 형식을 통해 진행된 것으로, 애초에는 외부 전문가들이 마을주민들과 함께 협의체를 통해 마을공동

---

9) 전통적인 마을문화를 기반으로 마을만들기와 농촌관광의 새로운 실험들을 계속해오고 있는 백운면은 '지역 통째로 박물관'이란 구상 하에 '마을조사단'을 만들어 지역의 유무형 자원들을 네트워크로 구축하는 일을 진행하고 있다. 원촌마을의 이야기를 담은 간판개선사업과 비어있는 마을 정미소를 이용해 지역주민들의 이야기를 사진으로 풀어 기획 전시를 계속하고 있는 '공동체박물관'은 지역 주민들의 스토리 자원을 담은 문화공간이 얼마나 큰 문화적 저력을 가질 수 있는 지를 확인해주고 있다. 일종의 에코뮤지엄적 성격을 갖고 추진되는 이 사업으로 단순히 진안-임실 간 통로로서만 존재했던 작은 농촌마을은 현재 전국적인 관광지가 되고 있다.
10) '명도암마을갤러리'는 2009년 문광부의 '마을미술프로젝트' 사업으로 진행된 것으로, 마을창고를 복합생활문화공간인 갤러리로 재탄생시켰다. 지역주민이 주체가 되어 마을 이야기와 자신들의 일상 이야기를 그림으로 형상화한 작품들이 전시되고 있다.

체 공간들을 만들어냈으나, 이 과정을 통해 주민들 스스로가 문화적 주체 능력을 강화시킨 사례들이라 할 수 있다.

현재 '지리산권관광개발조합'은 관광기반정비사업 중 하나로 '농촌문화관광마을' 사업을 진행하고 있다. '친환경적 농업체험형마을'과 '농촌 전통문화체험형 마을' 유형으로 구분해 개발사업을 진행[11] 중인데, 사실상 이런 유형의 사업은 전국적으로 행해지고 있어 지리산권역이 갖고 있는 변별성을 갖기가 힘들다. 이런 측면에서 마을의 스토리자원은 마을마다 모두 다른 특성을 갖고 있기 때문에 오히려 더 변별적 가치를 확보할 수 있다.

지리산권역 주변에는 수많은 마을들이 있으며, 이곳들엔 대부분 빈집이나 빈 창고 등 유휴공간이 있다. 이런 유휴공간들을 마을 이야기 자원이 가시화될 수 있는 문화공간으로 전환시키는 한편, 마을주민들이 자원 수집과 이를 표현할 수 있는 적절한 형식을 스스로 찾아낼 수 있는 능력을 강화하기 위한 교육프로그램을 만들어 진행할 수 있다. 이러한 작업은 자신이 살고 있는 공간에 대한 주민들의 문화적 사유를 유도하는 동시에 문화공간과의 소통을 통해 방문객 또한 작은 일상문화의 힘을 인식할 수 있는 계기가 될 수 있다.

2) 심미적 경험 공간으로의 재구성

지자체 실시 이후 국내 시·군지역 풍경은 연일 변화하고 있다. 지자체의 경제적 자립도와 지역의 정체성 확보라는 두 가지 요소를 동시에 충족시킬 수 있는 지역문화 자원 개발에 주목하면서, 사실상 국내 군소지역 어디를 가더라도 방문 포인트를 보유하고 있다.

---

11) 지리산권관광개발조합 홈페이지(www.jtda.kr) 참조.

지리산권역 또한 예외는 아니다. 예전 화개천 다리 아래 섰던 장을 옆 공터로 옮겨 옛 정취를 살린 공간으로 만든 화개장터와 그곳에 설치된 '역마공원', 2004년 드라마 세트장으로 문을 연 하동의 '토지' 세트장, 소설 『흥부전』의 배경이라 알려진 남원 아영면의 성리마을과 인월면의 성산리, 송흥록의 탄생지인 비전마을의 '국악의 성지', 산청의 '지리산빨치산토벌전시관' 등등 모두 지자체들의 개발 의지 하에 새롭게 조성된 곳이거나 재개관한 장소들이 어디든 넘쳐나고 있다.

물론 각각의 스토리 자원들은 그 존재 자체로 변별성이 있기 때문에, 지자체들의 관심이 집중될 수밖에 없으며, 지자체로선 무형의 스토리를 어떻게 방문객들의 눈에 띠게 가시화시킬 것인가에 매달릴 수밖에 없다. 짧은 사업 기간에 최대한의 가시적 효과를 거두기 위해 이들이 선택하는 방식은 대부분 기념관이나 조형물 설치, 생가의 복원, 해당 스토리의 형식적 재현 등이다. 그리고 그곳을 찾은 방문객들은 해당 스토리와 관련된 정보를 얻거나 혹은 그곳을 한번 다녀왔다는 위안 정도로 자신들의 여행담을 마무리 짓는다. 이런 현상은 비단 지리산권역뿐만이 아니라 국내 어디를 가더라도 마찬가지라는 것이 문제다.

전술했듯이 지리산은 그냥 자연공간이 아니라, 수많은 신화와 역사, 종교, 그리고 예술적 기원을 품고 있는 공간이다. 따라서 그 안에서 배태된 스토리 자원은 단순히 흥밋거리나 정보 정도로 치부될 수 있는 것이 아니라, 그만큼의 인문적 질문들을 노정하고 있는 것들이다. 다시 말해 현재처럼 표면적인 스토리 재현 그 자체에 집중해서는 정작 본질적인 질문들이 사라져버릴 수 있다는 것이다. 스토리 자원의 공간 재현 방식에 대한 근본적인 물음이 필요한 것은 바로 이 때문이다.

이런 점에서 충북 옥천의 '멋진 신세계 – 향수 30리'는 주목할 만한 사례이다. 정지용의 출생지이기도 한 충북 옥천은, 공간 스토리텔링을 통해 그의 시세계를 공간에 적절히 재현한 장소[12]이다. 무엇보다 이곳은 3년간이라는 시간 동안 지역 커뮤니티와의 소통을 통해 방문객들로 하여금 시의 세계로 자연스럽게 몰입하게 하는 한편, 조용히 사유할 수 있는 공간을 열어주고 있다는 점에서 좋은 평가를 받고 있다. 옥천의 이 사례가 공간의 심미성을 온전히 살린 것이라고 단언하기엔 부족하긴 하지만, 그나마 국내에서는 상대적으로 타 지역의 공간 개발 방식과는 좀더 다른 접근 방식의 가능성을 보여주었다는 점에서 참조할 만하다.[13]

---

[12] '멋진 신세계 – 향수 30리'라는 이름을 달고 있는 충북 옥천의 '시문학아트벨트'는 '시문학', '예술', '교육프로그램'으로 구성된 프로젝트로, 정지용의 시를 토대로 스토리텔링한 문화예술공간을 창출하고 있으며, 커뮤니티 기반의 '모단스쿨' 운영을 통해 방문객들에게 문화예술체험을 유도하고 있다. 국내 대부분의 지역재생 프로젝트가 공간 개발로 끝나는 반면, 옥천의 경우 지역 주민들의 삶과 공간에 대한 조사를 바탕으로 문화예술공간을 조성했다는 점에서 높은 평가를 받고 있다. 2007년부터 2009년까지 시행된 이 프로젝트로 옥천군은 '2009 대한민국공간문화대상'(문화체육관광부) 대상, '2009 국토도시디자인대전'(국토해양부) 대상, '2009 국제공공디자인대상'(행정안전부) 최우수상을 수상하는 등 공공예술프로젝트의 모범사례로 그 진가를 인정받고 있다(「향수 30리 멋진 신세계」, 라펜트가든 홈페이지 참조(www.lafent.com)).

[13] 옥천의 이 사례는 최근 공공디자인 영역에서 스토리텔링을 활용해 공간을 연출하는 하나의 형식인데, 사실 고도의 심미적 경험을 유도하는 사례라고 단언하기에는 부적절하지만, 적어도 단순히 기념관이나 조형물, 소설 스토리를 그림과 함께 직접적으로 제시하고 있는 지리산권 개발 방식에 비해서는 상대적으로 미학적 감수성을 확보하고 있는 측면이 있다. 스토리의 단순 재현을 목적으로 하고 있는 공간에서 방문객이 얻을 수 있는 것이라곤 해당 공간에 대한 정보일 뿐, 스토리가 안고 있는 주제의식이나 심미적 경험을 얻기는 불가능한 것이다. 심미적 경험을 통한 스토리의 인문적 성찰이 어떻게 가능할 것인가에 대해서는 끊임없는 고민이 필요한 지점이다.

2. 선 : 트레일에 대한 다양한 사고

트레일trail은 '황야 등의 밟아 다져진 길산속의 작은 길, 오솔길, 산길'14)을 일컫는다. 다시 말해 트레일은 고속도로 등의 포장된 도로와 구분되는 자연적인 상태를 유지한 루트를 지칭한다. 국내에서도 제주의 올레길이 선풍적인 인기를 구가하면서 지난 몇 년 간 각 지자체들마다 앞 다퉈 트레일을 개발하고 있다. '지리산둘레길'도 그 중 하나이다.

사실 전통적인 의미에서 지리산 길은 주로 등산객을 위한 것이었던 반면, '지리산둘레길'과 같은 트레일은 일반 대중에게 보다 접근하기 쉬운 길로 제안되었다는 점과 마을문화를 만나고 생태적 사유를 유도하고 있다는 점에서 차별성을 보여준다. 그렇지만 여전히 지리산이 보유하고 있는 무수한 인문적 경험을 하기에는 부족한 형편이다.

이런 점에서 '지리산권문화연구단'이 제안하고 있는 '지리산 인물기행, 건축기행, 문학기행, 역사기행, 불교문화기행, 유교문화기행, 민속문화기행, 남명학기행, 동학농민군기행 등'은 상당부분 새로운 문화트레일로 접근 가능한 것들이라 할 수 있다. 이 외에도 옛 장터, 약초 등이 있을 수 있다.

이것들은 모두 '선'들에 대한 다양한 사고 중 하나의 사례가 될 수 있을 것이다. 여기서는 또 하나의 가능한 제안으로 시기별 트레일과 다양한 트레일들을 잇는 교통 스토리텔링에 대해 살펴본다.

1) 시기별 트레일을 위한 생태문화 캘린더

지리산은 약 79% 지역이 거의 천연림에 가까운 8등급에서 9등급

---

14) 다음(Daum) 영어 사전.

의 녹지자연도를 보이고 있으며, 최근 발견된 멸종위기종인 가시오갈피나무군락이나 눈향나무군락 등 희귀식물을 포함 대략 1,500여 종이 넘는 식물들이 자생하고 있는 원시적 생태자원의 보고라 할 수 있다.

그런 만큼 다른 곳에서는 경험하기 힘든 다양한 식물군락들을 보유하고 있으며, 지리산권 방문객들의 유입 또한 식물군락들의 특정 개화시기에 따라 수직상승하는 경향을 보이기도 한다. 3월부터 산수유꽃남원 주천면 용궁마을, 구례 상위마을, 매화구례 송정, 하동 산골매실농원의 개화로 시작되는 지리산의 꽃군락지는 4월의 벚꽃길화개 — 쌍계사 '10리 벚꽃길' 등, 산철쭉뱀사골계곡, 달궁계곡, 바래봉 일원(팔랑치, 부운치) 등, 진달래 밤머리재능선, 돼지평전 등, 5월의 철쭉세석평전 등, 털진달래노고단 일원 등 지리산 주능선에서 절정을 이루고, 6월의 구상나무꽃노고단 — 반야봉 능선, 7~8월의 원추리꽃군락노고단 일대의 여름꽃을 거쳐 가을엔 단풍뱀사골, 피아골과 겨울엔 천왕봉 고사목에 피는 얼음꽃에 이르기까지 꽃으로 4계절이 채워진다고 해도 과언이 아니다.

이미 전국적으로 명성을 얻고 있는 위의 군락지와 더불어 각 월별로 지리산의 생태군락을 볼 수 있는 탐방코스를 해당 생태자원과 그 공간이 갖고 있는 스토리와 함께 정리한 '지리산 생태문화 캘린더'를 구상해볼 수 있다. 특히 꽃군락지들은 해당 지역에서 축제'화개장터 벚꽃축제', '용궁/산동 산수유꽃축제', '산골매실 매화축제', '지리산종주 진달래축제', '바래봉철쭉축제', '뱀사골단풍제' 등를 행하고 있기 때문에, 이와 연계한 내용 구성도 필요하다.

스토리텔링의 기본 목적은 다른 장소와의 변별성을 확보하는 것이 가장 우선적이기 때문에, 생태문화 캘린더를 작성할 때, 최대한 해당 생태자원의 특이성과 그 장소가 갖는 스토리를 포인트로 잡아내야

필요가 있다. 생태자원의 스토리 포인트를 도출하는 방식은 다음과
같다.

<표 1> 생태자원 스토리 포인트

지역	군락명	스토리 포인트	방문시기
양천 마을 (함양)	하고꽃	- 고려 말 재상 박흥택이 이성계가 왕위에 오르자 벼슬을 버리고 칩거한 마을 - 천수답 다랭이논 15^{ha}(4만5000평)에 조성한 하고초 꽃 군락 보랏빛 장관을 이룸 - 하고꽃축제 : 우리나라에서 가장 적은 수(20가구)의, 가장 나이 많은 사람들이 개최하는 축제	5월
외곡 마을 (창녕)	왕등재늪	- 가락국의 마지막 임금인 구형왕의 스토리 - 우리나라 가장 중요한 산지늪(고산 습지) 4개 중 하나 - 세계에서 가장 작은 잠자리인 '꼬마잠자리'(멸종위기종 2급)를 포함한 금풍뎅이, 반날개류 등의 곤충과 꽃창포, 닭의난초, 숫잔대 등 식물군	여름
천왕봉	야광나무	- 국내에서 유일한 야광나무군락지(300여 그루 자생) - 홍백색의 꽃은 밤에도 빛을 낸다고 해 야광(夜光)이란 이름이 붙음	5월
지리산 주능선	털진달래	- 고산에서만 피는 진달래 - 일반 진달래보다 개화시기가 한 달이 늦음	5월

2) 교통 스토리텔링 마케팅

최근 들어 스토리텔링의 적용 범주가 다양해지면서 각 분야에서
이를 활용한 마케팅들이 활발하게 이루어지고 있는데, 교통 분야 또
한 예외는 아니다. 영국 런던의 도시투어를 위한 '2층 빨간 버스'와 일
본 MK택시의 '친절을 파는 택시'는 그 자체로 스토리화된 고전적 사
례라 할 수 있다.

국내에서도 점차 교통체계에 스토리를 입히는 사례들이 생겨나고
있다. 부산교통공사의 경우 지난 2009년부터 최근까지 도시철도를

중심으로 이야기를 담은 '휴메트로' 브랜드 런칭과 더불어 각 호선의 애칭과 색채 선정, 테마역 개발 등[15] 스토리텔링 마케팅을 펼쳐나가고 있다. 광주 또한 지하철역에 해당 지역과 관련된 테마를 설정, 스토리를 담은 8개의 전시관[16]을 설치·운영하고 있으며, 올해 4월부터 광주를 방문하는 외지인과 시민을 대상으로 주요 관광지를 체험하고 쇼핑을 유도하기 위한 도심 순환형 '광주 스토리텔링 투어 버스'[17]를 운행하고 있다.

대중교통을 중심으로 한 위의 사례들은 주로 지역 방문객과 거주민들의 대중교통 이용을 높이기 위한 전략 중 하나로 스토리텔링 마케팅을 활용하고 있는 것들이다. 매년 300만 명 이상의 방문객 절반 이상이 자가용을 이용[18]하면서 환경문제, 로드킬야생동물 교통사고, 주차난 등 심각한 문제에 직면하고 있는 지리산권역의 경우, 대중교통 이용의 활성화 측면에서도 교통 스토리텔링에 주목할 필요가 있다.

---

15) 부산도시철도의 브랜드 명인 '휴메트로(Humetro)'는 Human(인간), Humanity(인간성), Humanism (인간존중)의 뜻을 지닌 Hu(또한 hu는 휴식을 의미하는 休(휴)와 색을 의미하는 hue라는 뜻도 가지고 있음)와 도시철도를 의미하는 Metro를 결합시킴으로써, '인간을 존중하는 도시철도 시민을 사랑하는 교통공사'라는 이야기를 담고 있다. 그리고 시민공모를 통해 각 호선의 애칭과 색상을 선정한 바 있으며, '스포츠', '컨벤션'과 '호랑이'를 테마로 한 테마역을 운영 중에 있다(「시민들의 삶이 녹아 있어요－부산교통공사, 스토리텔링 마케팅 강화」, 『한국일보』, 2010.3.16).
16) 광주지하철의 8개 테마 전시관은 환경테마관(중심사입구역), 추억여행전시관(남광주역), 5·18기념홍보관(문화전당역), 광주학생독립운동기념관(금남로 5가역), 호남학전시관(농성역), 세계인권전시관(김대중컨벤션센터역), 광주지하철문학관(송정공원역), 국창임방울선생전시관(송정리역) 등으로, 2010년부터 각 테마역의 전시관을 투어하는 '광주지하철 스탬프투어'라는 행사를 진행하고 있다.
17) 「광주 관광 스토리텔링 투어버스 운행」, 『뉴시스』, 2011.4.8.
18) 2009년 11월 지리산둘레길 방문객을 대상으로 실시한 설문조사 결과에 따르면, 각 거주지에서 지리산권까지 접근하는 교통수단으로 자가용 52%로 가장 높고, 고속버스 37%, 관광버스 8%, 기차 3%를 차지한 것으로 나타났다(지리산길 홈페이지(www.trail.or.kr) 참조).

지리산권역을 중심으로 한 교통체계는 2013년부터 남원시, 하동군, 함양군 3개 기점을 설정, 시·군 순환 관광 셔틀버스를 신설해 운행할 계획을 갖고 있다.[19] 이 교통체계 계획은 단순히 이용객의 이동 편의를 위한 효율성 측면에서만이 아니라, 지리산권의 총체적 이미지를 부각시키고 각 권역에 대한 사전 정보를 스토리를 통해 감성적 방식으로 먼저 만날 수 있도록 유도하는 전략적 접근이 필요하다.

　　교통 스토리텔링은 먼저, 지리산권을 대표할 수 있는 스토리 컨셉과 이미지를 결정한 뒤, 이를 교통 관련 공간에 적용시켜야 한다. 통일된 컨셉 없이는 모든 정보가 흩어진 상태로 방문객에 인지되기 때문이다. 컨셉과 이미지가 결정되면, 권역별 버스정류소와 간이정류소[20] 공간을 전체 컨셉과 이미지를 훼손하지 않는 범위에서 구간별 특성을 살린 상징물과 색채 등을 선정, 공간을 만들 수 있다. 이때 각 정류소와 셔틀버스 명칭은 현재처럼 '00 – 00'구간으로 표시되는 해당 지역명을 그대로 사용하는 것보다는 지리산을 대표하는 천왕봉(1,915m), 노고단(1,507m), 반야봉(1,752m) 등 대표 봉우리들의 숫자를 사용하거나[21] 각 권역의 스토리 자원을 활용해 '000길'이라는 명

---

19) '지리산권관광개발조합'은 2013년부터 순환 셔틀버스 도입타당성을 검토한 후 일부 구간에 시범 노선을 설정해 운행할 계획을 갖고 있다(홈페이지(http://www.jirisantour.go.kr) 참조).

20) 일본 토토로 마을에는 미야자키 하야오의 애니메이션 <이웃집 토토로>에서 토토로가 사키 – 메이 남매를 기다리던 버스정류장이 있다. 이 정류장은 애니메이션 스케치 작업의 소재로 활용되었는데, 외형적으로 보면 다 쓰러져가는 이 정류장을 보기 위해 한 해 6만 명 이상의 관광객들이 이곳을 찾고 있다. 정류장도 스토리를 담고 있을 때, 훌륭한 관광 자원이 될 수 있다는 사실을 보여주는 전형적인 실례라 할 수 있다.

21) 광주광역시에서는 버스 숫자에 광주의 대표적 스토리 자원를 담은 4개의 노선버스를 운영 중에 있다. 5·18노선(518번), 빛고을노선(1001번), 무등산노선(1187번), 비엔날레노선(2002번) 등이 그것이다. '518번' 버스는 버스터미널과 5·18묘지를 잇고 있으며, 무등산 높이를 그대로 버스 번호로 붙인 '1187번'은 옛 전남도

칭을 붙이는 방법도 고려해볼 만하다. 그리고 셔틀버스 내부 역시 해당 권역의 여행 스토리를 전달해줄 수 있는 정보공간으로 활용함으로써 '움직이는 지리산'이 될 수 있다.

이러한 스토리 공간으로서의 교통체계는 교통수단으로서만이 아닌 그 자체가 하나의 관광자원으로서의 부가가치를 더해 다각적인 시너지 효과를 낼 수 있을 것이다.

3. 면 : 지리산의 총체성을 경험하는 방식

1) '지리산 문화상징' 선정을 통한 스토리뱅크 구축

지리산권역이 보유하고 있는 스토리자원을 보다 적극적으로 활용하기 위해서는 다양한 방식으로 응용이 가능하도록 번역된 스토리뱅크가 구축되어야 한다. 스토리뱅크는 단순히 지리산의 모든 정보를 디지털화하여 종합적으로 제시하는 지식정보시스템[22]과는 다른 개념이다. 스토리뱅크는 말 그대로 해당 관련 스토리 자원을 다양한 목적을 가진 모든 사용자들이 접근 가능하도록 하나의 디지털 공간에 집적시켜 놓은 정보형태라 할 수 있다.

이때 '모든 사용자들이 접근 가능'하다는 의미는 스토리 자원을 존재하는 자료 형태 그대로 집적해 놓는다는 것이 아니라, 일정한 번역 과정을 거친다는 것을 의미한다. 다시 말해 전문가들 외에도 일반 대

청과 무등산 구간을 운행한다. 또한, 1001번 버스는 무등산 두 봉우리 사이(11숫자)에서 떠오르는 해와 달(00숫자)을 상징하며, 2002번은 2년마다 개최되는 비엔날레가 영(0)원(0)히(2) 발전하라는 의미를 담고 있다.

22) 지식정보시스템(knowledge information system)은 '관련 부분의 축적된 지식을 전달하기 위해 구성·처리된 데이터와 정보를 담고 있는 관계·전문가집단을 위한 시스템'이다(조남재·노규성, 『경영정보시스템』, 세영사, 2001, 참조).

중이나 콘텐츠 개발자들이 쉽게 접근할 수 있는 정보 형태로 재가공되어야 한다는 것이다. 이때 스토리뱅크는 전문가들에 의해 철저하게 검증된 전문성, 대중이 쉽게 이해할 수 있는 대중성, 콘텐츠 개발자가 유의미한 정보를 얻을 수 있는 산업적 응용가능성, 그리고 이들 모두가 접근 가능한 적절한 시스템정보전달성 등을 갖춰야 한다. 따라서 스토리와 관련된 원천자료와 그것을 요약해놓은 정보표와 시놉시스 제공 등[23]이 모두 포함되어야 한다. 이 과정을 요약하자면, 해당 스토리 발굴과 수집, 사용자들을 위한 형태로 스토리 번역, 정보시스템 형식의 스토리뱅크 구축으로 정리될 수 있다. 또한 이렇게 구축된 스토리 자원은 전문가들을 위한 학술적 정보를 제공할 뿐만 아니라, 일반 대중과 콘텐츠 개발자들에게도 유익한 방문정보와 개발 원천 소스를 제공할 수 있다.

지리산권역 스토리뱅크를 구축하는 방식은 궁극적으로는 관련 스토리를 모두 수집·정리해야 하는 것을 목표로 해야 할 것이지만, 시간적 한계, 대중적 인지성, 빠른 산업적 활용 가능성 등 여러 요소를 종합해 볼 때, 우선 한정된 범위로 제한하여 구축하는 것이 보다 효율적이다. 어떻게 범위를 한정할 것인가에 대해서는 여러 가지 논의가 가능하겠지만, '지리산 문화상징' 선정 방식이 현재로선 유의미할 것으로 보인다. 무엇보다 이런 방식은 다양한 측면에서 지리산의 얼굴을 만들어낸 대표적 요소들을 추출하는 것이기 때문에, 그만큼 지리산의 총체성을 압축해 보여줄 수 있다는 점에서 의미가 있다. 또한 그

---

23) 스토리뱅크 구성요소와 관련된 참조 논문으로는 함복희, 「향가의 문화콘텐츠화 방안 연구」, 『우리문학연구』 제24집, 우리문학회, 2008; 박경환, 「기록유산을 활용한 전통문화콘텐츠 개발」, 『국학연구』 제12집, 한국국학진흥원, 2008; 차주영, 「역사적 사건의 콘텐츠화 과정 연구」, 『인문콘텐츠』 제10호, 인문콘텐츠학회 2007 등이 있다.

동안 지리산권역에 대한 단편적 지식만을 인지하고 있던 방문객들에게 인문적·생태적 차원에서 다양한 접근을 할 수 있는 길을 열어줄 수 있다. 지리산 문화상징 선정을 통한 스토리뱅크 구축과정은 대략 다음 표로 정리될 수 있을 듯하다.

〈표 2〉 스토리뱅크 구축 단계

단계	내용
1단계	지리산 문화상징 추출
2단계	스토리 원형 자료 확보
3단계	스토리 번역
4단계	스토리뱅크시스템 구축

먼저 지리산을 대표할 만한 문화상징들을 추출하는 데 있어서는 국내에서 이미 시도된 바 있는 '100대 민족문화상징', '제주문화상징 99',[24] '호남 100대 문화원형' 등을 참조할 만하다. 특히 문화상징목록을 작성할 시 상징별 분류체계표 작성이 동반되어야 한다. 예를 들어, 길, 생태, 마을, 옛장터, 신화, 역사적 사건, 종교 등과 같은 분류체계 하에 각각의 대표 상징들의 구체적인 목록을 작성해나갈 수 있다.

지리산 문화상징이 추출되면, 이와 관련된 스토리 원형 자료를 확보해야 하는데, 이는 사료에 나타난 원문자료나 구술자료, 사진자료 등의 확보를 말한다. 다음으로 이 자료들은 그 중요도에 따라 스토리뱅크 시스템의 원천자료 항목에 등재될 것들을 중심으로 다시 재분류될 수 있다. 이 과정이 끝나면 최종 선정된 자료들을 중심으로 역사적 사건, 인물, 공간 등을 파악할 수 있는 정보표와 스토리 시놉시스

---

24) 제주특별자치도는 2008년 10대 대표문화상징과 99가지 문화상징을 최종 선정해 이를 담은 『제주문화상징사전』을 발간한 바 있다. 특히 10대 문화상징은 이미지를 만들어 병풍, 그림엽서 등 다양한 문화콘텐츠 상품을 만들어내고 있다.

로 재가공해야 한다. 상당수 원문자료 자체는 전문가에게만 인지될 수 있을 뿐, 전문적 리터러시가 없는 일반 대중과 콘텐츠 개발자들에게는 접근 불가능한 경우가 많기 때문이다. 재가공이 완료된 후, 최종적으로 스토리뱅크가 구축될 수 있다.

2) 지리산 이야기 지도 제작

요즈음 지자체들마다 각 지역자원들을 중심으로 스토리텔링 책자를 발간하는 것이 하나의 트랜드가 되고 있다. 하동군의 『하동 스토리텔링』25)처럼 군 전역을 대상으로 하는 것부터 제주 가시리의 『문화지도 – 제주 가시리』26)와 같이 한 마을 단위의 자원 정보를 집적시키는 데 이르기까지 그 지리적 범위 또한 다양하게 나타나고 있다.

지리산 권역은 그 자체로 무수히 많은 스토리 자원을 갖고 있는 공간이기 때문에, 이 모든 스토리 자원을 집적한 웹기반의 지리산정보시스템도 필요하거니와, 이를 일반 독자를 위한 책 형식으로 재구성, 발간할 수 있을 것이다.

그러나 또 한편으로, 세부 권역별, 주제별신화, 역사, 옛장터, 생태 등, 트레일별 등 이야기 지도를 제작할 수도 있다. 이야기 지도는 지리적으로 한정된 공간을 이용자들에게 보다 친근한 형태로 해당 공간의 이

---

25) 하동군이 2009년 발간한 『하동 스토리텔링』은 섬진강, 지리산, 한려해상 국립공원 등 이야기가 있는 하동, 산과 강, 인간이 만든 절경, 화개 십리 전설과 소설 「토지」, 80만 너른 들과 함께, 비기의 땅 청학동, 500리 물길, 하동포구 기행 등을 담고 있다(「하동, 스토리텔링 책자 발간」, 『경남도민일보』, 2009.5.12).
26) 제주 가시리에서 발간한 『문화지도 – 제주 가시리』는 우리나라 최초 마을단위 스토리텔링 책자로, 마을 전설, 역사, 무속신앙, 음식 등 마을과 관련된 인문·사회·역사적 내용을 담고 있다(「가시리신문화공간조성사업추진위원회, 문화지도 '제주 가시리' 펴내」, 『제주일보』, 2011.1.17).

야기 자원을 전달하는 하나의 형식이다. 전주의 '한옥마을 이야기지도'나 '삼천동 이야기 지도'는 참조할 만한 좋은 형식이다.

3) 어플용 스토리 개발

현재 국내에서 지리산과 관련된 어플은 국립공원관리공단에서 제공하는 <한국의 명산>을 포함, <e산경표>, <아웃도어 GPS> 등이 활용되고 있다. 모두 등산객을 위한 산악지도를 제공하거나 GPS 기능을 탑재하는 등 단순 등산정보를 제공하는 데 그치고 있다.

이와 관련하여 등산객 이외 정보제공 대상자를 좀 더 확장하기 위한 방안으로, 지난 2010년 10월에 국립공원관리공단은 국립공원을 찾는 탐방객들의 편의를 위해 탐방안내용 스마트폰 어플리케이션을 개발한다고 밝힌 바 있다. 탐방안내용 어플은 주요 탐방로 노선 안내와 탐방안내소, 탐방지원센터 등 주요 시설물을 한국어를 포함해 주요 외국어로 서비스하는 한편, 국립공원 내 주요 지점에 대한 스토리텔링 음성서비스도 제공하는 기능을 담는다고 한다.[27] '지리산권관광개발조합' 또한 '지리산권 관광정보화 전략계획ISP'을 수립해 향후 지리산 둘레길을 포함, 주요 등산로 mp3 파일 제작을 제작하는 등 스토리텔링 서비스를 구축하겠다는 계획을 갖고 있다.

이렇듯 지리산 어플과 관련된 계획들이 모두 '스토리텔링 서비스'라는 이름을 달고 있는 상황에서 '어플용 스토리 개발'은 필수적으로 요구되는 사항이다. 어플용 스토리는 지리산권 방문객들이 움직이는 핵심 트레일을 중심으로 스토리 자원신화·역사·생태·공간 등 모두 포함을 선정, 이를 어플 형식에 맞게 최소한으로 축약하는 재가공을 거쳐

---

27) 「이제는 등산·박물관도 스마트폰 시대」, 『재경일보』, 2010.10.28.

시청각 자료로 정보화하는 단계를 설정할 수 있다.

IV. 나가며

지금까지 공간 스토리텔링 측면에서 지리산권역에 접근할 수 있는 가능한 몇 가지 전략적 사례를 살펴보았다. 권역 자체가 너무나 방대한 스토리 자원을 갖고 있기 때문에, 모든 것을 총체적으로 담을 수 있는 설명은 애초에 불가능할 수밖에 없지만, 적어도 이 사례들은 그 중 현실적으로 가능한 전략들이라 할 수 있을 것이다.

그러나 보다 중요한 것은 지리산권의 인문자료에 대한 수집과 연구에 목적을 두고 있는 '연구단'이 현장과 직결되어 있는 위의 사례들을 현실화시키기 위해서 다각도의 전략을 구상해야할 필요가 있다는 점이다. 이때 우선적으로 필요한 것은 '지리산권관광개발조합'이나 '사단법인 숲길' 등 지리산권역과 관련된 단위 사업 기관들과의 연계를 확보하는 것이다. 이들 기관들의 세부 사업 계획이나 진행 내용 등은 '연구단'의 연구 내용들과 직간접적으로 연결될 수 있는 것들이 상당수인 것으로 보인다. 특히 예를 들어, '사단법인 숲길'의 경우 현재의 '지리산둘레길'을 내놓기 이전부터 길에 배치되어 있는 마을조사전설, 민요조사 포함, 길 시범구간에 대한 식생 및 동식물상 조사 등 기초조사를 실시[28]한 바 있다는 측면에서 '연구단'과의 내용적 유사성을 갖고 있다. 또한 '지리산권관광개발조합'의 마을공동체, 관광상품개발, 교통체계개선 사업 등은 앞에서 제안한 사례들과 더불어 충분히 연계가 가능한 것이라 할 수 있다.

---

28) 지리산길 홈페이지(www.trail.or.kr) 참조.

지리산권역을 중심으로 한 대표 기관들과의 연계 시스템 구축은 인적자원과 자료의 공유, 사업 공동추진 등의 측면에서 상호 효율성을 갖게 될 것이다. 앞에서 제안한 내용들은 사실상 이런 연계가 없이는 불가능하다는 측면에서도 필요한 것이다. 또한 비록 현재 세 기관의 세부 목표는 다소 차이가 있을지언정, 지리산권이라는 동일한 지리적 범주를 토대로 삼고 있다는 점과 그 궁극적 지향점이 결국 같은 곳을 향하고 있다는 점에서 더욱 그러하다.

▶ 이 글은 2011년『남도문화연구』제20집에 실렸던 「지리산 공간 스토리텔링」을 재수록한 것임.

지리산권의 생태마을 실천과정에 관한 연구

서정호*

Ⅰ. 서 론

1. 문제의 제기

산업화의 급진전으로 인하여 날로 심화되는 환경오염과 자원고갈로 인간과 생태계가 생존의 위협을 받고 있으며, 이에 환경보존을 주장하는 사람들은 특히 삼림파괴로 인한 동식물의 멸종과 토양유실이 인류에게 큰 재앙을 가져올 것이라고 경고한 바 있다. 또한 1992년의 리우 환경회의를 계기로 기후변화, 생물다양성 보존 등과 관련한 국제간의 협약체결 및 공동이행의 체제를 갖추게 되었으며 생태마을에 대한 관심이 높아지게 되었다. 이는 인간이 쾌적한 환경에서 살고자 하는 욕구는 물론 이러한 장소를 찾는 휴양객도 증가하고 있기 때문이다.

---

* 순천대 지리산권문화연구원 인문한국 연구교수.

형태적으로 약간씩의 차이는 있으나, 세계 대부분의 나라에서 생태마을이 실천되고 있으며, 한국에도 이미 300여 개소의 생태마을이 실천되고 있다. 생태마을에 정주하기를 희망하거나 현재 정주하고 있는 주민들은 그들이 정주하거나 잠시 머물 수 있는 이상적 생태마을을 추구하게 되었으며, 이에 따라 생태적 삶의 공간으로서 새로운 활력소가 될 지속가능한 생태마을들이 실천되고 있다.

한국의 지리산권에는 50개소의 생태마을이 실천되고 있다. 지리산은 예로부터 청학동이 있었다고 전해지고 있어 이상사회를 추구하던 지역으로 알려져 있다. 오늘날의 이상사회와는 그 성격이 달랐겠지만 지리산권의 생태마을 실천과정에 관하여 연구함으로써 지속가능한 이상적 생태마을 실천에 기여하고자 한다. 본 연구에서 지리산권으로 공간적 범위를 한정한 것은 지리산권의 생태마을이 생태마을의 개념, 사상 등의 측면에서 비교적 부합하게 운영되고 있으며, 현지조사의 편의성을 고려하였기 때문이다.

연구목적 달성을 위하여 문헌연구와 현지조사를 병행하였다. 문헌조사를 통하여 생태마을의 사상, 개념 그리고 세계 및 한국의 생태마을 실천사례를 연구하였으며, 지리산권의 생태마을 현장을 조사하였다.

2. 선행연구 검토

생태마을의 사상과 관련하여 '모래군의 열 두 달'Aldo Leopold, 1923,[1] '생명지역주의'Sale, 1991,[2] '녹색사회론'Luke martel, 1994[3] 등이 연구되었

---

1) Leopold, Aldo. 1949. *A Send County Almanac: And Sketchs Here and There*. Oxford and N.Y: Oxford University Press.
2) Sale, Kirkpatrick. 1991. *Dwellers in the Land: The Bioregional Vision*, Philadelphia PA: New Society Publishers.

으며, 이 중 '모래군의 열두 달'과 '녹색사회론'은 각각 송명규(1999)와 대구사회연구소(1998)에 의하여 한국어로 번역되었다. 그리고 생태마을의 개념에 관하여는 아르킨Arkin L., 1996: 32 - 33,[4] 레이드Reid C., 1999: 42,[5] 에게베르그Egeberg O., 1996: 36,[6] 시마Sima T., 2000: 44[7] 등이 연구하였으며, 한국에서도 생태마을을 정의[8]하고 구성원칙들을 정립하였다.[9] 한국에서 생태마을과 관련한 종합적인 연구는 '참여로 여는 생태공동체'박병상, 2004, '한국 생태공동체의 실상과 전망'국중광 외, 2007, 생태학적 삶을 위한 모둠살이의 도전과 실천김성균·구본영, 2009 등이 있으며, '새로운 눈으로 보는 독일 생태공동체'국중광·박설호, 2005 및 '이타카 에코빌리지'Liz Wajker, 이경아 역: 2006 등에서는 선진 사례와 한국의 실천사례를 비교할 수 있도록 정리하였다. 그 외 세부적

---

3) 루크 마텔(Luke Maryell). 1998. 녹색사회론, 대구사회연구소 환경연구부 역. 서울 : 한울 아카데미.
4) Arkin, L. 1996. *Sustainability & Sustainable Communities, or Where is an Ecovillage Anyway*. Communities, Fellowship for International Community.
5) Reid. C. 1999. *Eco -Village -Middle Class Fantasies?* Diggers & Dreamers, Diggers and Dreamers Pub.
6) Egeberg, O. 1996. *Setting Up an Ecovillage Where You Are*. Communities, Fellowship for International Community.
7) Sima, T., 2000. *What is Ecovillage? Communities Directory*, Fellowship for International Community.
8) (사) 녹색연합 부설 녹색사회연구소가 2004년 환경부에 제출한 『생태마을 활성화 방안 연구』에서 녹색연합(1998), 이재준(2001), 김귀곤·이준(1999), 김귀순(2003), 유상오·김신원·허준(2001) 등이 생태마을을 정의한 내용을 소개하였다. 이들 정의들은 약간의 차이가 있으나, ① 생활양식, 생산양식의 주변 생태계와의 조화, ② 자원, 에너지, 경제적 자립, ③ 지역의 역사, 문화적으로 안정된 공동체, ④ 환경적으로 지속가능한 발전, ⑤ 자연생태계의 다양성, 자립성, 안정성, 순환성, 탄력성을 유지하기 위한 구조와 기능을 갖춘 유기체적 마을 등으로 요약할 수 있다. 자세한 내용은 환경부, 『생태마을 활성화 방안 연구』, 2004: 9를 참고하기 바람.
9) 앞의 책에서는 또 생태마을의 기존 구성원칙을 소개하고 있는데, 한국불교환경교육원(1997)은 '인간적 규모의 공동체'를 강조하고 있다. 자세한 내용은 환경부, 『생태마을 활성화 방안 연구』, 2004: 10을 참고하기 바람.

으로 국립공원 생태마을 조성장혜진, 2007,[10] 녹색공동체 마을법인김도종, 2009[11] 등이 있다.

이들 선행연구들은 대부분 생태마을의 개념, 사상 등 이론 또는 실천사례 및 실천방향 등을 따로 분리한 연구이며, 일부레오폴드, 리즈워크, 박병상는 에세이 형식으로 야생동식물을 비롯한 자연생태의 관찰과 생태마을 실천에 관한 일화들이다. 특히 국중광 외2005, 2007는 국내 여러 학자들의 생태마을에 관한 연구결과들을 한데 묶어 생태마을의 이론과 실천사례, 확산과정, 전망 등을 엮음으로써 일반 연구자 또는 실천가들이 분야별로 이해하는데 도움을 주었다.

본 연구는 생태마을의 개념과 사상 등 기존의 인문학적인 면 외에 생명지역주의, 녹색사회 등 사회과학적 측면과 생태, 환경 등 자연과학적 측면을 고려하였으며, 특히 한국의 지리산권의 생태마을 실천사례를 조사하고 전망을 고찰한다는 점이 선행연구들과 차별이다.

본 연구는 지금까지의 서론에 이어 제II장에서는 생태마을의 개념, 사상 등 이론과 실천배경 등을 고찰하였으며, 제III장에서는 지리산권 생태마을의 실천과정을 조사하였다. 제IV장에서는 요약과 함께 결론으로, 제III장에서 조사한 결과를 토대로 지속가능한 생태마을 실천을 위한 필요과제들을 제안하였다.

---

10) 장혜진,『국립공원 생태마을조성에 따른 커뮤니티 해석에 관한 연구』, 서울시립 대학교 조경학과 박사학위 논문, 2007.
11) 김도종, "문화자본주의 사회의 생활양식과 녹색공동체마을법인."『범한철학』제 52집, 2009, 231~256쪽.

Ⅱ. 생태마을의 실천배경

1. 생태마을의 개념과 사상

생태마을은 '생산 소비 등 생활양식이 자연생태계와 조화를 이루며, 자원과 에너지를 자급자족 또는 절감하며, 지역의 문화를 존중하는 소규모의 공동체로 현성된 공간'으로서정호, 생태마을의 사상적 기초와 실천과제에 관한 연구. 2010: 147, 그 특징은 인간적인 규모, 지속가능한 입지여건, 느슨한 관계를 바탕으로 한 구성원들의 공동체적 삶 실천, 그리고 모든 영역에서의 지속가능한 체제 등이다김성균 외, 생태학적 삶을 위한 모둠살이의 도전과 실천 에코뮤니티, 2009: 170 - 171. 또한 김성균·구본영2009: 192은 GEN국제생태마을네트워크12)의 사무총장 스벤슨Svensson이 주장한 것처럼 '생태마을은 영성·문화적 요소, 생태적 요소, 사회·경제적 요소를 고려하여 구성해야 한다'13)고 하였다. 에너지의 자급자족과 절약에 관해서는 로빈스 아모리Lovins, Amory, 197714)가 주장하였으며, 인간적인 작은 규모에 관해서는Schumacher, E. F. 1974가 "작은 것은 아름답다"15)고 한 것에서 비롯되었다.

이상을 종합하면 생태마을은 '자립적으로 생태적인 삶을 영위하며, 친근성에 근거하여 조직화할 수 있는 인간적 규모의 마을을 진행

---

12) GEN(Global Eco-Village Network)은 지속가능한 인간정주지 공급, 정주지 간의 정보교류 지원, 생태마을 개념 및 시범지역에 관한 정보 제공 등을 목적으로 1994년에 사무국을 설치하고 1996년에 정식으로 발족한 단체이다(http://gen.ecovillege.org).

13) 스벤슨(Svensson)의 생태마을 구성요소는 김성균 외, 『생태학적 삶을 위한 모둠살이의 도전과 실천, 에코뮤니티』, 2009: 168~169쪽을 참고하기 바람.

14) Lovins, Amory. 1977, *Soft Energy Paths: Toward a Durable Peace*. Hamondsworth: Penguin.

15) Schumacher, E. F. 1974, *Small Is Beautiful: Economics as People mattere*,. N.Y. Harper and Row.

하는 일련의 과정'이다. 이 때문에 생태마을은 ① 공동체Community, ② 생태학Ecology, ③ 문화Culture를 포함하는 개념이다.

　동양에서도 고대 이전부터 생태마을 또는 생태적 삶을 지향했던 흔적이 다수 있다. 노자도덕경老子道德經 80장의 '소국과민小國寡民'16)의 경지에 나타나는 자급자족 소단위 마을, 도가적 혹은 도교적 이상향의 기저,17) 왕양명의 '물각부물物各付物'적 방식18) 등으로 생태마을의 개념과 유사하다.

　한편, 생태마을의 사상19)으로는 20세기 중반, 미국의 생태학자 알도 레오폴드Aldo Leopold, 1887~1948의 에세이 '모래군의 열두 달A Sand

---

16) 老子道德經 제80장의 '小國寡民 使有什佰之器 而不用. 使民重死 而不遠徙./雖有舟輿 無所乘之 雖有甲兵 無所陳之./ 使人復結繩而用之, 甘其食, 美其服, 安其居, 樂其俗./ 隣國相望 鷄犬之聲相聞 民至老死 不相往來.'은 '나라를 작게 만들고, 백성의 수는 줄이되, 꼭 필요한 십 여 가지의 물건만 갖게 하나, 그나마도 쓰지 못하게 하고, 죽음을 무겁게 여기도록 하고, 멀리 다니지 못하게 한다. 비록 배와 수레가 있어도 그것을 타고 다닐 곳이 없으며, 설사 무장된 군대가 있어도 진을 칠 곳이 없다. 사람들로 하여금 다시 새끼를 묶어서 글자로 쓰는 것으로 돌아가게 하고, 음식은 맛있게, 옷은 보기 좋게, 집은 편안하게, 풍속은 즐겁게 만든다.'는 의미이다. 여기서 제시되는 것이 자급자족하는 소단위로 이루어진 마을이다(二階堂善弘, "道家·道教·民間信仰と 理想社會", 『지리산권문화연구 2009 국제학술대회 동아시아의 이상사회』, 순천대학교 지리산권문화연구원, 2009, 33~34쪽).

17) 도가적 혹은 도교적 기저에 있는 '인간세상'의 시대적, 지역적 특성을 검토가 가능하다면, 도가, 도교의 이상사회상을 공동체적 삶 혹은 생태적인 삶이라는 현대적 가치와 연결할 수 있다(이동철, "道家·道教·民間信仰と 理想社會 논평", 『지리산권문화연구 2009 국제학술대회 동아시아의 이상사회』, 순천대학교 지리산권문화연구원, 2009, 59~60쪽).

18) '物各付物'은 '만물일체의 인(仁)을 철저하게 시행하게 되면 모든 사람들은 물론 모든 생명이 있는 사물들까지도 합일되어 하나의 신체를 이룰 수 있으니, 이것과 저것의 혈맥이 서로 상통하여 감응하게 된다'(楊祖漢, "從朱子思想看儒家的理想社會", 『지리산권문화연구 2009 국제학술대회 동아시아의 이상사회』, 순천대학교 지리산권문화연구원, 2009, 27)라고 하여 생태적 삶을 강조하고 있음.

19) 토지윤리, 생명지역주의, 녹색사회 등 생태마을의 사상에 관한 자세한 내용은 서정호("생태마을의 사상적 기초와 실천과제에 관한 연구", 『한국농촌관광연구』 제17권 1호, 2010.3: 141~146쪽) 참고.

County Almanac and Sketches Here and There'을 통하여 언급한 '토지윤리land ethics',[20] 그리고 토지윤리의 토대인 '생명지역주의bioregionalism'송명규, 현대 생태사상의 이해, 2004: 204 그리고 생태위기를 극복하기 위하여 제안된 '녹색사회green-society' Trainer, 1985: 176~178쪽[21] 등이 있다.

토지윤리[22]는 보편적 토지관[23]과는 다른 개념이다. 레오폴드가 기존의 보편적 토지관을 비판하고 토지윤리를 제창한 것은 찰스 다윈 Charles Robert Darwin, 1809~1882, 우스펜스키P. D. Ouspensky, 1878~1947, 그리고 찰스 엘턴Charles Elton, 1900~1991 등이 사상적으로 가장 큰 영향을 미쳤다송명규, 2004: 64~65. 영국출신의 생물학자 다윈은 『종의 기원

---

20) 알도 레오폴드의 에세이 『모래군의 열두 달』의 마지막 편에 실린 "The Land Ethic"을 한국에서는 '토지윤리'(송명규, 2004), '대지윤리'(김일방, 2005) 또는 '땅의 윤리' 등으로 표기하고 있는데, 본 연구에서는 '토지윤리'로 표기하였다.

21) Trainer, Ted. 1985. *Abandon Affuence!* London: Zed Books Ltd.

22) 지구는 하나의 거대한 유기체로서 동식물, 토양, 물 등은 지구에 통합되며, 토지는 생명공동체로서 토양, 산, 하천, 대기와 같은 지구의 일부를 정해진 기능의 일부를 수행하는 어떤 통합된 조직(organ)으로 또한 하나의 유기체이다. 그러므로 그 속에는 토양과 물도 인간과 동등한 구성원이다(Leopold Aldo, 1923. *Some Fundamentals of conservation in the Southwest* reprinted in Susan L. Flader, and J. Baird callicott (eds.), 93쪽 and 1991. *The River of the Mother of God: And Other Assays by Aldo Leopold*, Madison: The University of wisconsin Press, 86~97쪽).

23) 보편적 토지관과 레오폴드의 토지관 : "우리는 토지를 경제적 자원으로, 과학은 거기에서 더 크고 더 나은 삶을 추출하는 연장으로 생각한다. 이것은 명백한 사실이지만 진리는 아니다. 왜냐하면 이 두 명제는 오직 반쪽만을 이야기하고 있기 때문이다. 토지가 우리에게 삶을 제공한다는 사실과 토지는 그런 목적으로 존재한다는 추론은 분명 다르다. (중략) 예술과 문학, 윤리와 종교, 법률과 민속 등은 여전히 토지 위의 야생동식물들을 우리의 적, 식량자원, 혹은 '미품(美品)'으로서 간직하여야 할 인형 같은 것으로 간주한다. 이 같은 토지관은 아브라함의 유산이다. 젖과 꿀이 흐르는 땅에서 아브라함의 발판도 언제나 불안전한 것이었지만 우리에게는 낡아서 더 이상 맞지 않는 것이 되었다. 우리의 발판도 불안전하지만 그것은 이것이 미끄럽기 때문이 아니라 우리가 토지를 사랑과 존중으로써 이용하는 것을 배우기도 전에 토지를 죽여 버리게 될 지도 모르기 때문이다. 보전이란 인류에게 정복자의 역할이 맡겨지고 토지는 그 노예나 하인의 역할을 담당하는 한 하나의 몽상일 뿐이다"(Leopold, 1949: 281~282).

1859』을 통하여 '개별 생명체가 생존경쟁을 벗어날 수는 없지만 영원히 진화함으로써 모든 생물체는 혈족관계에 있다'라고 하였으며,『인간의 유래1871』에서는 '윤리가 인간의 영역을 넘어 다른 동물에게 까지 확장될 것'이라고 예언하였다. 또 이것이 윤리의 진화방향'(Darwin, 1904: 81. 138. 140)'[24]이라고 하였기 때문이다.

한편, 1974년 캐나다의 알렌 반Allen Van Newkirk이 'Environmental Conservation'에 "생명지역주의: 인류문화의 생명지역적 전략을 향하여"라는 에세이를 발표함으로써 생명지역주의bioregionalism라는 개념이 알려지게 되었으며Alexander, 1990: 161,[25] 1985년 Sale의 "땅의 거주자들Dwellers in the Land"[26]의 발간과 피터 버그Peter Berg와 레이먼드 대즈맨Rameond Dasmann에 의하여 일반에 전파되었다Sale, 1991: 43. 생명지역이란 동식물상, 물, 기후, 토양, 지형 등 자연조건과 이러한 조건 하에 자연발생적으로 형성된 사람들의 정착지와 문화에 의하여 구분되는 공간을 의미한다Sale, 1991: 43.

또한 녹색사회는 물질적 풍요가 아닌 정신적 풍요, 양적 풍요가 아닌 질적 풍요를 추구하는 '비개발de-development사회'Trainer, 1985: 176~178[27]이며, 경제적으로 절약과 노동집약적 자급자족, 자원재활용또는 재생을 추구한다. 그리고 녹색사회의 정치·사회적 특징은 분권화, 소규모, 평등을 지향하며송명규 2004: 192, 특히 소규모의 공동체단위에서 생활하는 것은 대도시지역의 대규모단위에서의 생활보다 쾌적하기

---

24) Darwin, Charles R. 1904. *The Descent of Man and selection to Sex.* N.Y: J.A. Hill and Company.
25) Alexander, Donald. Summer. 1990. "Bioregionalism: Science or Sensibility?" *Environmental Ethics* 12. pp. 161~172.
26) Sale, Kirkpatrick. 1985. *Dwellers in the Land: The Bioregional Vision*, San Francisco: Sierra Club Books.
27) Trainer, Ted. 1985. *Abandon Affuence!* London: Zed Books Ltd.

때문Goldsmith, Edward er als, 1972: 50~53[28]이다. 녹색사회의 기술적 특징은 대안기술, 적정기술중간기술, 연성기술 위주의 광범위한 사용과 농산물의 생산과 소비에서 강조하는 것은 유기농업organic farming이다.

그러나 현대의 일반적인 생태마을들은 생태마을의 사상들을 모두 명시하거나 실천하고 있지는 않다. 그러면서도 토지윤리, 생명지역주의, 녹색사회 등 생태마을의 사상과 밀접한 관계가 있음을 강조한다. 이 외에도 생태마을의 사상들이 숱하다. 그러나 이들 사상들은 대부분 국가, 지역, 마을의 인적·물적 자원과 특성에 따라 다르게 실천될 수 있으므로 본 연구에서는 토지윤리, 생명지역주의, 녹색사회 등 외 다른 사상이론들을 제외하였다.

2. 생태마을의 출현과 실천과정

생태마을은 산업사회가 초래한 환경문제를 해결하려는 차원에서 출현하였다. 산업사회가 빚은 소외, 경쟁, 갈등 등의 사회현상이 공동체적인 삶을 어렵게 하고, 인간과 인간 또는 인간과 자연이 공존하는 새로운 삶에 대한 돌파구로 생태마을의 필요성이 제기되었다.

세계 최초의 생태마을은 '보포엘레스카베르Bofoellesskaber, 공동체 생활'라 불리는 1960년대 덴마크의 "코하우징 커뮤니티Co-housing Community"로 보는 설이 가장 유력하다. 생태마을에 관한 관심과 실천은 1960년대 초반부터 있어왔지만 본격적으로 논의된 것은 1990년대부터이다. 근대화, 산업화의 산물로 나타난 지구온난화 등의 현상으로 환경친화적인 쾌적한 정주공간에서의 생명공동체 운동서구의 이념에 따르면 생

---

28) Goldsmith, Edward et als. 1972. *A Blueprint for Survival*. Harmondsworth. Pengui, pp. 50~53.

명지역주의 실천이 그 시발점이다. 이 때문에 이론적 접근 보다는 실천적인 면에서 출발하였다.

이에 따라 생태마을이 보편화된 미국을 비롯한 서구에서도 생태마을에 관한 개념이 명확하게 정립되지 않은 채 실천위주로 확산되기에 이르렀다. 그것은 어쩌면 당연한 결과로도 받아들일 수 있다. 왜냐하면 생명지역주의, 토지윤리, 녹색사회 등 일련의 사상들의 태동과 시대를 같이하여 생태마을(도시)이 만들어져 왔기 때문이다.

생태마을은 인간이 자연과 공존하기 위하여 모든 일상생활에서 생태마을의 사상적 기초를 실천하려는 일종의 실험으로, 유기농법의 개발과 보급 및 안전한 식품의 생산과 소비 등을 통하여 생태계를 보전하며 살아가는 공동체이다. 인도의 생태마을 오로빌Auroville[29] 등은 널리 알려진 대표적인 생태마을이며, 그 외 세계적으로 유명한 생태마을도 여러 곳에 산재해 있다.[30]

한편, 한국의 생태마을은 환경부 지정, 산림청 지정, 민간운영마을 등 여러 종류이다. 2008년 12월 31일 현재 환경부가 지정한 생태우수마을은 107개 마을[31]자연생태우수마을 89개소, 생태복원우수마을 18개소이

---

29) 오로빌(Auroville)은 인도의 생태사상가이자 독립운동가인 오로빈도(Sri Aurobindo)의 이름과 마을(Village)의 합성어인 듯하다. 이곳은 마티르만디르라는 명상의 성소를 중심으로 한 직경 5km의 원형 도시다. 이 원형의 도시에서 유기농법과 환경 친화적 적정기술 연구, 대체의학, 에너지 재활용, 토양과 수자원 보존, 내면교육 등 다양한 실험이 전개되고 있다. 오로빌에 관한 자세한 내용은 http://www.auroville.org/를 참조바람.

30) 2008년 4월 10일, 미국 경제전문지 포브스 인터넷판이 전 세계에 현존하는 유토피아 도시 8곳을 선정, 보도한 생태공동체는 미국의 아르고산티, 에코빌리지, 더 팜, 트윈옥스, 호주의 크리스탈워터스, 스코틀랜드의 핀드혼, 일본의 야마기시, 독일의 제크 등이다. 자세한 내용은 매일경제신문 2008.4.12 자를 참고하기 바람.

31) 환경부의 107개 지정 생태마을의 현황 및 지정사유 등은 환경부 홈페이지 (http://www.me.go.kr/)를 참조바람.

다. 이들 생태마을은 상기에서 언급한 사상에 기초한 생태마을이라기 보다는 환경부에서 2001년부터 '자연환경이 잘 보존되어 있고 멸종위기종 등 야생 동·식물이 서식하며, 특히 주민들의 자발적 환경보전 활동이 우수한 지역'으로 자연생태우수마을 또는 자연생태복원우수마을로 구분하여 지정환경부, 보도자료 - 2008년도 자연생태 우수·복원 우수마을 16개소 신규지정. 2008·육성하고 있다.

이와는 별도로 산림청에서도 산촌생태마을을 육성하고 있다. 2008년 말 현재 153개소의 마을이 완료되었거나 조성 중에 있으며, 2012년까지 147개소를 추가로 육성하여 총 300개소의 마을을 조성할 계획으로 있다농림수산식품부, 2009 농림업사업시행지침서, 2009: 2221.

그 외 민간차원의 생태마을도 헤아릴 수 없을만큼 많이 운영되고 있다. 전남 장성의 한마음공동체와 단양의 한드미마을윤도현, 2007: 117,32) 간디학교 등 47개 마을국중광 외, 한국 생태공동체의 실상과 전망 2007: 303 - 313, 그리고 충남 홍성의 문당리마을 등이 있다.

Ⅲ. 지리산권의 생태마을 실천과정

1. 지리산권의 특성과 생태마을 현황

지리산권의 공간적 범위는 지리산국립공원과 이를 둘러싸고 흐르는 동쪽의 경호강, 서쪽의 섬진강이 지나는 지역으로 행정구역상 전북 남원시, 장수군, 전남 곡성군, 구례군, 경남 산청군, 함양군, 하동군 등 7개 시·군이 이에 해당한다. 국립공원지리산은 천왕봉1,915m, 반

---

32) 윤도현, 「한국 생태공동체 체험학습의 실태와 발전방안」, 『한국 생태공동체의 실상과 전망』, 서울 : 월인, 2007.

야봉1,732m, 노고단1,507m의 3대 주봉을 중심으로 20여 개의 봉우리가 병풍처럼 펼쳐져 있으며, 20여 개의 능선이 있다. 그 속에는 칠선계곡, 한신계곡, 대원사계곡, 피아골, 뱀사골 등 큰 계곡이 있다. 지리산에는 또 수많은 동·식물들이 서식하고 있어 크고, 깊고, 넓을 뿐 아니라 1989년부터 정부는 심원계곡과 피아골 일대를 자연생태계보존구역으로 지정, 관리하고 있다.

또한 이인로1152~1220는 파한집破閑集을 통하여 고려 후기 전후부터 지리산 어느 곳인가에 이상향으로서 청학동이 있었다고 전하고 있으며, 지리산 청학동은 조선시대를 거치면서 유학자들에게 선경仙境이자 이상향의 상징적 장소최원석, 2009: 96[33]였을 뿐 아니라, 청학동을 비롯한 심산형 유토피아는 분지지형으로 묘사할 수 있었다고 한다정치영, 2005: 77.[34] 지리산의 자연과 생태적 여건 그리고 이상향으로서의 청학동의 상징성 등은 이상적 생태마을이 입지할 수 있는 적합한 여건이 된다. 이 때문인지는 단언할 수 없으나, 지리산권에는 <표 1>과 같이 2009년 말 현재 최소한 48개소 이상의 생태마을이 운영되고 있다.

<표 1>에서 나타나는 바와 같이 환경부가 지정한 생태마을, 산림청 지정 생태마을 및 민간 자율운영 생태마을 등 여러 종류가 있으며, 이들 마을들은 지정 또는 운영주체, 목적 등이 서로 다르지만 일부 중복되는 경우도 있다.

이 외에도 본 연구자가 조사하지 못한 민간운영의 생태마을이 있

---

33) 최원석, 「지리산 청학동의 공간적 변이와 장소성 쇄신에 관한 연구」, 『인문한국 지리산권문화연구 2009년 국제학술대회, 동아시아의 이사사회』, 지리산권문화연구단, 2009.
34) 정치영, 「조선시대 유토피아의 양상과 그 지리적 특성」, 『문화역사지리』 제17권 제1호, 2005, 77쪽.

을 것이다. 왜냐하면 지리산권은 역사·문화·지리·생태적 여러 특성 상 생태마을이 실천될 수 있는 지역이기 때문이다.

<표 1> 지리산권의 생태마을 현황

구 분	마을명	위치	구 분	마을명	위치
환경부 지정	와운마을	남원시 산내면	산림청지정 (진행 및 사전 설계)	고기마을	남원시 주천면
	삼산마을	남원시 운봉읍		장항마을	남원시 산내면
	수분마을	장수군 장수읍		용광마을	장수군 천천면
	가정마을	곡성군 고달면		연평마을	장수군 천천면
	신촌마을	산청군 차황면		유봉마을	곡성군 죽곡면
	음정마을	함양군 마천면		광평마을	함양군 병곡면
	부전마을	함양군 서상면		서리마을	하동군 적량면
	오현마을	함양군 서하면		송정마을	구례군 토지면
	상평마을	하동군 악양면		내동마을	구례군 토지면
	정금마을	하동군 화개면		단사마을	곡성군 오산면
	소 계	10		추성마을	함양군 마천면
민간 운영 소 계	두레마을	함양군 함양읍		대성마을	하동군 화개면
	간디학교	산청군 신안면		소 계	12
	둔철마을	산청군 신안면	산림청지정 (2008년까지 완료 마을)	장수 와룡, 남원 용궁	
	민들레마을	산청군 신안면		장수 대곡, 장수 동화	
	안솔기마을	산청군 신안면		장수 장안, 장수 임평	
	청미래마을	함양군 백전면		남원 대상, 곡성 원단	
	하늘소마을	장수군 계남면		구례 위안, 곡성 봉조	
	인드라망	남원시 산내면		함양 삼정, 산청 홍계	
	소 계	8		하동 묵계, 하동 범왕	
기타	부운마을	남원시 산내면		함양 송전, 함양 창원	
	원천마을	남원시 산내면		소 계	16
	소 계	2	합 계		48

출처 : 환경부(2008~2010), 산림청(2009), 연구자 조사.

<표 1>의 생태마을에 대한 조사결과 그 특징은 각각 다음과 같다.

와운臥雲마을은 구름도 쉬어 간다는 마을로 전라북도 남원시 산내면 지리산국립공원 뱀사골에 위치하고 있다. 마을 뒤에는 '지리산천

년송'이 있는 곳이다. 뱀사골입구에서부터 지역주민 외에는 차량출입이 불가한 마을이다. 마을주민들은 주로 민박을 운영하고 있으며, 일부 유기농업과 양봉에 종사한다.

삼산마을은 남원시 운봉읍 산덕리에 위치하고 있으며, 수령 300년 이상 된 소나무 45그루가 군락을 이루고 지리산 바래봉 철쭉군락지가 소재한 마을이다. 마을주민 스스로 오수처리, 재활용품 분리, 물절약, 세제사용 억제 및 자연보호활동을 펴고 있는 마을이다.

전북 장수군 장수읍에 위치한 수분마을 역시 환경부 지정 생태마을로 40여 세대 120여 명의 주민이 청년회를 중심으로 영농폐기물 수거, 쓰레기 분리배출 등의 활동을 하는 마을로 금강 발원지인 뜬봉샘이 위치한 산촌마을이다. 뜬봉샘 주변에는 두릅, 가시오가피, 산작약, 노루, 고라니, 담비 등이 서식하고 있다.

전남 곡성군 고달면에 위치한 가정마을은 섬진강과 보성강이 흘러 황어, 은어, 참게 등 어종과 수변식물이 서식하는 곳으로 자전거 하이킹코스 및 원두막, 물놀이장 등이 갖추어진 생태체험마을이다. 주민들은 마을청소 및 폐비닐 수거, 등산로 정비에 자율적으로 참여한다.

신촌마을은 경남 산청군 차황면에 위치한 환경부 지정 자연생태우수마을이자 농촌진흥청 지정 장수마을이다. 황매산 진입로에 가로변 자연생태를 보전·복원하고 전통식품체험장 및 친환경식품가공사업장을 설치하였으며, 친환경 메주, 된장, 간장, 취나물 등을 생산하고 있다.

함양군 마천면의 음정마을은 88고속도로와 대전-통영고속도로 교차점에 위치하고 있으며, 행정안전부 지정 정보화마을이기도 하다. 남강 상류지역에 형성되어 산과 계곡이 조화를 이루고 토종꿀, 곶감, 오미자, 고로쇠수액, 산나물, 약초 등을 생산하는 체험마을이다.

경남 하동군 악양면 평사리 상평마을은 천연늪지와 전통가옥 등 우수한 자연경관으로 인해 2007년 말 환경부의 자연생태우수마을로 지정되었다. 상평마을은 남쪽으로 섬진강이 흐르고 북으로는 지리산 국립공원 마지막 봉우리인 형제봉과 천연늪지인 동정호를 비롯하여 문화유적이 산재하고, 당산나무, 철쭉 등 각종 생물종들이 다양하게 서식하고 있으며, 소설 '토지'의 무대인 최참판댁이 소재한 마을이다.

환경부가 지정한 나머지 생태마을들은 위치가 다를 뿐 대개 유사하다. 다만 하동군 화개면의 정금마을은 한국에서 가장 오래된 차나무가 있는 곳으로 하동녹차의 주산지이다.

한편, 함양군 함양읍 죽림리에 위치한 지리산두레마을의 역사는 서울 청계천의 활빈교회[35)가 그 모태이다. "땅과 사람을 살리는" 뜻을 추구하기위한 가족공동체, 교회공동체, 농촌공동체, 생산공동체, 유통공동체 등 복합적인 생태마을이며 풍력발전기를 가동하고 있어 생태마을의 이론과 실천의 연구대상지로 알려져 있다.

경남 산청군 신안면 안봉리의 둔철생태마을은 간디학교 중학교과정 캠퍼스가 소재한 간디학교 배후 마을이며 특용작물과 빵, 쨈, 과자 등을 자급자족하고 비누공장을 운영하고 있다.

산청의 안솔기한자로는 內松里마을 역시 간디학교의 배후 주거지역 마을로서 생태적인 삶을 실천하고 있다. 2000년부터 입주민들이 손수 생태적 재료들로 집을 짓기 시작하였으며 현재 완공단계에 와 있

---

35) 청계천 일대에서 빈민운동을 하던 중 도시계획에 의해 재개발되자 경기도 남양만으로 집단이주하여 유기농업을 기반으로 하는 두레마을 공동체를 만든다. 남양 두레마을은 자체의 중·고등학교와 생산공동체로 발전하였으며 미국과 괌, 중국 연변에도 그와 유사한 형태의 두레마을을 건설하고 전국의 주요도시에 '두레유통'을 설립하였다. 2002년에 경남 함양에 새로운 지리산두레마을을 건설하였다 (황대권, 2005: 500~501).

다.36) 산청의 민들레마을 역시 간디학교 배후마을인 갈전리에 위치한 기독교인 중심의 생태마을이다. 이 마을은 풍력, 태양광, 자전거 등을 에너지원으로 사용하는 마을로 대안기술센터를 운영하고 있다.

경남 산청의 둔철마을, 안솔기마을, 민들레마을은 모두 신안면 간디학교 인근에 소재하며, 간디학교가 중심이 된 교육, 종교, 정주 등 목적에 따라 운영되고 있다. 간디학교는 1994년 산청군 신안면 외송리에 공동농장 설립을 계기로 탄생하였으며, 현재 중·고등학교 교과과정이 따로 설치되어있는 대안학교이다. 이 학교에서는 일반중등학교와 달리 지식교과, 감성교과, 자립교과 과정으로 나누어 가르치면서 철학교육을 강화함으로써 서구의 생태마을 사상을 추구하고 있다. 둔철마을, 안솔기마을, 민들레마을, 간디작은학교(중학교과정) 및 간디고등학교를 합하여 간디공동체 또는 간디생태교육마을로 일컫는다.

함양군 백전면의 청미래마을지리산약초마을은 온배움터녹색대학 재학생들과 교직원들의 생태학습장이자 삶의 터전으로 1977년부터 20여 만 평의 토지에 유기농업을 시작한 곳이다. 그 후 인근에 녹색대학이 개교되면서 부지 일부를 녹색대학에 양도하였으며, 현재 전국 각지에서 모인 사람들이 거주하고 있다. 세대주 평균연령이 40대로 비교적 젊은 세대들이 모인 곳이다. 이 마을에 입주하려면 일정규모의 토지대금을 납부하여야 하며, 개인 토지 외에 임야와 전답은 주민 공동 소유이다. 택지를 정리하고 집을 짓는 것은 각자가 하는 것으로 정해져 있다.37) 이 마을은 찜질방 운영과 함께, 장뇌삼, 지리오갈피, 지구

---

36) http://blog.naver.com/kyt1961?Redirect=Log&logNo=100023873252 참조.
37) 김희윤, 행복한 공동체, 청미래마을의 구체적 조명 - 25가구의 실제공동체구성에서 유지까지, 2005.10.2, http://www.herenow.co.kr 참조.

자등의 약초를 생산하고 있다(http://jirisan.nasee.net/).

전북 장수군 계남면에 위치한 하늘소마을은 귀농자들이 만든 생태 마을이다. 영농조합으로 출발한 순환농업단지로 생태관찰과 영농체험을 실시하는 마을로 현재 도시 출신 10여 가구가 모여 사는 곳이다.

전북 남원 산내면에 위치한 인드라망공동체는 실상사 장기 귀농학교를 마친 사람들이 실상사 주위에 지역공동체를 형성하면서 실천되기 시작하였다. 이 공동체에는 (사)한생명, 인드라망 생협, 중학교과정의 대안학교인 실상사작은학교, 수련원, 실상사귀농학교 등이 있다.[38] 특히 햇빛발전소를 가동하고 있으며, 전원마을을 조성하고 있다.

산림청이 지정하는 산촌생태마을은 국가 공모사업으로 산촌진흥지역에 소재한 법정리 산촌마을로 정부지원에 의하여 <표 2>와 같은 마을공동사업을 시행하는 마을이다.

〈표 2〉 산촌생태마을 지원대상 사업

사업종류		사 업 내 용
주민역량강화		• 지도자 양성 : 마을경영 및 운영관리 등 • 전문가 육성 : 특화품목재배, 산촌체험프로그램운영 등
주민 소득	생산소득	• 생산소득기반조성, • 특화품목 개발 및 재배, • 특화품목 B.I.(Brand Identity) 개발, • 생산품 홍보, 전자상거래 기반 등
	체험소득	• 프로그램 개발 및 운영, • 산촌체험시설조성
생활환경개선		• 생활기반조성, • 마을경관개선

출처 : 농림수산식품부(2009; 2222).

그러나 사업의 명칭에서 '생태'라는 용어가 포함되어 있을 뿐이지 생활기반 조성, 마을경관개선, 생산소득기반 조성, 산촌체험프로그

---

38) http://www.indramang.org/bbs/board.php?bo_table=indramang_ 참조.

램 운영 등에 국한되므로 엄밀히 말하면 생태마을이라 단정할 수 없다. 다만 이들 산촌생태마을이 생태계 보전 및 복원, 생명지역주의 및 녹색사회를 추구하며 이를 실천해 가고 있다면 그것은 당연히 생태마을에 속한다. 이러한 의미에서 하동 서리마을 등 일부를 제외하면 생태마을의 개념과 사상에 부합하는 진정한 생태마을은 아니다.

또한 <표 1>에서 기타로 분류한 부운마을과 원천마을은 마을안 내간판에 부운생태마을, 원천생태마을 등으로 '생태'라는 용어를 사용하고 있으나 이들 마을은 농촌진흥청이 지정하는 '농촌전통테마마을'이며, 이에 속하는 지리산권의 마을은 구례 계산리 마을(다무락마을), 황전리 마을, 심원 마을 등이 있다. 또 이와 유사한 마을은 농림수산식품부가 지정하는 녹색농촌체험마을, 농협이 지원하는 팜스테이 마을 등이 있으나, 이들 마을들은 생태마을이 아니므로 본 연구의 대상에서 제외한다. 다만 정부 또는 농협 지정마을이 환경부지정 또는 민간자율의 생태마을과 중복되는 경우에는 본 연구의 대상에 포함한다.

2. 지리산권의 생태마을 실천과정

지리산권의 생태마을은 정부지정마을과 민간 자율운영마을로 대별할 수 있으며, 정부지정의 경우 환경부, 산림청 그리고 지방자치단체 지정 마을로 구분할 수 있다. 환경부 지정 생태마을은 자연생태우수마을과 생태복원우수마을로 나누어진다. 산림청에서 지정하는 산촌생태마을은 1995년 시범마을지정을 시작으로 매년 조성되어지고 있으나 엄밀히 말하면 산촌생태마을의 목적이 '산촌지역의 풍부한 산림·휴양자원을 활용한 소득원개발과 생활환경개선을 통하여 산

촌주민의 삶의 질 향상 및 지역간 균형발전에 기여'산림청, 산촌생태마을
사업매뉴얼(마을주민용), 2008: 3함을 감안한다면 생태마을의 개념 및 사상
과는 거리가 있다.

그렇다면, 황대권2008[39]과 같이 생태공동체[40]를 정주형생태공동
체, 유통중심공동체, 생산중심농촌마을공동체, 치유중심공동체, 교육
중심공동체, 종교영성공동체, 사회복지공동체, 생태마을, 지역공동
체 등으로 분류[41]한 것처럼 실천 목적별로 분류함이 타당하다. 그렇
더라도 이와 같은 범주에 포함되지 않거나 또 다른 목적의 생태마을
이 있다. 예컨대 산림청이 지정하는 생태마을과 여러 가지 목적의 복
합적 생태마을이 바로 그것이다.

본 연구에서는 환경부지정 생태마을과 민간운영의 생태마을을 중
심으로 현지조사결과에 따라 <표 3>과 같이 그 실천항목을 요약하
였다. 다만 <표 3>의 사례연구에 나타난 대부분의 마을들이 토지윤
리를 실천하고 있지는 않으며, 정부지정마을을 제외한 대부분의 마
을들이 생명지역주의를 실천하고 있으므로 녹색사회의 실천여부와
목적을 마을별로 표시하였다.

<표 3>에서 나타나는 공통점은 대부분의 마을들이 정주, 생산, 지
역성, 생태보전, 소득추구, 체험을 실천하고 있다는 점이다. 어느 마

---

39) 황대권, 「한국 생태공동체의 농업현황과 전망」, 『새로운 눈으로 보는 독일 생태공
   동체』, 서울 : 월인, 2005.
40) 한국의 경우 일부 도시지역의 생태공동체를 제외하면 생태공공동체와 생태마을
   은 같은 개념이다.
41) 황대권은 대표적인 정주형생태공동체에는 경기도 화성에 있는 야마기시경향실현
   지와 경남 함양의 두레마을, 전북 변산의 변산공동체, 경북 울진의 한농복구회 등
   을 꼽을 수 있으며, 그 외 유통(네트워킹)중심 공동체, 생산중심 공동체, 치유중심
   공동체, 교육중심 공동체, 종교영성 공동체, 사회복지 공동체, 생태마을, 지역동동
   체 등이다. 자세한 내용은 http://farmmall.co.kr/bbs/view.php?id=data.(2008.5.21)
   를 참고바람.

을이든 마을별 각각의 지역특성과 주민들의 의지를 반영하고 있으며, 특히 환경부 지정 생태우수마을은 생태보전과 체험, 관광 등을 통한 소득원 개발을 목표로 하고 있어 생태마을의 개념과 사상에 완벽하게 부합하지는 않는다. 다만 생태계의 보존 또는 보전을 추구하는 소규모의 생명지역임에는 틀림없다.

한편, 녹색사회적인 측면에서도 경제적인 자립과 자원재활용, 정치적인 평등과 기술적인 측면에서의 대안기술의 개발·보급이 충분하지 않다. 또한, 하늘소마을은 지방자치단체가 집중적으로 육성하며, 도시민들이 이주해 온 경우에 속한다. 이 마을은 정주목적과 함께 유기농업과 체험, 관광을 목적으로 하므로 넓은 의미의 친환경농업 체험마을이다. 여기서 체험마을이라 함은 농림수산식품부 지정의 녹색농촌체험마을, 어촌체험마을, 농촌진흥청의 농촌전통테마마을, 산림청의 산촌생태마을 중 체험사업을 시행하는 마을 등이다.

<표 3> 지리산권 생태마을의 목적별 실천 항목

마을	녹색사회*	실천 항목 **												비고
		정주	생산	유통	치유	교육	종교	복지	생태	지역	소득	체험	관광	
와운마을		○							○	○	○		○	
삼산마을	○	○							○	○	○			
수분마을	○	○	○						○	○		○	○	
가정마을		○	○						○	○	○			
신촌마을		○	○						○	○				
음정마을		○	○						○	○	○			
부전마을		○	○						○		○			
오현마을		○	○						○		○			
상평마을		○	○						○	○	○			
정금마을		○	○						○	○	○			
두레마을	○	○	○	○	○	○	○	○	○	○	○	○	○	
간디학교	○	○				○	○		○	○				

둔철마을	○	○	○	○		○			○	○	○
민들레마을	○	○	○	○	○	○	○		○	○	○
안솔기마을	○	○	○	○					○	○	○
청미래마을	○	○	○						○	○	○
하늘소마을		○							○	○	○
인드라망	○	○	○	○	○		○		○	○	○
부운마을		○							○	○	
원천마을		○							○	○	
산림청지정***		○	○	○					○	○	○

* 녹색사회는 경제적 절약과 자원재활용, 정치적 분권화와 소규모, 평등, 기술적 대안기술 과 유기농업 등의 사상들의 실천정도에 따라 표시함.

** 실천항목 : 목적별 실천항목임.

*** 산림청이 지정한 산촌생태마을은 '산촌지역의 산림・휴양자원을 활용한 소득원개발, 생 활환경개선 등을 통한 산촌주민의 삶의 질 향상 및 지역간 균형발전'을 목적으로 하므로 대개 생산, 유통, 지역, 체험 등의 목적을 가지고 있음.

그러나 민간운영의 생태마을들은 실천양상이 다소 다르다. 인드라 망공동체, 지리산두레마을, 청미래마을, 둔철마을, 안솔기마을, 민들 레마을 등은 생태마을의 개념과 사상에 근접하는 진정한 생태마을이 라 할 수 있다. 생태보전은 물론 특히 실상사작은학교중학교과정, 실상 사귀농학교, 두레자연유치원, 지리산초록학교, 온배움터녹색대학, 간 디학교중학교과정, 고등학교과정 등 교육과 자연치유, 종교불교, 기독교 및 생산, 유통, 소득, 체험관광 및 풍력, 태양력 등 기술적 대안기술 등이 포함되어있기 때문이다. 또한 이들 마을 중 일부인드라망, 청미래는 전 원마을을 조성 중에 있어 정주 목적이 포함될 뿐 아니라 비누, 빵 등 의 자급을 위한 생산과 유통, 견학, 체험, 관광 등의 기능도 수행하고 있다.

한편, <표 3>에서 부운마을과 원천마을 및 산림청이 지정한 생태 마을은 명칭만 생태마을일 뿐이지 실천내용은 생태마을과 거리가 있다. 특히 산림청 지정 생태마을은 주민의 삶의 질 향상과 소득개발을 목적으로 하는 '소득개발 생태마을'이다. 마을별로 10억 원 내외의 직간접사업비를 지원한다는 점과 지원분야가 산촌주민의 삶의 질 향상과 소득원 개발사업을 망라한다는 점에서 생태마을의 본질과 다르다. 삶의 질 향상 역시 소득증가를 전제하므로 어떻게 보면 생태보전과는 동떨어질 수 있을 우려도 있어 생태적 삶 보다는 경제가 우선이며, 이러한 측면에서 생태마을의 개념과 사상에 부합한다고 할 수는 없다. 오히려 생태 등 자연환경자원을 이용하며 임도, 숙박, 음식점, 자연생태전시관 등 인위적 시설과 이를 운영할 수 있는 소프트웨어를 지원하는 정부정책이다. 그렇더라도 이들 마을들이 생태마을임에는 분명하다. 미국, 독일, 호주, 일본 등 세계적으로 유명한 생태마을에는 수많은 관광객들이 즐겨 찾는 관광지이자 체험활동을 하고 있는 곳이기 때문이다.

이상의 생태마을실천과정은 어디까지나 현실적으로 나타나는 실상에 근거한 것이며, 무엇보다 마을지도자의 역량, 계획단계에서부터 사업추진 및 운영단계에 이르기까지의 민주적 절차에 의한 의사결정, 소규모 생명지역주의의 실천의지, 경제적으로 자급자족 지향, 태양열, 풍력 등 환경친화적 에너지원의 사용, 입주자격의 제한 또는 주민의 동의 등을 필요로 함은 물론이다. 다만 지금까지 뿌리를 내린 생태마을의 공통점[42]을 도외시할 수는 없을 것이다. 그렇지 않으면 하루에도 몇 개소씩의 생태마을이 조성되고 없어지는 현상이 되풀이

---

42) 지금까지 뿌리를 내린 생태마을의 공통점은 ① 사상가 또는 실천가로서의 지도자가 있었으며, ② 마을의 의사결정체제가 민주적이며, ③ 생태의 원형을 유지하는 소규모이며, ④ 경제적으로 자급자족을 지향하되 태양열, 풍력 등 환경친화적 에너지원을 사용한다는 점이다. 자세한 내용은 서정호(2010: 150)를 참조.

될 수밖에 없을 것이기 때문이다. 또한 생태마을이 '자립적으로 생태적인 삶을 영위하며, 친근성에 근거하여 조직화할 수 있는 인간적 규모의 마을을 진행하는 일련의 과정'서정호, 2010: 147이기 때문이기도 하다.

Ⅳ. 요약 및 결론

지금까지 생태마을의 개념, 사상 및 세계와 한국의 실천과정 그리고 지리산권의 생태마을 실천과정을 살펴보았다. 생태마을은 '생산소비 등 생활양식이 자연생태계와 조화를 이루면서 자원과 에너지를 자급자족 또는 절감하며, 지역의 문화를 존중하는 소규모의 공동체로 현성된 공간'으로 '자립적으로 생태적인 삶을 영위하며, 친근성에 근거하여 조직화할 수 있는 인간적 규모의 마을을 진행하는 일련의 과정'이다.

생태마을의 사상은 토지윤리, 생명지역주의, 녹색사회 등을 주요 내용으로 하고 있으며 그 실천방식은 소규모 공동체, 평등, 대안기술 및 적정기술, 노동집약형 자급자족, 생태적인 삶 등을 망라하며, 산업사회가 초래한 환경문제를 해결하려는 차원에서 출현하였다.

한국에는 300여 개소의 생태마을이 운영되고 있거나 계획단계에 있다. 이 중 지리산권에도 약 50개소의 생태마을이 실천되고 있으며, 지리산권은 생태마을이 입지하기에 적합한 지역이다. 이 지역에는 다양한 식생과 여러 종류의 식물군락, 야생 동물과 고등균류가 서식하고 있어 생태계보전이 필요할 뿐만 아니라 예로부터 이상사회를 추구해 왔던 지역이기 때문이다.

실천과정에 있는 48개소의 지리산권의 생태마을을 조사한 결과 공통적으로 정주, 생산, 지역성, 소득, 체험 등의 목적으로 실천되고 있었으며, 나머지는 개략적으로 3가지 형태로 실천되고 있었다.

첫째, 환경부가 지정한 생태마을들은 자원재활용, 정치적 분권화, 대안기술의 개발과 보급 등 녹색사회 지향이 미흡하며, 절반 정도만 생태계 보전을 지향하고 있었다. 따라서 이들 환경부지정 생태마을들은 녹색사회를 지향하는 방향으로 실천되어야 진정한 생태마을로 발전할 수 있을 것이다.

둘째, 민간운영의 복합적 생태마을들은 생태마을의 사상과 개념에 부합하는 진정한 생태마을이라 할 수 있다. 이들 마을들은 녹색사회를 실천하는 외에 부가적으로 유통, 치유, 교육, 종교, 복지를 실천하는 복합적 생태마을이다. 따라서 이들 마을들은 그들의 생태마을 실천방식과 경험들을 확산·보급에 주력하는 교육을 실시함으로써 생태마을을 실천하고자 하는 예비 생태마을 또는 기존 생태마을 중 생태마을의 사상과 개념에 부합하지 않게 실천되는 마을을 계도하는 역할이 필요하다. 또한 장기적으로 토지윤리를 실천하는 노력을 기울여야 할 것이다.

셋째, 산림청 지정 생태마을과 간판을 '생태마을'로 붙인 일반 생태마을들은 그야말로 이름만 생태마을이다. 생태, 생물다양성과는 동떨어진 생산, 유통, 소득, 체험 등을 목적으로 실천되고 있으므로 이들 생태마을들은 녹색사회는 물론 생태계 보전·복원을 실천함으로써 지속가능한 진정한 생태마을로 전환되어야 할 것이다. 따라서 산림청 등 지원기관은 사업메뉴얼에서 지원대상사업으로 녹색사회 실천, 생태계 보전 및 복원, 생물다양성 증진 등을 포함하여야 할 것이다. 그렇지 않으면 사업명칭에서 '생태'라는 용어를 제외시켜야 함이 마땅하다.

조사결과 또한 대부분의 생태마을들이 생태마을의 사상과 개념에 부합하며 지속가능한 생태마을로 발전하기 위하여 지도자 및 마을주민의 실천의지, 대한 비전과 목표, 대안기술의 지속적 개발과 활용을 필요로 하였다.

이러한 필요조건들이 충족될 경우, 생태마을의 미래는 희망적이다. 그것은 복잡한 도시생활에 싫증을 느낀 도시민들이 생태적 각성과 함께 인간적 규모의 이상적 공동체에 대한 요구가 점점 강해지고 있으며, 생태마을은 만들어 나가는 과정이기 때문이다.

▶ 이 글은 2010년 『OUGHTOPIA』 Vol. 25 No. 2에 실렸던 「지리산권의 생태마을 실천과정에 관한 연구」를 재수록한 것임.

지리산 노고단 '선교사 휴양촌'의 종교문화적 가치

한규무*

Ⅰ. 머리말

지리산 노고단을 오르다 보면 폐허가 된 서양식 건물의 유적이 있다. 흔히 '노고단 기독교 유적' 또는 '노고단 선교사 유적'이라 불리는 석조로 된 '호텔'의 잔해이며,[1] 정확한 주소는 전라남도 구례군 산동면 좌사리 산 110−2이다. 산중의 불교 유적이야 헤아릴 수 없을 정

---

* 광주대 관광경영학과 교수.

[1] 이 건물을 호텔로 추정하는 이유는 (1) 2008년 실측 결과 면적이 100.19㎡(12.40m ×8.08m)인데, 이는 1940년 호텔의 면적이 33평(109.09㎡)이었던 것과 비슷하며, (2) 당시 호텔은 3층이었는데, 현재 유적도 그 구조가 3층으로 추정되기 때문이다 (김란기 외, 『지리산 선교사 유적 조사와 문화재적 가치 연구』(사단법인 지리산기독교선교유적지보존연합, 2009, 69~70쪽, 532)에서도 이것을 호텔로 추정하고 있다. 이것을 '호텔'이라 부르는 데 대해 비판적인 의견도 있지만("지리산 노고단 수양관 용도가 '호텔'?" 『뉴스파워』, 2009.12.9.(http:// www.newspower.co.kr)), 후술하듯이 이는 당시에 선교사들이 붙인 명칭이었다.

도지만 기독교 유적으로는 흔치 않은 것이다.[2] 지금은 이 유적 외에는 흔적조차 찾기 힘들지만, 1920년대부터 이 일대에는 기독교 선교사들의 '휴양촌'[3]이 조성되어 1940년에는 52동의 건물을 갖출 정도로 발전했다가 일제의 탄압으로 선교사들이 추방되면서 훼손되기 시작했다.

<사진 1> 지리산 노고단의 선교사 휴양촌 유적

<출처: 노기욱 문화유산(http://cafe.daum.net/chonnamtour)>

---

2) 이 논문에서 '기독교'는 '개신교'를 뜻한다.
3) 선교사들이 붙인 명칭은 처음에는 'resort', 나중에는 'camp'였다. 당시 한국인들은 외국인들의 '피서지' 또는 '양인촌'이라 불렀으며, 현재 기독교인들은 흔히 '수양관'·'수양촌' 등으로 부르지만, 이 논문에서는 '휴양촌'이라는 명칭을 쓰겠다. '修養'은 종교적 색채가 짙은 표현이나, 이 시설 중 주택건물은 '분양'되었고 외국인들은 신앙 여부에 관계없이 이용할 수 있었으므로 '休養'이 더 적절한 표현이라고 생각되기 때문이다. 이 경우 '외국인 휴양촌'이 더 적합한 명칭일 수 있으나, 휴양촌 조성의 주체가 미국 남장로회 한국선교부(이하 '남장로회'로 약칭)였으며 이용자의 대부분이 선교사들이었기 때문에 "선교사들이 조성한 휴양촌"이란 뜻에서 '선교사 휴양촌'이라 부르겠다. 이와는 별도로 지리산 왕시루봉 일대에는 1950년대에 지어진 14동의 건물이 현재까지 남아 있으나, 시기와 의미가 노고단 휴양촌과 같지 않으므로 이 논문에서는 다루지 않겠다.

이 논문은 현존하는 유적을 비롯한 당시 '선교사 휴양촌'의 역사와 의미를 밝혀보려는 것이다. 이를 위해 첫째, 휴양촌의 연혁을 살펴보고, 둘째, 당시 한국인들은 이 휴양촌을 어떤 시선으로 바라보았는지 알아보며,[4] 셋째, 이 유적이 종교문화사적으로 어떤 의미를 갖고 있는지 밝혀볼 것이다.

2004년 지리산기독교유적지보전본부[5]에서는 "지리산 유적지 보존을 위한 심포지엄"을 개최했는데, 이때 주명준·이덕주·강명희·이태성 등이 휴양촌의 역사와 기능, 의미 등을 상세히 살핀 바 있다.[6] 이 논문도 이 같은 선행연구에 힘입은 바 크나 이들 연구자가 참고하지 않은 자료들도 활용할 것이다.[7] 부디 이 논문이 지리산 노고단 '선교사 휴양촌' 및 현존하는 유적의 역사를 밝혀내고 나아가 그것이 갖는 종교문화적 가치까지 드러낼 수 있기를 기대한다.

---

4) 이는 휴양촌이 존립했던 1920~1940년대뿐 아니라 폐허가 되어 있는 오늘날과도 무관하지 않은 문제이다. 즉 현재 남아 있는 유적을 '보존'하려는 기독교 측과 이에 반대하는 불교계·시민단체 사이의 논쟁이 아직도 진행 중이기 때문이다.
5) 이 단체는 2004년 노고단 유적의 문화재 지정을 위해 예장 통합 측에서 조직했다.
6) 이 심포지엄의 발표자와 주제는 다음과 같다: (1) 주명준, "미국 남장로교회의 전라도 선교"; (2) 이덕주, "지리산 기독교 유적지의 역사와 의미"; (3) 강명희, "지리산 선교유적지 문화재 지정의 당위성"; (4) 이태성, "지리산 수양촌과 성서개역". 이 발표문들은 이후 책자로 출판되지는 못했기에, 이 논문에서는 심포지엄 당시 자료집인 『지리산기독교유적지 보존을 위한 심포지움자료집』(지리산기독교유적지보전본부, 2004)을 참조했다.
7) 예컨대 『東亞日報』·『朝鮮日報』·『每日申報』 등의 기사나 안내 팸플릿(영문), 육군 제1989부대에서 작성한 "(지리산 노고단에 있던 선교사 휴양지관이 6·25 당시 군부대에서 작전상 파손한 것이기에 이에 대한 사실 확인 요구에 대한) 민원확인결과 (1996.8.31)" 등이 있다.

Ⅱ. 선교사 휴양촌의 조성·훼손 과정

1. 조성 배경

1882년 한미수호조약 체결 이후 적지 않은 미국인들이 내한했고, 특히 1885년 미국 북장로회의 언더우드H. G. Underwood와 미국 북감리회의 아펜젤러H. G. Appenzeller를 위시한 많은 선교사와 그 가족들이 방한했다. 그들이 한국에서 겪은 애로는 한둘이 아니었지만, 낯선 기후·풍토 및 그에 따른 질병의 발생이 무엇보다 큰 문제였다. 그들은 다양한 질병에 걸릴 우려가 있었고, 다음 기록에서 보듯이 이 같은 사정은 30여 년이 지난 1920년대까지도 달라지지 않았다.

> [위생적인 면에서] 예민한 선교사들이 선교 현장에 나가 훌륭하게 일하고 있는 것을 볼라치면 흥분도 되고 감격스럽기도 하다. (…) 선교사들은 지방을 다니면서 수도 없이, 여기저기서 천연두와 발진티푸스·이질·콜레라·장티푸스·희귀열·디프테리아·성홍열·수막염 등 많은 질병들을 만나 어떤 이는 쓰러지고, 어떤 이들은 영광의 면류관을 쓰기도 한다. (…) 심지어 서울이나 평양·선천·대구 등 거의 모든 선교부에 살고 있는 남녀 선교사들은 열악한 환경에 직면하여 이질이나 발진티푸스·수막염·천연두 등의 희생제물이 되고 있으며 이처럼 대도시 선교부에 거주하고 있더라도 어떤 식으로든 이런 질병에 노출되어 고통을 받는 것이 현실이다."[8]

1890년대 이후 선교사와 그 가족 중 질병으로 사망하는 이들이 속출했으며,[9] 1920년의 조사결과도 그들의 건강상태가 여전히 심각한

---

8) "A Protest and a Comment," *The Korea Mission Field* (이하 KMF), 1923.9, p. 255.
9) 1890~1910년대 질병으로 사망한 선교사 및 그 가족들을 꼽아보면 다음과 같다: 1890년 미북장로회 의료선교사 헤론(J. W. Heron): 결핵; 1890년 호주장로회 데이비스(J. Henry Davis): 과로; 1891년 호주장로회 매케이(J. H. Mackay)의 부인: 질병; 1894년 미북감리회 의료선교사 홀(W. J. Hall): 전염병; 1895년 독립선교사 매켄지(W. J. McKenzie): 열병; 1902년 미남장로회 랭킨(David C. Rankin): 폐렴;

상태였음을 보여준다.[10] 전라도 지역에서 선교활동을 펴던 미국 남
장로회 한국선교부 소속 선교사와 가족들 역시 마찬가지였는데, 특
히 1917~1921년에는 장흡수부전증sprue이 유행하여 고통을 겪었으
며, 선교활동에도 큰 지장을 받았다. 특히 1919년에는 남장로회 선교
인력의 40%가 병가·휴가 상태였을 정도였다. '병든 선교사'는 '병든
병사'만큼이나 무력했고, 이들을 치료하기 위한 인력도 부족했다. 또
이들을 본국으로 후송해서 치료할 경우 예산도 만만치 않았다.[11]

1903년 미남장로회 해리슨(Linnie D. Harrison)의 부인: 열병; 1906년 미북감리회
샤프(R. A. Sharp): 발진티푸스; 1908년 미북장로회 게일(J. S. Gale)의 부인: 결핵;
1908년 미남장로회 전킨(W. M. Junkin): 장티푸스·폐렴; 1909년 미남장로회 의
료선교사 오웬(C. C. Owen): 폐렴; 1913년 미남장로회 코이트(Robert T. Coit)의
두 아들: 이질; 1913년 구세군 여사관 콜러(Magda Kohlor): 장티푸스.

10) <표 1> 질병에 걸린 선교사들의 수 (출처: KMF, 1920.8, p. 168)

질병	합계	북부지방	중부지방	남부지방	미국북장로회	미국남장로회	캐나다장로회	호주장로회	미국북감리회	미국남감리회	기타
선교사 수	276	74	98	78	89	34	20	22	48	27	36
독감	135	14	54	47	35	17	11	18	18	16	20
말라리아	53	18	15	25	19	13	5	3	7	3	5
설사(Acut.Diarrh)	40	4	17	10	10	6	3		11	1	9
설사(Chrn 〃)	16	2	8	4	2	2	2	2	6		2
이질	54	10	23	14	21	9	3	1	9	4	7
장흡수부전증	11		3	7	2	6			2		1
장티푸스	15	5	2	7	6	4	3	1			1
디프테리아	10	2	5	2	3		1	1	4		1
폐렴	10	2	4	1	3		1	1	1	1	
맹장염	10	2	1	6	3	5	1				
심장병	15	3	3	7	4	4	1		3	1	2
Nerv. Exhstn.	40	5	15	17	18	10	2		5	2	3

11) Martha Huntly, *To Start a Work: The Foundations of Presbyterian Missions in Korea*,

이 같은 이유에서 남장로회 선교사들은 심신의 휴식을 취할 수 있는 공간의 필요성을 느끼게 되었다. 일찍이 선교사 윈S. D. Winn이 가족과 함께 지리산 정상에서 1주일간 야영을 한 경험이 있었는데, 그의 제의로 선교사들은 지리산 일대에 관심을 갖게 되었고, 1920년 무렵부터 휴양촌 건립이 계획되었다. 마침 그 무렵 다시 장흡수부전증이 유행하자 의료선교사들이 일정기간 동안 고도가 높은 지역에서 지내는 것이 건강에 좋겠다는 결론을 내린 점도 지리산이 적지로 선정되는 데 영향을 주었다.[12]

이 같은 건강상의 이유가 아니더라도 남장로회 선교사와 가족들은 휴식을 위해 외부로부터 차단·격리된 공간이 필요했다. 그들이 안식년을 맞아 본국으로 건너가지 않는 한 국내에서 머물며 휴식을 취해야 하는데 그들을 위한 마땅한 장소가 없었다. 이미 황해도 소래미국 북장로회 중심으로 1905년 설립와 함경남도 원산미국 남감리회 중심으로 1914년 설립에는 선교사들을 위한 전용 수양관이 세워져 있었지만, 거리가 멀어 전라도에서 활동하는 남장로회 선교사들이 이용하기에는 불편했다. 또 소래와 원산의 수양관은 해안에 위치하여 한국인들의 접근을 막기 어려웠기에, 남장로회 선교사들은 외부로부터 차단·격리된 휴양시설이 필요했던 것이다.[13]

1884~1919 (Seoul: Presbyterian Church of Korea, 1987), pp. 445~446; 이태성, 앞의 글, 84~85쪽에서 재인용.

12) S. Dwight Winn, "A Summer Resort−Camp Chiri", *KMF*, 1925.2, p. 30.

13) 이에 대해서는 다음 기록이 참고된다: "이 기간에 선교사들의 건강 문제는 극도로 어려워졌다. 많은 사람이 과도한 긴장과 섭생의 결핍 그리고 여러 종류의 병 때문에 무너졌다. 이 기간에 선교 인력은 효율적인 인력의 3분의 2가 되기 힘들었다. 일하는 사람의 부족은 악순환을 초래했다. 현장에 남아 있는 건강한 사람들은 과로로 건강이 차례로 나빠졌다. 1919년 미국에 있는 선교 인력의 40%가 위급 상태거나 건강에 문제가 있거나 안식년 중이었다. (…) 이 높은 희생률의 한 이유는 알수 없는 아시아 질병인 장흡수부전증이었다. 만성설사와 그 외 소화불량증을 동

2. 조성 과정

이제 남장로회의 연례회의록을 중심으로 휴양촌의 건립 과정을 살펴보자.[14] 1920년 남장로회 연례회의에서 '지리산임시위원회'Interim Committee on Chidisan가 조직되었으며, 1921년 연례회의에서 위원회의 보고서가 제출되었다. 1922년 6월에는 크레인J. C. Crane · 프레스톤J. F. Preston 등이 지리산 연습림 파출소 주임 시미즈[淸水]를 방문, 노고단에 '피서지' 건설을 위한 양도 · 대여를 요청했다. 이에 당국에서는 휴대용 천막과 응급시설 설치는 '묵인'하기로 했고, 크레인은 7월부터 노고단에 천막 7동과 원목집 6동을 세우고 전라도에 거주하는 미국인 선교사 및 가족 29명을 수용했다.[15] 하지만 이때의 건축은 쉽지 않았다. 임대 여부가 확정되지 않아 영구가옥이 아닌 임시가옥을 지어야 했기 때문이다. 그래서 시멘트와 모래를 쓰지 않아 "바람이 불거나 비가 오고 볕이 내려쬐면 진흙과 돌무더기가 무너져 내려 처량한 모습으로 변했다."[16] 이어 연례회의에서 '여름리조트위원회'Summer Resort Committee는 1923년 여름 지리산에 조사단을 파견할 것과 6인특별위원회위원장 M. L. Sweinheart를 조직하여 동경제국대학과 부지 사용

반하는 이 병의 원인은 끝내 찾지 못했다. 1917~1921년 동안 그것은 선교사 사이에 전염병처럼 퍼져서 거의 일을 중단하는 단계까지 되었다. (…) 가족들이 쉬면서 여름 더위와 들판에서의 습도에서 원기를 회복하기 위해 선교회에서는 1920년 위원회를 만들어서 지리산 언덕을 답사하여 가능한 휴양처를 찾도록 했다."(George T. Brown, Mission to Korea, 1962: 조지 톰슨 브라운 지음, 천사무엘 · 김균태 · 오승재 옮김, 『한국 선교 이야기: 미국 남장로교 한국 선교 역사(1892~1962)』[동연, 2010], p. 154)

14) 이 같은 내용들의 출처는 미국 남장로회 한국선교부 해당년도 연례회의록(Minutes of Annual Meeting of the Southern Presbyterian Mission in Korea)임.

15) 東京帝國大學, 『東京帝國大學農學部附屬全羅南道演習林』(1932) 참조.

16) Mrs. R .K. Smith, "1928 at Mount Chiri," KMF, 1929.3, p. 60.

에 대한 협상을 위임하기로 결의했다.[17]

이에 따라 1923년 선교사들은 총독부에 협조를 요청했고, 당국에서는 그 지역의 관리를 동경제국대학에 양도했다면서 이들에 대한 협조를 당부하는 공문을 4월 21일 동경제대 앞으로 발송했다. 그리고 4월 23일 코이트 · 프레스톤은 다시 지리산 연습림 파출소를 방문하여 교섭을 벌였다.[18]

같은 해 연례회의에서 '여름리조트위원회'[19]는, 전남도지사가 '여름 지리산 캠프'의 허가를 약속했으며, 미남장로회의 린튼 · 스와인하트와 호주장로회의 맥레J. F. Macrae 등으로 영구임대 신청을 위한 위원회를 구성한다고 보고했다. 1924년 연례회의에서 '여름리조트위원회'는 지리산 해당 구역에 대한 99년간의 임대여의치 않으면 50년를 제국대학에 요청했다고 보고했으며, 아울러 스와인하트와 윈스보로우 부인Mrs. Winsborough이 모금을 추진하도록 운영위원회에 건의했다.

1925년 동경제대에서는 총독부와 협의를 거쳐 "연습림의 경양상 지장이 없다고 판단하여 대여를 승인한다"는 서류를 총독부에 제출했으며 마침내 총독부는 이를 승인했다.[20] 이에 탄력을 받은 남장로회 연례회의에서는 '게임'을 할 수 있을 정도로 규모가 큰 강당auditorium

---

17) 이 해 '여름리조트위원회'의 구성원은 다음과 같다 (1922년 연례회의록): Rev. S. D. Winn, Mr. W. A. Linton, Rev. Jospeh Hopper, Rev. Robt Knox, Rev. C. C. Crane, M. L. Swinehart(직무대행).

18) 『東京帝國大學農學部附屬全羅南道演習林』, 39~40쪽.

19) 이 해 '여름리조트위원회'의 구성원은 다음과 같다 (1923년 연례회의록): Rev. S. D. Winn, Mr. W. A. Linton, Rev. Jospeh Hopper, Rev. Robt Knox, Rev. C. C. Crane, M. L. Swinehart(직무대행: ex-officio) · Rev. W. C. Erdman, Rev. J. M. Macrea(Associate Members).

20) 승인내용은 다음과 같았다: 전남 구례군 내산면 좌사리 지리산 국유림의 일부; 면적: 33町 6反 3步; 용도: 피서지; 전대기간: 허가지령의 날로부터 만 10년; 대지료: 연 33원 63전(『東京帝國大學農學部附屬全羅南道演習林』).

마련을 위원회에 지시하면서 상점store 설치에 관한 권한도 부여했으며, 캠프의 명칭을 '그레이엄캠프'Camp Graham로 결정하고 '여름리조트위원회' 명칭을 '그레이엄캠프위원회'Camp Graham Committee로 변경했다. 그 이유는 미국 사우스캐롤라이나 그린빌에 사는 그레이엄 부인 Mrs. C. E. Graham이 건축비 12,000달러를 기부했기 때문이다.[21]

그리하여 1926년이 되면 휴양촌은, 다음 기사에서 보듯이 강원도 금강산, 함경남도 원산, 황해도 구미포 등의 선교사 휴양지와 더불어 국내 4대 외국인 피서지의 하나로 꼽혔으며, 중국 북경·상해·천진 등지에서도 피서객이 찾아올 정도가 되었다.[22]

조선 안에 잇는 외국인 피서디로 강원도 금강산, 함경도 원산, 황해도 구미포 등이 유명하엿스나 아즉 세간에 드러나지 안코 일부 외국인들의 보배가티 녁이는 피서디가 잇스니 이는 전남 지리산이다. 수년 전부터 외인간에는 상당히 선전되어 최근에는 북경·텬진·상해 방면으로부터 녀름이 되면 적지안은 외인의 피서객이 지리산에 드러와 일본의 경정택(輕井澤)[23]이라고 일커르게 되어 실로 산고수려(山高水麗)함이 숨어잇기는 앗갑다. 금년에도 이미 칠십여명의 톄재자가 잇다는데 최근에 발견된 곳임으로 등산하는 길이 일명치 못하야 부인과 어린이들은 적지아는 곤난을 바더 전남도 당국에서는 목하 전긔 도로의 개즉[축]계획을 세우는 중이라 하며 일부 외인측에서는 각 방면에 널리 소개선전할 터이오 또한 이외에 운동장을 두 곳이나 설치할뿐더러 소규모로 동디 뎐용의 수력뎐긔를 이르켜 구름 깁흔 지리산 속에 뎐등을 켜게 될 터이며 기타 위생시설을 완비케 하야 턴혜(天惠)의 승디(勝地)를 조선 유일한 피서디로 할 작뎡이라더라.[24]

여기서 주목할 부분은 부녀자·연소자·노약자들이 휴양촌에 접

21) Smith, *op. cit.*; CHIDI SAN Camp C.E. Graham GENERAL INFORMATION". 이 자료는 휴양촌 이용객들을 위한 영문 안내 팸플릿인데, 제작시기는 나와 있지 않다.
22) "新發見된 避暑地 風光明眉한 智異山", 『매일신보』, 1926.8.18; "避暑地로 屈指될 靈岳 智異山", 『조선일보』, 1926.8.17.
23) 가루이자와[輕井澤]는 일본 나가노현[長野縣]의 유명한 여름 휴양지이다.
24) "避暑地로 屈指될 靈岳 智異山", 『조선일보』, 1926.8.17.

근하기 쉽지 않았다는 점이다. 이 때문에 한국인 노동자들이 임금을 받고 지게나 의자에 이들을 태워 옮겼는데, 이것이 다른 한국인들의 비난을 사는 빌미가 되었다. 이 무렵 휴양촌의 모습에 대해서는 다음과 같은 기록도 참고된다.

> 나무숲 사이로 點點散在한 별장이 보인다. 희끗희끗 사람들이 오고가는 것도 알아볼 수 있다. 어려서 들은 동화에 나오는 천국과 같이도 생각되고 꿈속에 보는 「유토피아」같기도 하다. 午正이 지나서 기어코 絶頂에 올랐다. 미지의 백인들이 빨갛게 그슬린 얼굴로 십년지기나 만난듯이 반갑게 맞아준다. 친절한 소녀의 안내로 피서촌을 一巡했다. 참으로 놀라울 완비된 시설이었다. 예배당에 「피아노」까지 가져다놓고 수영 「풀」·「테니스코트」·「꼴프링」 등 오락·운동시설도 모조리 해놓았다. 「뻐ㅇ커로」式의 아담한 산장이 보기좋게 이곳저곳에 서 있고 그 주위는 花園으로 둘러싸였다. 이 사이에 喜喜樂樂하게 뛰어다니며 노는 아이들, 「컴퍼스」를 펴놓고 寫生하는 학생, 안락의자에 벗고 앉아서 일광욕을 하고 있는 풍신좋은 노인, 팔을 끼고 거니는 젊은 남녀 등 눈앞에 전개된 광경이 천국도 이보다 더 낫지는 못할 것이라고 생각했다.[25]

여기에 보듯이 이미 휴양촌은 한국인들의 눈에 '유토피아'로 비칠 만큼 다양한 시설을 갖추고 있었다. 그리고 일행을 서양인들이 반갑게 맞아주고 소녀가 친절히 안내해줬다는 것으로 미루어 한국인의 휴양촌 방문 자체가 금지된 것은 아니었음을 짐작할 수 있다.

이어 1928년 여름에는 석조건물 18동을 건축했다. 시멘트로 집을 지으려면 멀리 떨어진 강에서 모래를 옮겨와야 했으나 비용이 많이 들어 산에서 얻은 돌에 모르타르를 섞어 집을 지었다.[26] 이로써 휴양촌은 어느 정도 면모를 갖추게 되었다.[27]

2년 뒤인 1930년 연례회의에서 위원회는 완성된 건물들에 대해,

---

25) 金晟鎭, "智異山老姑壇", 『조선일보』, 1950.8.10.
26) Smith, *op. cit.*, p. 60.
27) "그레이엄캠프의 7번째 [1928년] 여름 시즌은 말 그대로 완벽했다."(*ibid.*, p. 60)

어느 정도 기본적인 숙박시설은 물론 편의·위락시설이 갖추어져 있다고 보고했다. 즉 본관·강당·호텔·병원 및 10동의 거주자 주택과 3동의 직원 숙소, 테니스코트 등이 갖추어졌으며, 지리산 입구의 화엄사에는 차고까지 마련되었다. 1931년 현재 건물은 32동이었고, 한국인 직원은 50여 명이었다. 그리고 이 해 한국 및 만주·중국 등에서 휴양촌을 찾은 미국인·영국인은 149명이었다.[28] 이들이 이 시설에 얼마나 만족했는지는 정확히 알 수 없으나, 다음에서 보듯이 평판이 좋았던 것 같다.

> 누구나 여기서 몇 주만 보내면 삶의 활기를 되찾으며, 심신의 원기를 회복한 일꾼들은 도시와 농촌의 일터로 복귀한다. 여기서는 야생화만으로도 기분을 상쾌하게 할 수 있고, 나는 이토록 아름다운 곳은 결코 상상조차 해 본 적이 없다.[29]

아울러 휴양촌은 국내의 선교사들뿐 아니라 중국·일본 등지에서 찾아온 서양인들도 찾아와 친목을 다지고 정보를 나누는 공간으로도 활용되었다. 다음은 그에 대한 증언이다.

> 지리산에서는 경치 구경만 하는 것이 아니다. 한국에서 활동하고 있는 6개 선교부 선교사들뿐 아니라 중국이나 일본에서 온 반가운 친구들과 친교를 나눌 수 있다. 매년 열리는 테니스 대회에 직접 참가할 수도 있고 응원석에 앉아 마음에 드는 선수를 응원할 수도 있다. 8월의 따뜻한 햇볕을 받으며 구름 위에 펼쳐진 부드러운 능선을 따라 골프를 칠 수도 있고 수영장에서 물놀이를 할 수도 있다. 매주 금요일 밤에는 모든 투숙객들이 친교실에 모여 각종 오락을 즐기거나 흰 석영으로 꾸민 벽난로에 둘러앉아 담소를 나눌 수 있다.[30]

---

28) 이덕주, "지리산 기독교 유적지의 역사와 의미", 48쪽.
29) Reynolds, "Letter to John Groves (1932.8.15)"; 이태성, 앞의 글, 89쪽에서 재인용.
30) M. B. Knox, "A Vacation on Christian", *KMF*, 1931.10, p. 211: 이덕주, "지리산 기독교 유적지의 역사와 의미", 48쪽에서 재인용.

휴양촌에서 성서의 개역改譯이 이루어진 점도 빼놓을 수 없다. 즉 1932년 마태복음, 1933년 요한복음·빌립보서, 1934년 고린도후서·갈라디아서·에베소서·골로새서·빌레몬서·데살로니가전서·데살로니가후서·디도서, 1935년 로마서·요한1서, 1936년 사도행전·로마서 등 신약성서가 1932~1936년에 걸쳐 매년 휴양촌에서 개역되었다. 이 작업에는 크레인John C. Crane, 남장로회·커닝햄F. W. Cunningham, 호주장로회·윈Samuel D. Winn, 남장로회·레이놀즈William D. Reynolds, 남장로회 등 선교사들뿐 아니라 한국인 목사 남궁혁과 조사助事들도 참여했다.[31]

한편, 휴양촌의 본관에는 상점·빵집·우체국·이발소 등이 들어왔고, 주택도 25동으로 늘어났다. 여관은 3층이었으며, 17개의 객실을 갖추었다. 이밖에 도서관 및 9홀 규모의 골프장도 들어섰다.[32] 벽난로를 갖춘 석조 강당에서는 예배를 비롯하여 다과회·음악회·강연회 등 다양한 문화행사가 열리기도 했다.[33] 이로써 휴양촌은 완성 단계에 이르렀는데, 1940년 현재 건물은 56동이었다. 이들 중 남장로회 선교사 27명이 소유한 건물은 모두 41동이었으며, 당시 시가로 53,477.20엔16,043.16달러에 해당했다.[34] <표 2>는 그에 대한 상황이다.

〈표 2〉 그레이엄캠프의 건물 상황(1940)

번호	소유자	형태	규모(평)	용도	비고
9	Meta Biggar	석조	18.2		

31) 이태성, 96쪽; 이덕주, "한글성서 번역에 관한 연구", 이만열 외, 『한국기독교와 민족운동』(보성, 1986), 147~148쪽.
32) "CHIDI SAN Camp C. E. Graham GENERAL INFORMATION."
33) Smith, op. cit., p. 58.
34) 이덕주, "지리산 기독교 유적지의 역사와 의미", 51쪽.

10					호주선교사 소유
11					호주선교사 소유
13	L. K. Boggs	석조	13.0		
14	J. C. Hulbert	석조	10.4		
16		석조	33.0	강당	
17		석조		호텔	
20	S. D. Winn	석조	19.7		
21	W. A. Linton	석조	21.8		
22	R. Knox	석조	17.1		
23		석조		발전실	
25	D. A. Swicord	석조	21.1		
26	E. M. Lawrence	석조	15.3		
27	L. Dupuy	목조	11.5		
28	J. Hopper	목조	15.9		
29	M. Pritchard	목조	16.6		B. A. Cumming 명의
30	M. L. Hanson	목조	16.2		
31	M. L. Hanson	목조	5.4		
32	J. K. Unger	목조	23.6		
33	J. K. Unger	목조	2.6		
34	O. V. Ghamness	석조	17.1		
35	O. V. Ghamness	목조	4.8		
36	T. B. Southall	석조	11.0		E. Butts 명의
37	R. M. Wilson	석조	21.3		
38	J. F. Preston	석조	31.6		
39	D. J. Cumming	석조	15.0		W. B. Green 명의
40	D. J. Cumming	석조	1.3		
41	J. C. Crane	석조	14.6		
42	Janet Crane	석조	14.8		
43	Janet Crane	목조	1.4		
44	J. E. Talmage	석조	21.6		
45	S. Colton	목조	21.1		
46	S. Colton	목조	8.7		
47	S. Colton	목조	2.1		
48	L. T. Newland	목조	18.2		
49	L. T. Newland	목조	2.0		
50	Mrs. E. Bell	목조	35.5		
51	J. I. Paislay	목조	13.9		
52	J. I. Paislay	목조	1.4		

53	J. McL. Rogers	석조	18.4		
54	J. McL. Rogers	석조	2.1		
55	J. K. Levie	목조	20.8		
56	J. K. Levie	목조	2.7		

출처: J. V. N. Talmage, "A Report of the Property of the Southern Presbyterian Mission in Korea at the Time of its Seizure of General Minami Governor of Chosen 1942," *Executive Committee of Foreign Missions of the Presbyterian Church in the U. S.* (Nashville, 1972), p. 95; 이덕주, "지리산 기독교 유적지의 역사와 의미", 50~51쪽에서 재인용.

3. 훼손 과정

1935년 휴양촌의 장소 임대기간이 끝나는 시점을 전후하여 남장로회와 총독부의 관계가 악화되었다. 일제는 이미 1932년부터 전남 광주의 기독교계 학교에서 학생들의 신도神道 의식 참여를 요구하여 남장로회와 갈등을 빚었고, 1936년에도 전북신사 추계대제 때 학생들의 참여를 요구하여 마찰을 일으켰다. 이어 1937년 남장로회는 "학생들과 교직원들에게 신사참배를 시키기보다는 차라리 학교를 폐쇄"하겠다는 풀턴성명을 발표했고 같은 해 일제가 중일전쟁을 일으키면서 전시체제로 전환되면서 양자의 관계는 더욱 악화되었다. 결국, 대부분 선교사들이 1940~1941년 본국으로 철수했는데,[35] 남장로회에서는 재산관리를 위해 일부 선교사J. V. N. Talmage 부부와 J. C. Crane만 잔류시켰다. 이로써 휴양촌은 그 기능을 잃고 황폐해지기 시작했다.

1945년 해방이 되었지만, 휴양촌은 정상화되지 못했다. 선교사들이 이곳을 다시 방문하지도 못했고, 지역주민이 건물의 자재를 뜯어 팔거나 다른 건물을 짓는 데 사용했기 때문이다.[36] 1947년 휴양촌의

---

35) 김승태, 『한말·일제강점기 선교사 연구』(한국기독교역사연구소, 2006), 201~202, 237쪽.
36) 육군 제1989부대, "(지리산 노고단에 있던 선교사 휴양지관이 6·25 당시 군부대

모습을 담은 다음 기록을 보더라도 그 같은 사정을 짐작할 수 있다.

> 우리 스키 - 단 일행이 묵고 있는 곳은 구례 화엄사에서 길을 잡아 꼬박 네시
> 간의 험한 산비탈을 기어올라가면 다달으는 구름에 싸이고 눈에 휘덮힌 노고단
> 에 자리잡고 있는 피서장의 폐거이다. 외인들이 호화롭게 쓰든 이 산장도 역사의
> 변천에 따라 이제는 도적과 풍화의 대상에 못이겨 산산히 깨여지고 허무러져 마
> 치 그림에 보는 전쟁터와도 흡사하다. 산장이라고 해도 지붕도 없고 방도 없을
> 뿐 아니라 창문도 없고 문짝도 없는 그야말로 뼈다구만 남은 허무러진 집이다.
> 도저히 사람으로서는 몸을 부칠 수 없을 만큼 철저히 깨어젓다.[37]

그런데 1948년 여순사건과 1950년 6 · 25를 거치며 휴양촌은 더욱
황폐화되었다. 지리산에서 활동하는 좌익세력과 이들을 토벌하기 위
한 국군 사이에 교전이 벌어졌는데 휴양촌도 그 무대가 되었기 때문
이다. 1948년 10월 일어난 여순사건 때 지리산으로 숨어든 좌익세력
이 40일 동안 휴양촌 일대를 근거로 삼자 같은 해 11월과 12월에 국
군은 이곳에서 '섬멸전'을 벌이며[38] 건물을 태우기도 했다.[39]
 1950년 6 · 25가 일어나면서 이곳에서는 수차에 걸친 교전은 물론
폭격까지 있었다.[40] 그리고 군인들은 "잔여 축조를 일부를 이용 간이
시설을 추가로 설치"하여 일대에 주둔하기도 했다.[41] 토벌작전이 끝

에서 작전상 파손한 것이기에 이에 대한 사실 확인 요구에 대한) 민원확인결과
(1996.8.31)", 3쪽의 지리산 노고단 산장 관리인 함○○의 증언.
37) 鄭○秀, "智異山踏査記", 『동아일보』, 1947.2.22.
38) "전남전투사령부, 지리산 부근에서 여순사건 관련자 2백여명 체포", 『호남신문』,
 1948.11.9.
39) 육군 제1989부대, "(지리산 노고단에 있던 선교사 휴양지관이 6 · 25 당시 군부대
 에서 작전상 파손한 것이기에 이에 대한 사실 확인 요구에 대한) 민원확인결과", 4
 쪽의 대하르포 지리산 1994.
40) 육군 제1989부대, "(지리산 노고단에 있던 선교사 휴양지관이 6 · 25 당시 군부대
 에서 작전상 파손한 것이기에 이에 대한 사실 확인 요구에 대한) 민원확인결과", 4
 쪽의 육군본부 군사연구실 자료.
41) 육군 제1989부대, "(지리산 노고단에 있던 선교사 휴양지관이 6 · 25 당시 군부대

난 뒤에는 다시 주민들이 "양철 지붕과 내부 목재 등을 다시 뜯어" 사용했다.[42] 이처럼 여순사건과 6·25를 거치며 휴양촌은 회복불능의 상태가 된 채 지금에 이르고 있다.[43]

III. 선교사 휴양촌과 한국인의 시선

한국인들의 눈에 비친 휴양촌의 모습과 인상은 긍정적인 측면과 부정적인 측면, '부러움'과 '얄미움'이 섞여 있었지만, 다음 기록들에서 보듯이 대체로 후자가 더 많았던 것 같다. 먼저 서춘(당시 조선일보사 기자)은 1936년에 이곳을 방문한 뒤 다음과 같은 감상을 신문에 실었다.

景致 조코 서늘한 이런 勝地를 눈밝은 西洋사람들이 그냥 둘 理가 업다. △頂
으로부터 얼마 나려오지 아니한 樹木密林의 緩傾斜地 一帶를 擇하야 西洋宣敎師

에서 작전상 파손한 것이기에 이에 대한 사실 확인 요구에 대한) 민원확인결과", 4 쪽의 지리산 노고단 산장 관리인 함○○의 증언.

42) 육군 제1989부대, "(지리산 노고단에 있던 선교사 휴양지관이 6·25 당시 군부대에서 작전상 파손한 것이기에 이에 대한 사실 확인 요구에 대한) 민원확인결과", 3 쪽의 구례지역 산악회 회장 우○○의 증언.

43) 이상의 내용을 육군측의 자료에서는 다음과 같이 요약하고 있다. "㈏지역의 전사와 관련 문헌의 기록들에 의하면 ○ 대침투 작전사에서는 1951.12.12. 육군과 공군이 합동을 노고단 일대 대폭격을 실시했다고 기록되었고 ○ 지리산 1994란 책자에는 여순반란사건 시 반란군의 근거지가 되어 1948.12월 초순 토벌군이 들어와 불태워버렸다는 기록 ○ 동아대백과사전에서는 6·25 전쟁 시 파괴되었다는 기록 ○ 주민들 증언에 의하면 공비 토벌에 참가했던 군부대들이 훼손된 시설 이용과 축조물을 뜯어서 간이 시설 설치 등 증언 ㈐ 따라서 상기 내용을 종합 판단 시 공비 토벌작전과 6·25 전쟁 시 소탕 작전 수행간 선교사 휴양시설이 파손되었을 것으로 판단됨."(육군 제1989부대, "(지리산 노고단에 있던 선교사 휴양지관이 6·25 당시 군부대에서 작전상 파손한 것이기에 이에 대한 사실 확인 요구에 대한) 민원확인결과", 6쪽의 '소견')

들은 避暑地를 만들엇다. (…) 但, 이 호텔은 西洋인만 드린다는 排他主義의 徹底한 것이라고 한다. 이것은 西洋人의 優越感의 發露인 同時에 적어도 우리 東洋사람에게 對한 侮辱이다. (…) 더구나 彼等은 單純한 西洋人이 아니요, 예수敎 宣敎師들이면서 그런다면 이것은 예수의 敎旨를 沒却하는 者들로서 天堂에 계신 예수가 구버보시면 눈물흘닐 만한 일이다. 드른즉 彼等의 排他主義는 이 程度에 그치지 안코 更 一步 滋味업는 方面으로 進하야 西洋人避暑地로 指目된 境內에는 他民族은 別莊을 짓기를 不許한다고 한다.[44]

즉 '피서지'의 호텔에서 서양인만 받는다는 것은 "서양인의 우월감의 발로"이자 "동양인에 대한 모독"이며, 그들은 "예수의 敎旨를 沒却하는 者들"이란 것이다. 1937년 노고단을 찾은 최기덕(당시 양정고보 산악부원은 다음과 같이 휴양촌을 바라보는 것조차 꺼릴 정도로 불쾌감을 나타냈다.

老姑壇과 洋人避暑地는 白雪에 더피여 嚴冬을 꿈꾸고 잇섯다. 아프로는 溪谷을 바라보고 左右兩便으로는 깨끗한 智異山連峰이 聳立하여 보인다. 이 두 連脉이 合한 곳에 老姑壇이 되어 잇스니 洋人避暑地는 西向의 삼태안 갓다. 우리는 西洋人避暑地가 暫時라도 더 보구십지가 안헛다.[45]

1938년 노고단에 오른 이은상(당시 동아일보 고문·주간)은 휴양촌을 보며 미우면서도 부럽고 부끄러운 복잡한 심정을 다음과 같이 나타냈다.

숩 사이 군데군데 洋人住宅은 미웁고도 부러웁고 또다시 생각하매 스스로 부끄러운 마음을 禁할 수 업다. 제가 가진 名山勝○을 남에게 빌려주면서 저는 도리혀 苦汗과 惡臭 속에서도 잘못사는 못난 내 얼굴을 「두투[?]」님 아페 무슨 ○○로 내어밀겟느냐. 잘난 者 똑똑한 者 눈 잇는 者 발 잇는 者만이 잘살 수 잇는 세상이믈 놀란듯 다시금 깨닷는다.[46]

44) 徐春, "南朝鮮遍歷紀行(3): 老姑壇의 避暑地", 『조선일보』, 1936.8.6.
45) 崔基悳, "智異山登攀記(2)", 『조선일보』, 1937.5.2.

정확한 시점은 알 수 없지만 김성진당시 경성의전 학생은 한국인 인부들이 서양인 부녀와 아동들이 앉은 의자를 메고 휴양촌에 오르는 것과 그 시설을 서양인들이 '독점'하는 것에 대해 다음과 같이 분개했다.

> 서양사람들도 자동차로 화엄사까지 와서 여기서 輕裝으로 등산을 하며 부녀자와 아이들은 지게에다 藤倚子를 얹혀놓은 괴상한 운반구에 뒤로 걸터앉아 업혀가는 것이었다. 노고단에 올라갈 때까지 이같은 꼴불견의 광경을 얼마든지 볼 수 있었다. 업고가는 人夫가 불상하다기보다 업혀가는 사람이 가련해보였다. (…)「여보게 이군. 천하의 명산을 저렇게 외국사람이 와서 시설해놓고 독점 전용한다는 것은 일종이 모독이오 살풍경이야.」「그러게 말일세. 이런 景勝地는 천연 그대로 두어야 가치가 있지 너무 인공을 가하고보면 도리어 말살되고 만단 말이야! 장래는 국립공원을 만들어가지고 탐승객이 모두 이용할 수 있도록 해야지」.[47]

  이처럼 당시 한국인들의 시선에는 자신들에 대한 '자조'와 외국인에 대한 '질시'가 함께 나타난다. 한국인들의 불만은 크게 세 가지로 요약된다. 즉 (1) 한국인들이 서양인들을 의자나 지게로 옮기는 것, (2) 서양인들이 한국인들의 휴양촌 이용을 막는 것, (3) 산중에 휴양촌을 세워 자연환경을 훼손하는 것 등이었다. 특히 그 서양인들이 대부분 선교사였다는 점에서 "예수의 敎旨를 沒却하는 者들"이란 비난까지 듣기도 했다. 일제의 식민지가 된 것도 서러운데 서양인들까지 자신들만의 휴양촌을 산중에 건설했다는 것이 한국인들에게 불쾌하게 느껴진 것은 당연했다. 그럼에도 선교사를 비롯한 서양인들의 입장에서 생각한다면 다음과 같이 이해할 수도 있다.

---

46) 李殷相, "智異山探險記(14)", 『조선일보』, 1938.8.17.

47) 金晟鎭, "智異山老姑壇", 『조선일보』, 1950.8.10. 필자 김성진(1905～1991)은 경성제대 3학년 재학 중 지리산을 등반하다 휴양촌을 잠시 방문했다. 그는 경성제대 의학부 제1회 졸업생(1930)이며, 경성제대가 1924년 설립되었으므로 이때는 대략 1926～1927년 무렵으로 짐작된다.

1. 한국인들이 서양인들을 의자나 지게로 옮긴 것

휴양촌에는 적지 않은 한국인이 직원으로 근무했다. 1930년 남장로회 연례회의록에 따르면 휴양촌에는 3동의 직원 숙소Servants House가 있었으며,[48] 1932년 한국인 직원은 50여 명이었다.[49] 이들은 임금을 받고 근무했으며, 대부분 기독교인이었을 것으로 짐작된다.[50]

한국인들이 곱지 않은 시선을 보낸 것은 한국인 '일꾼'들이 옮기는 의자나 지게에 앉은 서양인들의 모습이었다. 하지만 앞서 언급했듯이 휴양촌은 산중에 있었기 때문에 부녀자·연소자·노약자의 접근이 쉽지 않았다. 이 때문에 한국인들이 그에 상응하는 임금을 받고 그들을 휴양촌까지 옮겨준 것이며 그 과정에서 강제성은 찾기 어렵다. 서양인들의 짐을 재거나 옮기는 것도 다음과 같은 규정에 따랐다. 한국인들에게 기분 좋은 모습은 분명히 아니었겠지만, 양쪽의 계약에 따라 이루어진 행위였다.

> 잘 걷는 사람(good walkers)이 아니면 의자(주: 가마)나 지게를 이용하여 산에 오를 것 (…) 짐 무게 재는 비용: 4 sen each same / 짐꾼들의 운반비: 1 sen per Japanese pound / 가마 이용료: 4인교(四人轎) [가마꾼] 1인당 1.30 Yen, 2인교(二人轎) [가마꾼] 1인당 1.70 Yen / 지게: 6세 이하 어린이 1 Yen, 12세 이하 어린이 1.30 Yen / 오후 5시 이후 화엄사에서 출발하는 모든 일꾼들에게는 1인당 20 sen을 보너스로 지급.[51]

앞서 언급했듯이 내한한 선교사들이 직면한 난제 중 하나는 바로

---

48) 여기서 'servants'는 '하인'이 아니라 관리하는 '직원'으로 봐야 할 것이다.
49) 이덕주, "지리산 기독교 유적지의 역사와 의미", 48쪽.
50) 1936년 서춘이 이 휴양촌을 방문했을 때 그는 "老姑壇西洋人避暑地內에 잇는 長老 尹成萬氏의 好意로 氏의 留宿하는 집"에서 잠시 머물렀는데(徐春, "南朝鮮遍歷紀行(3): 老姑壇의 避暑地"), 윤성만과 마찬가지로 다른 직원들도 기독교인이었을 것이다.
51) "CHIDI SAN Camp C. E. Graham GENERAL INFORMATION."

가족들의 건강이었다. 특히 면역력이 부족한 아이들은 질병에 쉽게 노출되었고, 종종 사망에까지 이르기도 했다. 남장로회의 경우만 보더라도 선교사 코이트Robert T. Coit는 1913년 한국에서 두 아들을 잃었으며, 의료선교사인 레비James K. Levie는 1931년 부인을 잃었고, 의료선교사 브랜드Louis C. Brand는 1938년 세상을 떠났다. 정도의 차이는 있었겠지만 대부분의 선교사들도 이 같은 우려에서 벗어날 수 없었을 것이다. 그 때문에 자신과 가족들의 건강을 위해 휴가기간 동안 휴양촌을 찾은 선교사들이 한국인 '일꾼'과 '짐꾼'을 이용한 것을 비난만 할 수는 없다.

2. 서양인들이 한국인들의 휴양촌 이용을 막은 것

휴양촌은 애초부터 선교사를 비롯한 서양인들만의 휴양을 위한 공간으로 조성되었다. 만약 한국인들도 이 시설을 함께 이용할 수 있었다면 외부와 격리·차단된 장소에서 심신의 안식을 얻으려 한 그들의 목적은 이루기 어려웠을 것이다. 그들은 휴가기간만이라도 한국인들과 떨어져 생활하며 재충전의 기회로 삼으려 했다. 한국의 산중에 서양인들만의 '별천지'를 조성한 그들의 행위가 한국인들의 정서에는 맞지 않았겠지만, 만약 그들이 본국으로 귀국해서 휴가를 보냈다면 훨씬 많은 시간과 비용, 그리고 체력이 소모되었을 것이다.

그렇다고 해서 그들이 한국인들의 휴양촌 방문조차 막은 것은 아니었다. 앞서 소개했듯이 경성제대 학생 김진성이 휴양촌을 찾았을 때 그는 "친절한 소녀의 안내로 피서촌을 一巡"했다.[52] 또 "호텔은 西洋人만 드린다는 排他主義의 徹底"라고 비난했던 서춘도 "老姑壇西

---

52) 金晟鎭, "智異山老姑壇", 『조선일보』, 1950.8.10.

洋人避暑地內에 잇는 長老 尹成萬氏의 好意로 氏의 留宿하는 집의 一室을 비러" 휴식했다.[53] 이처럼 휴양촌의 숙박시설은 서양인들만 이용할 수 있었지만 한국인들의 방문은 허용했다. 앞서 언급했듯이 성서 개역과 같은 작업을 할 때는 한국인 목사와 조사도 함께 생활했으며, 1934년 구례에 수해가 났을 때 휴양촌의 서양인들과 한국인·중국인들이 이재민을 위해 의연하기도 했다.[54]

3. 산중에 휴양촌을 세워 자연환경을 훼손하는 것

산중에 50여 동의 건물로 이루어진 휴양촌이 조성되었다는 것은 지금의 관점으로 보면 문제일 수 있으며, 앞서 소개했듯이 당시에도 그런 비판이 있었다. 그럼에도 조성 당시에는 그것이 불법은 아니었고 크게 문제되지 않았다. 오히려 1930년대 들어 인근주민은 많은 관광객이 지리산을 찾아오도록 개발할 것을 희망했다. 예컨대 1935년에는 전북 남원군현 남원시과 경남 함양군 유지들이 '지리산보승회'智異山保勝會를 조직하고 "지금부터 천연적 지리산도 차츰 인공을 가하야 널리 世人의 발자취가 不絶하도록 시설책"을 강구했다.[55] 또 매년 여름이면 피서객이 끊이지 않으나 "外國人의 別莊은 40餘戶나 建設되야 夏期에는 150餘名이 常住하게 되며 俱樂部·公會堂 其他 諸般 施設은 擧皆 外國人의 所屬"이어서 일본인·한국인이 이용할 수 없는 것을 "一大遺憾"으로 생각한 관계당국에서는, 우선 교통의 편리를 위해 산림도로[林道] 건설 계획을 세우고 이를 위한 보조금을 총독부

---

53) 徐春, "南朝鮮遍歷紀行(3): 老姑壇의 避暑地", 『조선일보』, 1936.8.6.
54) "勝地 智異山 차저 避暑온 西洋人들도: 災民救濟의 義擧", 『조선일보』, 1934.8.19.
55) "南原咸陽兩郡聯合 智異山保勝會 組織", 『조선일보』, 1935.11.21.

에 신청했다.56)

1936년에는 우가키[宇垣一成] 총독이 직접 휴양촌을 방문하여 그 시설과 경관에 찬탄했다 하며, 구례군민들도 지리산 개발과 등산로 확장을 관계당국에 진정했다.57) 같은 해 7월 15일 현재 휴양촌의 '서양인 피서객'은 '70餘戶'를 헤아렸고, 일본·중국으로부터도 '200餘戶'가 지리산을 찾았다. 이밖에 단체관광도 이어지자 번영회에서는 지리산 그림엽서와 안내지도 1만 부를 제작하여 실비로 관광객들에게 제공했다.58) 같은 해 열린 전남실업연합대회에는 각군 대표 45명이 참석했는데, 이 자리에서 전남 구례군 대표는 지리산을 국립공원으로 지정함과 동시에 화엄사로부터 반야봉까지 이르는 4리 간의 '탐승探勝' 도로를 국비로 건설해 달라고 요청했다. 이 제안은 만장일치로 가결되었고 당국자의 긍정적 반응을 얻었는데, 이는 "一層 探勝과 避暑 方面의 客이 增加"하는 추세를 반영한 것이었다.59)

1937년에도 전남·경남의 도민들은 지리산의 국립공원화를 희망했고,60) 1938년 관계당국에서는 전문가들을 불러 현지를 답사하고 등산로의 개발과 숙박소·휴게소의 설치에 대해 협의했다.61) 이처럼 1930년대에는 관광객 유치를 위한 지리산 개발이 계획·추진된 시기였으며, 여기에는 휴양촌의 '인기'도 어느 정도 자극을 주었다. 그러므로 휴양촌을 조성하면서 자연이 훼손된 점은 부인할 수 없지만, 당시의 상황을 현재의 기준으로 판단하는 데는 무리가 있다.

---

56) "智異山 避暑地에 林道開拓을 準備", 『매일신보』, 1935.6.23.
57) "勝地智異山開發의 施設促進猛運動", 『조선일보』, 1936.6.30.
58) "智異山 避暑客 雲集", 『매일신보』, 1936.7.20.
59) "智異山의 勝景宣傳 國立公園化 計劃", 『매일신보』, 1936.11.14.
60) "聖峰 智異山을 國立公園으로 促成", 『동아일보』, 1937.10.3.
61) "智異山의 國立公園化 諸般施設 着着進捗", 『매일신보』, 1938.6.12.

IV. 선교사 휴양촌의 종교문화적 가치

선교사 휴양촌의 유적은 몇 가지 점에서 근·현대사적 가치를 지닌다. 역사적으로는 여순사건과 6·25, 종교사적으로는 기독교 선교와 성서번역 및 선교사 추방, 관광사적으로는 '종합레저타운'과 총독부의 관광자원·국립공원 개발 등과 관련되어 있으며, 국내 유일의 산중 서양인촌이라는 희귀성·특수성도 있다. 즉 역사·종교·관광 등의 여러 요소가 복합된 문화유산이라 할 수 있다. 비록 조성과 이용의 주체가 서양인들이었지만, 그들의 대부분은 단순한 관광객이 아니라 한국에서 선교·교육·의료 등의 사업에 종사한 선교사들이었다.

그러면 휴양촌 유적의 종교문화적 가치는 무엇일까? 이에 대해 이덕주는 "(1) 한국 기독교 수난과 성장의 역사를 간직하고 있기에 지켜야 한다. (2) 한국 교회 연합과 일치 운동의 현장이었기에 지켜야 한다. (3) 한국의 근대 문화 전파와 육성의 흔적이기에 지켜야 한다"라고 주장했다.[62] 또한 강명희는 "(1) 노고단과 왕시루봉의 선교유적지는 유사한 성경번역 유적지가 남아 있는 경우가 매우 희귀하다. (2) 호남과 영남지방 선교활동과 관련된 시설물이다. (3) 한국 기독교의 산실 중의 하나이다"라 지적했다.[63]

물론 이 견해들은 기독교계의 입장을 반영한 호교론적 성격이 짙으며, 일반인들의 공감을 얻기에는 한계가 있는 것도 사실이다. 하지만 휴양촌 유적의 기독교 문화사적 가치를 잘 지적하고 있다는 점은 부인하기 어렵다. 또한 해방 이전에 건축된 것으로는 흔치 않은 산중의 기독교 유적이며, 이는 산중 문화재의 대다수가 불교계의 것들이

---

62) 이덕주, "지리산 기독교 유적지의 역사와 의미", 58~59쪽.
63) 강명희, 앞의 글, 70쪽.

라는 점과 대비된다.

한편 지리산은 산악신앙을 비롯한 도교[64]·불교[65]·유교 등의 종교·사상과도 깊은 관련이 있다.[66] 산신제를 지낸 사당인 남악사와 화엄사·쌍계사·천은사·연곡사 등 사찰 등이 그것이며, 전통시대의 유학자·선비들이 남긴 지리산 유람기와 한시도 적지 않다.[67] 따라서 휴양촌 유적이 계속 보존될 수 있다면 '민족의 영산靈山' 지리산의 종교·사상적 상징성·포용성이 더욱 부각될 수 있을 것이다.

2000년대 들어 휴양촌 유적의 보존을 둘러싸고 일어난 논쟁은 아직도 진행형이다. 그것은 기독교계에서 2004년 '지리산기독교유적지보전본부'가 문화재 지정을 추진하면서 촉발되었으며, 최근 '지리산기독교선교유적지보존연합'이 다시 그것을 시도하면서 재연되고 있다. 예컨대 2004년 '23개 환경 역사문화연구 단체' 명의로 「지리산 노고단 '기독교 선교유적 문화재 지정신청'과 폐허된 건축물 복원계획에 대해」2004.9.27라는 성명을 발표하고, "노고단의 폐허가 된 건축물을 복원시키는 일은 다시 자연을 훼손시키는 일이 아닌지" 우려하며

---

64) 조용호, "지리산 산신제에 관한 연구", 『동양예학』 4(동양예학회, 2000); 송화섭, "지리산(智異山)의 노고단(老姑壇)과 성모천왕(聖母天王)", 『도교문화연구』 27(한국도교문화학회, 2007); 김아네스, "고려시대 산신 숭배와 지리산", 『역사학연구』 33(호남사학회, 2008); 김아네스, "조선시대 산신 숭배와 지리산의 신사", 『역사학연구』 39(호남사학회, 2010).

65) 이상구·박찬모·김진욱·박길희, 『지리산권 불교설화: 지리산권문화연구단 자료총서 6』(심미안, 2009); 곽승훈·김아네스·홍영기, 『지리산권 불교자료 1: 지리산권문화연구단 자료총서 7』(심미안, 2009); 황갑연·김기주·문동규, 『지리산권 불교문헌 해제: 지리산권문화연구단 자료총서 8』(심미안, 2009).

66) 선교사 휴양촌을 제외하고 지리산과 기독교의 관계를 다룬 연구는 정중호·조원경, "경남지역 여성 평신도 신사참배 거부 공동체"(『신학사상』 138[한국신학연구소, 2007])가 유일한 것 같다.

67) 최석기 외, 『선인들의 지리산 유람록』(돌베개, 2000); 윤호진, "한시에 나타난 지리산 인식의 사상적 외연과 내포", 『남명학연구』 18(경상대 남명학연구소, 2004).

전라남도의 문화재 지정에 대한 숙고를 부탁했다. 반면 최근 기독교계 언론에서는 문화재 지정에 적지 않은 기대를 걸고 있다.[68]

필자도 휴양촌 유적의 '복원'은 반대한다. 만약 그것이 복원된다면 사적지로서의 가치 및 역사적 의미도 희석될 것이기 때문이다. 비록 폐허에 가깝지만 그 상태로 '보존'되는 것이 해방 이후 한국 현대사의 상흔까지 보여주는 문화유산이 될 수 있을 것이다. 원형대로의 복원과 유지에는 적지 않은 비용이 들어갈 것이며, 기독교인들의 집회장소로도 이용될 수 있어 많은 문제를 드러내며 각계로부터의 비난에 부딪힐 것이다. 원형 복원에 대한 기독교인들의 열망은 신앙인으로서 당연한 것일 수 있지만, 현재 상태의 보존이나 문화재 지정에 대한 여론조차 호의적이지 않다는 점도 인식해야 한다.

그렇다고 해서 지금의 상태대로 그냥 '방치'하자는 뜻은 아니다. 현재 유적은 워낙 상태가 좋지 않아 작은 충격에도 쉽게 훼손될 수 있다. 따라서 최소한의 '보강'이 필요하다. 이와 관련해서는 강원도 철원의 노동당사 유적이 모델이 될 수 있다. 노동당사 유적은 외형의 전면前面만 남은 폐허 상태이지만 더 이상의 훼손을 막기 위해 지지대를 설치해 놓았다. 이 유적은 한국전쟁기 북한군이 점령하여 강제로 모금하고 인력을 동원해서 건축한 '착취·탄압'의 현장이지만 2001년 통과된 「문화재보호법 중 개정법률안」에 따라 근대문화유산 등록문화재 제22호로 등록되었다. 그리고 <뮤직비디오> 및 <열린음악회> 등의 촬영 장소로 활용되는 등 철원 관광의 필수코스가 되었으며, 최근 보강작업을 거쳐 다시 일반에 공개되었다.

이같이 '보강'하여 휴양촌 유적을 '보존'한다 해도 더 이상의 시설

---

68) "<지리산 선교유적지 보존하자> 교계 공감 확산", 『국민일보』, 2009.3.4; "지리산 일대 선교 유적 문화재 지정 순조", 『국민일보』, 2010.1.5.

은 필요하지 않다. 그 주위에 그것의 연혁과 의미를 알려주는 안내판 정도를 설치하면 충분하다.[69] 최근 기독교 문화유산 답사에 대한 관심이 높아지고 있으며, 지리산 노고단과 왕시루봉의 기독교 유적도 '순례여행 코스'로 주목받고 있다.[70] 하지만 기독교인들이 이곳을 '순례'하더라도 고성을 유발하는 집회는 자제해야 한다.

V. 맺음말

이상에서 지리산의 선교사 휴양촌 및 그 유적에 대해 살펴보았다. 선교사 휴양촌은 극심한 과로와 열악한 환경으로 말미암은 선교사 및 가족들의 사망과 건강 악화에 따라 휴양을 위한 시설로 1920년부터 설립이 계획되었다. 남장로회에서는 이를 위한 위원회를 조직하고 당국과 협의하여 잠정적 승인을 받은 뒤 1922년 일부 건물을 짓고 선교사 및 가족을 받기 시작했으며, 1923년에는 동경제국대학과 교섭하여 허가·임대를 받아 본격적인 건축에 나섰다. 그리하여 1931년 현재 건물 32동에 이용자 149명 규모의 각종 시설을 갖춘 휴양촌으로 발전했으며, 일제와 갈등을 빚은 남장로회 선교사들이 1940년 한국을 떠난 뒤 일부 선교사가 남아 관리했고 당시 건물은 56동이었다. 하지만 해방 이후 1948년 여순사건 이전에 건물 및 시설은 주민에 의해 상당수 훼손되었으며, 그나마 여순사건과 6·25를 거치며

---

69) "노고단 선교 유적지는, 만약 복원한다면, 선교사들이 복음을 전파하려는 노력을 했던 자리임을 누구든 보아서 알 수 있을 정도의 소규모로 끝내야 하지 않을까 싶다."("[칼럼] 옛적에 있었던 것은 모두 복원되어야 하나", 『월간 산』, 2004.10)
70) 허남진, "한국 종교성지의 현대적 의미", 『종교문화연구』 14호(한신인문학연구소, 2010), 205쪽.

남은 건물조차 대부분 파괴되어 현재는 호텔 일부만 폐허 상태로 남아 있다.

이 유적의 종교문화적 가치는 다음과 같다: (1) 한국 기독교 수난과 성장의 역사를 간직하고 있다. (2) 교파를 초월한 한국 교회 연합과 일치의 현장이다. (3) 성서의 한글번역 작업이 이루어진 문화적 현장이다. (4) 국내 유일의 산중의 기독교 유적으로 추정된다. (5) 산악신앙을 비롯한 도교·불교·유교 등의 문화유산 함께 '민족의 영산靈山' 지리산의 종교적 상징성·포용성을 보여준다.

이밖에 일반사적 가치는 다음과 같다: (1) 일제강점과 6·25라는 민족의 애환을 담은 흔치 않은 문화유산이다. (2) 역사(여순사건·빨치산전투·6·25)·종교(기독교선교·성서번역·선교사추방)·관광(국립공원개발·종합레저타운) 등의 요소가 복합된 문화유산이다. (3) 역사적으로 6·25를 전후한 시기 격전의 상흔을 그대로 보여주는 희귀한 문화유산이다. 더불어, 관광사적 가치는 다음과 같다: (1) 숙소·강당·상점·도서관·우체국·이발소·수영장·골프장·테니스장 등을 갖춘 국내 최초의 '복합레저타운'이다. (2) 당시 인근주민도 관광자원 개발에 적극 호응했으며, 총독부의 관광자원 개발정책에 영향을 끼쳤다. (3) 국내 유일의 산중 서양인촌이라는 희귀성도 있는 문화유산이다.

요컨대 지리산 노고단의 선교사 휴양촌 유적은 종교문화는 물론 일반사·관광사적 가치를 고루 갖춘 문화유산이라 생각된다. 당시의 수많은 건물 중 지금은 호텔 일부만 폐허 상태로 남아 있어 미관상 좋지 않아 등반객·관광객들의 눈살을 찌푸리게도 하고, 경관이나 환경에도 좋지 않으니 철거해야 한다는 여론도 높다. 또 그것이 우리의 '전통' 문화유산이 아닌 '서양'의 문화유산이므로 굳이 보존해야 할 필요가 있느냐는 의견도 있다. 모두 나름대로 일리가 있는 지적이다.

하지만 '외래종교'인 불교가 우리의 '전통종교'가 되었듯이 기독교 역시 '토착화'의 과정을 밟아가고 있으며, 인구의 20% 가까운 신자를 갖고 있다. 기독교가 과거부터 현재까지 우리 사회에 끼친 영향 중에는 긍정적인 것도 있고 부정적인 것도 있지만 최근 들어서는 후자에 대한 비판이 더 눈에 띄는 것 같다. 휴양촌이 운영되던 당시에도 그곳을 이용하는 서양인들에 대한 한국인들의 시선은 곱지 않았다. 그럼에도 이 유적은 분명히 '보존'의 가치가 크며, 종교문화적으로는 더욱 그렇다고 생각된다.71)

▶ 이 글은 2010년 『종교문화연구』 15호에 실렸던 「지리산 노고단 '선교사 휴양촌'의 종교문화적 가치」를 재수록한 것임.

---

71) 이에 대해서는 다음과 같은 지적이 참고가 된다. "종래 문화재보호정책은 전통문화유산을 보존하는 데에 치중한 나머지 근대문화유산을 평가하고 보존하는 데는 소홀했다. 거기에는 몇 가지 이유가 있다. 우선 문화유산의 개념을 시간적으로 오래되고 기능적으로 그 영향이 뚜렷하며 예술적으로 뛰어나야 한다는 데에 두었기 때문에 근대의 문화적 산물은 그런 개념에 어울린다고 보지 않았다. 또 '근대'라 했을 때 우리 역사상 어두웠던 봉건말기와 일제강점기 및 해방 후의 혼란과 6・25의 상처 등을 연상했기 때문에 그런 시기에 남았던 문물들이 문화유산으로서의 가치가 있다고 생각할 수 없었다. 특히 이 시기에 우리 주변에 있는 많은 근대 문물들이 식민지적인 유산과 혼동되고 있었던 것도 사실이다. 근대문화유산을 평가하는 데에 연결되어 있는 이 같은 부정적 시각은 이제 극복할 때가 되었다. 고통과 어두움으로 점철된 근대의 아픈 역사도 미래를 일궈내는 문화적 자양분으로 승화시켜야 할 때가 되었다. 외세침략과 식민지배 그리고 동적상잔의 고통스런 경험은 이제 소중한 역사적인 자산으로 삼아, 우리와 같이 고통 받았던 다른 민족을 위로하고 격려하고 때로는 봉사할 수 있는 자신감의 밑천으로 삼아야 한다. 이렇게 본다면 고통스런 경험을 극복한 국민에게는 그 시기에 남겨진 문화유산들이야말로 역사적 교훈을 제공하는 산 증거물이라고 할 것이다(이만열, "근대문화유산, 왜 보존해야 하며 어떻게 보존해야 하는가", 『한국의 근대문화유산』[문화재청, 2007])."

지리산 문화경관의 세계유산적 가치와 구성

최원석*

Ⅰ. 머리말

이 글은 지리산을 비롯한 한국의 산과 산악산지문화경관이 갖는 세계유산적 가치를 탐구하는 의의의 일환으로 구성되었다. 특히 한국의 대표적 명산인 지리산의 세계유산적 가치와 그 구성을 문화경관이라는 코드로 논구하여 세계유산 등재전략을 수립하는 것을 연구의 목적으로 한다.

우리나라는 삼천리금수강산이라는 자부심이 무색하게, 정작 세계유산에 산의 공식명칭으로 등재한 것은 아직 하나도 없는 실정이다.[1]

---

* 경상대 경남문화연구원 인문한국 교수.

[1] 2007년에 등재된 제주 화산섬 및 용암동굴의 공감적 범주에는 한라산이 주요 범위에 포함되어 있지만, 등재의 명칭에서 나타나듯이 산 자체가 유산가치의 키워드가 되지 못하였다.

반면, 중국은 41개소의 세계유산 가운데 8개가 산의 명칭으로 등재되어 20%의 비율에 달한다. 동아시아에서 한국은 다채롭고도 독특한 산악문화를 보유하고 산지유산을 가진 나라이다. 한국의 세계유산 잠정목록 중에 산성이 2개나 있는 것도 한국의 산악환경을 반영한 산지형 문화유적의 탁월성을 나타낸 현상이기도 하다.

한국은 2012년 2월 현재 10점의 세계유산이 있는데, 구미의 선진국에 비해서 늦은 시기인 1995년에야 처음 세계유산에 등재되었다. 그 경향을 유형별로 살펴보면, 1995년에 석굴암과 불국사, 종묘, 해인사장경판전을 시작으로 주로 기념물, 건조물과 사적 등의 문화유산 유형으로 등재하다가 근간에는 제주 화산섬 및 용암동굴2007과 같이 자연유산도 등재하는 성과를 거두었다. 그러나 아직 복합유산은 가지고 있지 않으며, 문화경관 세계유산내용별도 목록에 수록되지 않았다. 유산의 형태도 최근에는 조선왕릉2009, 한국의 역사마을: 하회와 양동2010과 같이 개별유산에서 연속유산으로 다양화되었다. 유산의 범위도 초기에는 단일유산의 점 단위에서 경주역사유적지구2000의 사례처럼 면공간 단위로 확대되었다. 향후의 유산 등재경향을 말해주는 잠정목록 등재현황을 보면 2011년 6월 현재 문화유산 8개소, 자연유산 5개소가 등재되었는데, 유형에 있어 자연유산이 상대적으로 늘어났고, 역사유적 형의 문화유산이 많으며, 대상유산의 내용뿐만 아니라 형태가 다양화되고 범위도 확장되고 있음을 알 수 있다.[2)

2) 잠정목록의 문화유산으로는 강진 도요지, 공주부여 역사유적지구, 중부내륙산성군, 남한산성, 익산 역사유적지구, 염전, 낙안읍성, 외암마을이 등재되었고, 자연유산으로는 설악산 천연보호구역, 남해안 일대 공룡화석지, 대곡천 암각화군, 서남해안 갯벌, 우포습지가 등재되었다. 그 중 공주부여 역사유적지구는 기존 무령왕릉(1994)에서 확장된 것이며, 중부내륙산성군은 기존 삼년산성(1994)에서 확장된 것이다.

작금에는 세계유산에 대한 국민적인 관심도가 높아졌고, 지자체에서도 앞 다투어 지역의 세계유산 콘텐츠를 개발하려 노력하고 있지만, 상대적으로 유네스코 세계유산의 등재기준과 심사는 해가 갈수록 점점 엄격해지고 까다로워지고 있다. 그러나 이에 대응하여 한국에서 세계유산을 체계적이고 전문적으로 연구하는 시스템의 구축은 미비하기만 하다. 세계유산이 갖는 미래지향적 가치를 간파한 일본에서는 세계유산을 전문적으로 연구하기 위한 대학원 전공과정과 세계유산학이라는 분야도 생겨났고,3) 중국에서도 세계유산연구센터가 구성되어 활발하게 운영 중에 있다.4) 그렇지만 한국에서는 세계유산에 대한 학계의 종합적이고 분석적인 연구물도 아직까지 드문 실정이다. 지리학은 세계유산 관련 분야에서 기여하기에 적합한 학문체제를 갖추고 있지만,5) 세계유산에 관련된 학술적인 연구물은 회소하고,6) 사회적 수요와 체계적 연구의 필요성에 아직 적극적으로 부응하지 못하고 있다. 특히 근자의 세계유산 등재 추세에서 새롭게 대두되었던 문화경관 유형의 유산에 대해서는 문화역사지리학의 접근 및 연구방법이 적합함에도 불구하고 학계에서는 아직 큰 관심을 기울이지 못하였다. 이 글은 유네스코 세계유산의 가치기준에 준거한 지리산 문화경관의 세계유산적 가치에 대해 학술적인 연구를 시도했다는

---

3) 일본의 筑波大學 대학원에는 세계유산전공과 세계문화유산 전공과정이 개설되어 있다(http://www.heritage.tsukuba.ac.jp/).
4) 중국 북경대학의 UNESCO亞太地區世界遺産培訓與研究中心이 그 사례이다.
5) 이혜은(2011, 70~73)에 의하면, "지리학은 세계유산의 특징을 통찰해서 볼 수 있는 가장 적절한 학문이다. 세계유산은 지리학의 특징과 맞물리며 지리학자들에 중요한 연구주제 중의 하나가 되는데, 장소자산, 지역공동체와의 연계성, 문화경관, 교육 등의 네 가지 분야에서 세계유산과 지리학의 관련성을 찾을 수 있다"고 하였다.
6) 지리학 국내학술지에 게재된 연구물은 임근욱(2008), 고선영(2009), 임근욱·진현식(2009), 이혜은(2011) 정도가 있다.

점에 있어서 의의를 두고자 한다.

위의 연구목적을 달성하기 위해서 다음과 같은 몇 가지의 검토와 서술 과정을 거치고자 한다.

첫째, 지리산 세계유산 등재의 표적화 전략을 '문화경관' 범주로 제시할 것이다. 지리산에는 오랫동안 수많은 사람들이 생활문화터전으로 살아왔기에 자연과 문화의 상호작용으로 빚어진 문화경관의 형성이 복합적으로 드러나기 때문이다. 지리산의 세계유산적 가치는 기념물, 건축물, 유적 등의 개별유산적 범주가 아니라 '문화경관'이라는 통합적 범주의 틀에서 제시되고, 종합적·관계적 관점으로 평가되는 방식이 적합하다고 판단된다.

둘째, 지리산 문화경관의 세계유산적 가치와 정체성을, '인간과 환경 간 상호작용의 다양성, 복합성, 결합성, 조화성'으로 요약하여, 산과 사람의 유기적 결합 및 상호 관계의 복합적인 네트워크로써 부각할 것이다.

셋째, 지리산 문화경관의 경관요소와 구성관계를 열거하고 각각의 세계유산적 가치에 대하여 등재기준에 맞춰 설명할 것이다.

넷째, 지리산 문화경관의 세계유산적 가치와 의의, 그리고 등재기준에 합당한 측면에 관하여 요약하여 설명할 것이다.

이러한 연구 결과는 향후에 지리산을 위시하여 한국의 주요 명산을 세계유산으로 등재하기 위한 논리의 구축 과정에 있어 도움이 될 수 있으리라 믿는다. 지리산의 세계유산적 가치를 탐구·제기하는 외연적인 의의는, 세계유산의 평가지침에 있어 서구적 관점의 잣대와 미학적 편향성을 극복하고, 산악문화에 대한 서구적 인식의 한계를 넘어 동아시아의 산악문화와 미학을 제시함으로써 산 세계유산의 개념을 재정립하는 데에도 있다.

Ⅱ. 지리산 문화경관의 세계유산적 정체성

문화경관 유형의 세계유산은 1992년에 세계유산위원회에서 새로 채택된 세계유산 범주의 목록으로서, 자연과 인간의 상호관계를 주목하고 자연과 인간의 상호작용으로 형성된 유산의 가치를 중시하는 것이 주 내용으로 한다.

지리산은 한국의 명산 중에 많은 사람들이 오랫동안 생활문화터전으로 살아온 대표적인 산으로서, 지리산의 문화경관에는 자연과 인간의 정신적·물질적 연계와 상호작용이 다양하게 반영되어 있다. 따라서 세계유산 목록 중에서 문화경관의 세계유산 범주에 적합하다고 판단된다.

지리산 문화경관의 정체성은 사람들이 지리산의 자연환경, 사회, 역사, 경제, 문화 등과 매개하면서 상호관계를 맺으면서 형성한, '다양성diversity, 복합성complexity, 결합성combination, 조화성harmony'의 특징으로 집약되는 가시적인 문화복합체이다.

지리산 문화경관의 개념적이고 상징적 이미지를 한마디로 표현하면, '신성한 어머니 지리산Spiritual Mother Mountain, Jiri'이라는 슬로건으로 요약할 수 있다. 지리산의 이미지는 성스러움과 모성을 겸하여 나타낸다. 그 성스러움의 이미지는 지리산의 영산靈山과 신산神山의 속성이며, 어머니의 이미지는 만물을 키우는 모태의 산, 사람의 산·인문의 산이라는 함의를 내포한다. 그것은 다시 산의 영성과 사람의 삶·문화가 융합된 산'이라는 내용 범주로 포괄된다.

〈표 1〉 지리산 문화경관의 세계유산적 정체성

정체성	신성한 어머니 산	
	성스러운 산(靈山)	모성·모태의 산
구성 요소	겨레의 영산 삼신산(방장산) 산악신앙(성모천왕 등), 산신각 산지 종교경관의 복합 클러스터 선비의 유산로와 성찰의 길	생태적 흙산(土山) 생물의 서식지, 은자의 거주지 생활문화터전과 취락 청학동 유토피아 멸종위기종·고유종·희귀종 서식지 한국전쟁과 빨치산 유적
	영산·신산	사람의 산, 인문의 산, 역사의 산
의미	산의 신령한 장소성과 사람의 삶·문화가 융합된 산	

　신성한 어머니는 지리산의 상징체이자 아이콘이다. 지리산의 어머
니로서의 정체성은 지리산의 기후, 지형 등의 자연환경뿐만 아니라
문화, 역사 등의 인문환경적 조건이 겸비되었기에 가능했다. 아울러
어머니 산이라는 이미지와 정체성에는 영산으로서의 지리산이 갖는
장소의 성스러움과, 뭇 사람들과 생명을 끌어안고 베푸는 지리산의
모성적 이미지가 통합되어 있다.

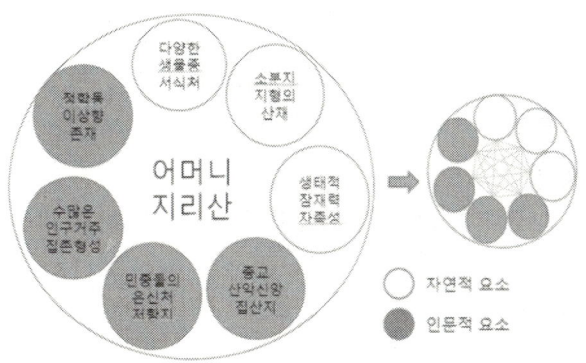

〈그림 1〉 어머니 지리산의 요소구성과 상호연계

신성한 산이라는 의미는 지리산의 영산과 신산으로서의 이미지와 내용을 담는다. 지리산은 '민족의 영산'이라는 일반적 수식어가 있으며, 삼신산의 하나인 방장산으로 조선초기부터 일컬어져왔다. 또 지리산은 다양한 위계와 형태를 가진 산신신앙의 메카이기도 하다. 역사적으로도 오랫동안 민간에서는 지리산에 성모혹은 천왕성모의 신이 있다고 여겼으며, 최고봉인 천왕봉의 성모사천왕사에는 성모상이 있었다.

어머니산이라는 상징은, 지리산이 형상으로도 산의 모양이 토산이고 골짜기가 깊어 어머니처럼 포용하는 이미지로서 후덕한 모습이며, 그래서 은자들과 만물을 품어 안고 키우는 산으로 인식되었다. 생태적으로도 온 생명을 살리고 아우르는 산이기에, 지리산은 높은 식피밀도植皮密度와 1,517종의 식물상과 2,808종의 동물상 등 총 4,994종의 생물자원이 서식하는 다양하고 풍부한 생태환경을 가지고 있다.

어머니 지리산의 모태적 속성은 수많은 인구의 수용과 집촌의 형성이 가능한 지형, 기후환경과 벼농사의 생산방식으로도 표현될 수 있다. 지리산은 자연적 조건으로도 사람들이 취락을 이루며 문화를 형성하기에 이상적인 지형, 지질, 기후 등을 갖추고 있다는 특징이 있다. 지리산 속에는 크고 작은 여러 산간분지들이 분포하여 있으며, 그 속에서 집촌集村을 이루면서 지속가능한 생활을 유지할 수 있는 벼농사의 자연환경적 조건을 갖추었다.

지리산은 사람의 산, 인문의 산, 역사의 산으로서의 의미와 정체성을 지녔다. 한국의 명산에서 지리산만큼 오랜 생활문화터전이 된 산이 없을 뿐만 아니라, 여타 기존에 등재된 세계유산의 산을 비교해 보아도 지리산만큼 자연, 생태, 역사, 문화, 취락, 종교, 사람의 삶이 집적되고 결합된 산은 찾아보기 힘들다. 지리산의 자연과 문화역사적 통합성은 인간과 자연환경의 상호작용과 유기적 결합을 경관에 반영하였다. 오랜 삶의 터전으로서의 지리산은 유불선의 종교, 사상, 문학, 예술 등의 인문정신의 정수가 집약된 산이다.

요컨대 지리산은 자연적 가치와 문화적 가치가 역사적 과정에서 복합적으로 연관된 문화문화경관을 이루고 있다. 지리산 문화경관의 세계유산적 컨셉은 '자연산－문화사람－역사 복합체'로서, 산의 인문화인간화, 문화화, 신앙화, 미학화이다. 지리산 문화경관의 가치구성은 '산과 사람의 유기적 결합 및 상호관계'를 반영하는 3가지 관계와 10가지 요소의 복합적 네트워크로 이루어진다(표 2).

Ⅲ. 지리산 문화경관의 탁월한 보편적 가치(OUV) 구성

지리산 문화경관 복합체의 세계유산적 가치를 구성하는 세 가지 범주로서, 정신적·미학적 경관, 문화생태적 생활경관, 사회역사적

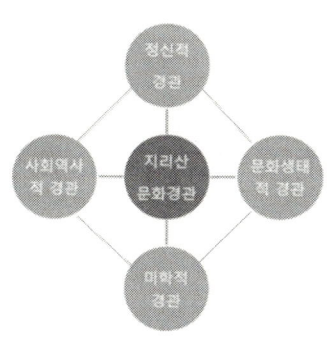

〈그림 2〉 지리산 문화경관 구성요소의 상관 관계와 네트워킹

경관을 제시할 수 있다. 이들 범주들은 모두 자연과 사람의 상호관계를 반영하는 것으로서 상관적으로 관련을 맺고 있으며, 지리산의 문화경관적 정체성을 표현하는 각 측면이기도 하다. 각각의 범주를 구성하는 지리산의 문화경관 요소들은 사회역사적 과정에서 자연환경 및 정신적 가치와 합일되어 있으며, 장소의 혼spirits, 토지이용, 문화생태적인 산지

생활사의 전통지식을 구체화하여 담고 있다.

지리산의 문화경관에서 나타나는 사람과 자연 간의 탁월한 상호작용으로서의 보편적 가치OUV 요소를 드러내고 평가하면 다음과 같다.

〈표 2〉 지리산 문화경관의 구성관계와 구성요소

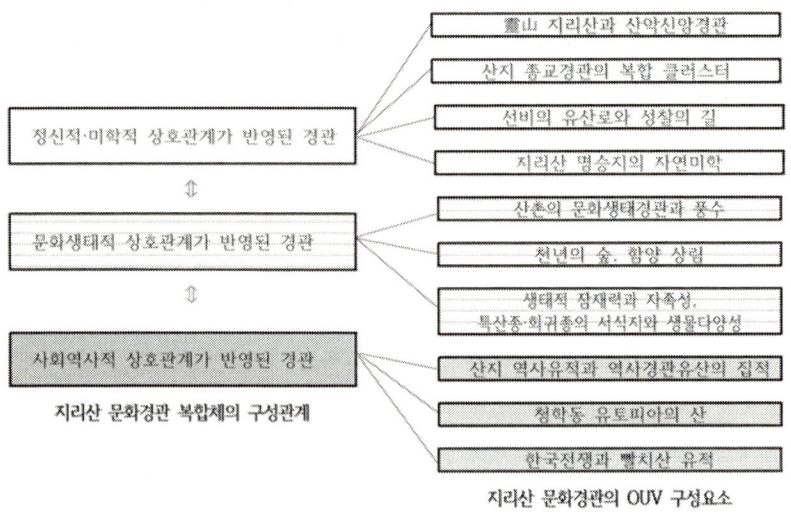

1. 산과 사람의 정신적 · 미학적 관계가 반영된 경관

1) 靈山(神山) 지리산과 산악신앙경관

지리산은 자연경관에 정신을 통합한 상징적 문화경관을 보여주는 뛰어난 사례가 된다. 지리산이 영산으로서의 정체성을 갖추면서 형성된 산악신앙의 문화경관은, 산과 사람의 정신적 · 문화생태적 관계를 탁월하게 증거하는 보편적 가치가 될 수 있다. 자연신앙의 대표성을 반영하고 있는 지리산의 산악신앙은 동아시아 및 한국 산신신앙의 전형일 뿐 아니라 그 형태적·위계적 다양성, 문화적 교류와 융합의 측면에 있어서도 중요한 가치를 갖는다.

지리산에는 성소신사, 산신당 등, 산악신앙, 종교유, 불, 선, 무교 등가 총집결되어 있으며, 국가, 지방, 민간 등 다양한 계층과 위계의 산신신앙이 집중적으로 존재한다. 특히 지리산은 산신신앙의 고대적 원형으로서 여산신성모, 노고이 나타나는 현장이다. 민간에는 오래전부터 천왕성모의 산신이 머무는 곳으로 인식되어 왔다.

지리산은 일찍이 신라시대에 남악에 지정되어 국가적인 의례가 있었고, 그 의례는 현재까지 지속된다. 현존하는 남악제는 통일신라에서 시작되어 고려, 조선을 거쳐 대한제국까지 천 년을 넘게 이어진 국행제로서 국가적인 산악신앙 제의이다.[7] 또한 지리산은 한국의 대표적인 삼신산방장산의 하나로서, 방장산이라는 명칭은 조선 초부터 등장하는 600여 년의 전통을 가진다.[8] 지리산의 남악 혹은 방장산이라는 별칭은 중국의 오악사상과 삼신산 사상이 한국으로 전파된 것을 증거한다.

지리산지에 나타나는 산악신앙경관의 문화요소들은 상호교섭된 복합된 형태가 나타난다. 산악신앙은 종교(유, 불, 도, 무속), 마을민속과 결합되고 있으며, 특히 불교와 산악신앙의 융합은 사찰 내의 산신각으로 반영되었다. 남악제 등의 산신제에서 나타나는 유교적 제의 방식이라든지, 민간 산신제의 무속과 마을신앙과의 결합 등은 중

---

7) 자세한 내용은 김아네스, 2011, 지리산 산신제의 역사와 지리산남악제, 남도문화연구, 20, 7~36쪽을 참조할 것.
8) 최석기(2011, 25)에 의하면, 지리산이 방장산이라는 인식은 조선전기 이석형, 김종직 등의 문집에서부터 나타나기 시작한다고 한다.

국과 일본의 산악신앙과 비교될 수 있는 차이점이기도 하다. 지리산지에는 주민들이 주체가 되어 토착화된 민간산신당과 남악제 등에서 볼 수 있는 바와 같이 산신신앙과 산신제의가 현존하는 진정성이 있다.9)

2) 산지 종교경관의 복합 클러스터

지리산권역은 서원儒, 사찰佛, 마을신앙, 도교 및 신선 유적仙道, 무속신앙의 밀집처이다. 이러한 지리산지의 종교경관은 현재 진행형 문화로서의 진정성을 유지하고 있다. 지리산지의 종교는 산악과 유, 불, 선의 문화생태적 적응 및 조화를 반영하고 있으며, 문화요소간의 교섭과 교류의 측면에서 보아도 산악신앙과 불교, 선도, 샤머니즘 간의 상호융합을 제의, 사상성, 민속 등의 측면에서 반영하고 있다.

지리산은 8세기부터 9세기에 걸쳐 교종 및 선종사찰이 건립된 한국 최초의 전형적인 산지사찰경관을 나타낸다. 아울러 칠불사 등의 사찰연기는 불교의 해양 전파 경로를 증거한다. 특히 지리산에 입지한 초기 사찰군은 교종의 화엄사상과 선종의 동아시아적 교류를 보여주며 그것은 사찰의 건축과 배치에 반영되었다. 지리산 사찰고건축의 역사성과, 화엄사 각황전의 중층지붕이나 다포계의 전형성 등의 건축적 우수성도 나타난다. 지리산 사찰군의 종파적 다양성과 수백 개에 달했던 사찰 등은 지리산 종교경관이 가진 특징 중의 하나이다.

지리산의 종교건축경관에서는 산과 사찰의 심미적 결합양상도 돋보인다. 지리산 소재 사찰경관의 뛰어난 자연조화미와 장소에 구현

---

9) 문제점은, 현존하는 산악신앙 경관이 역사적 완전성의 측면에서 부족한 점을 지적할 수 있다. 그리고 지리산 남악제 의례가 1908~1969년 사이에 실행되지 못했다는 점과, 지리산신사(남악사)의 이전 및 신축(1969)에 따른 진정성 문제도 지적될 수 있다.

된 정신성은 중국과 일본을 대비해 보더라도 동아시아적 자연관을 탁월하게 대표하는 요소가 된다.

3) 선비의 遊山路와 성찰의 길

유산로heritage route는 문화경관의 독특하고 다이내믹한 형태이다.10) 문화루트 혹은 유산로가 키워드가 되어 세계유산으로 된 사례는 1998년에 등재된 프랑스의 꽁포스텔라의 쌍띠아쥬 길Routes of Santiago de Compostela in France과, 2004년에 등재된 일본 기이산지의 영지와 참배길Sacred Sites and Pilgrimage Routes in the Kii Mountain Range이 있다.

지리산의 유산로는 산과 유학사상, 산과 유교문화가 정신적으로 연계된 문화루트로서 의의가 있다. 이것은 기존에 세계유산으로 등재된 문화루트와는 차별되는 조선시대 유학자들의 성찰의 길이라는 성격을 가지고 있다. 지리산을 내면적 성찰의 대상으로 관계를 설정하여 풍부한 의미체계와 내용으로 형성되었다.

조선시대 유학자들의 지리산 유산문화의 사상적, 문학적 전개는 동아시아적 명산문화의 기록유산에 비추어서도 탁월성을 갖는다. 조선시대의 선비로서 지리산을 유람하고 유산시를 남긴 사람은 1천명이 넘을 것으로 추정되며, 그들이 남긴 시문도 수천 편에 이른다.11) 현존하는 100여 편이 넘는 지리산 유산기 자료는 조선 초부터 500여년에 걸쳐 있다는 점에서 세계적인 산악 트레킹 문화 기록유산이라는 가치를 가진다. 특히 무형적 가치가 뒷받침되는 유산이 세계유산

---

10) UNESCO, World Heritage Centre, 2008, Operational Guidelines for the Implemen tation of the World Heritage Convention. WHC.08/01, January 2008, 91.
11) 자세한 내용은 강정화 외, 2008, 지리산 유산기 선집, 경상대 경남문화연구원을 참조할 것.

선정에서 강점이 있는 추세를 반영하자면 지리산 유산로의 가치는 배가된다.

4) 지리산 명승지의 자연미학

한국에 있어서 산과 사람의 정신적 관계는 심미적 형태로 결합되어 있다. 이것은 자연과 인간의 관계에 대한 한국의 심미적 문화전통을 반영한다.

현재 지리산에서 국가지정문화재로서 지정된 명승 중에 '지리산 화엄사 일원'명승 제 64호, 2009은 역사문화경관으로, '지리산 한신계곡 일원'명승 제 72호, 2010은 자연경관 – 지형지질경관으로 분류되어 지정되었다. 그리고 '지리산 대원사 일원'은 경상남도 기념물제114호로서 문화경관으로 분류, 지정된 명승지이다. 이를 포함하여 지리산의 자연미가 뛰어날 뿐만 아니라 미학적으로 중요한 의미를 지니는 주요 인문 및 자연경관의 명승지는 탁월한 보편적 가치의 대상 요소가 된다.

지리산의 아름다움은 역사적 과정에서 수많은 사상가들과 문인들에게 영감과 찬탄의 대상이 되었으며, 그것은 지리산의 문화요소와 자연의 어울림 및 그 상호작용으로 빚어진 자연미학이다. 지리산의 자연미는 지리산의 문화경관을 이루는 미학적 토대이자 구성요소이며, 영산으로서의 지리산의 정체성을 유지·보전하는 필요충분조건이다. 지리산의 자연미는 문화경관의 범주에서 문화요소와의 접합을 통해서 구현되므로 서로 분리될 수 없는 성질의 것이다. 예컨대 지리산의 명승과 경치는 古刹과 어우러져야 탁월하게 드러나는 것으로, 이것은 형상과 배경의 조화와 통합을 반영하는 게쉬탈트Gestalt 미학이다.

지리산의 명승이 갖춘 자연미학은 동아시아적 산수미학의 보편성과 한국적 대표성을 지니고 있다. 지리산의 자연미는 세계유산 등재 기준vii의 "뛰어난 자연미와 미학적 중요성"에 대해 동아시아적 산수 미학의 관점과 지평을 제시하면서 개진될 필요가 있다. 조선시대 지리산의 유산기에서도 드러나지만, 동아시아에서의 산수는 객관적 자연 대상물이 아니라 천인합일의 상대이자 정신적 가치를 비추는 심미적 거울이다.

지리산이 지닌 미학적 중요성은 인간적인 산의 미학적 속성으로도 평가될 수 있다. 비너스를 포함한 그리스 인체 조상의 미학은 가장 인간적인 것이 가장 아름답다는 사실을 반영한다. 어머니의 품처럼 사람의 영혼과 삶의 안식처가 되어주는, 가장 인간적인 형상과 이미지의 산이 가장 아름다운 산일 수 있다.

2. 산과 사람의 문화생태적 관계가 반영된 경관

1) 산촌의 문화생태경관

지리산지의 생활문화경관은 지리산과 주민의 상호작용을 대변하는 대표적 사례가 될 수 있다. 지리산지의 취락은 생활문화터전으로서 역사성을 갖추고 있을 뿐 만 아니라 지리적으로도 넓은 분포지역을 가지고 있다. 지리산권역에 10여 개에 달하는 읍취락이 분포하고 있으며, 산지의 곳곳에 벼농사를 위주로 하는 집촌이 형성, 발달하였다. 집촌적 촌락형태의 형성과 발달은 지리산지의 자연환경적 배경과 조선시대의 사회역사적조건이 반영된 특성이기도 하다. 이러한 측면은 중위도 대륙 동안에 위치한 지리산지 마을주민의 산지적응과 산림경제의 우수성으로 나타났으며 계단식 논과 같은 농경지의 확보

및 관개·수리기술은 조선시대 농경의 중요한 단계를 표현하는 문화경관의 탁월한 사례가 될 수 있다. 또한 산나물과 약초 등과 같은 산지 섭생식물의 채집도 지리산의 산지적응을 잘 반영한다.

지리산 산촌취락의 문화생태적 고유성이자 지리산지의 독특한 환경적응과 조화방식은 풍수문화의 발달과도 긴밀한 관계를 갖는다. 지리산은 한국풍수의 시원지로서, 한국풍수의 시조로 일컬어지는 도선(827~898)이 풍수를 전수받은 곳이다. 현재 지리산권역의 마을에는 500개가 넘는 다양한 풍수형국이 존재하고 있어,[12] 산촌의 풍수경관은 문화생태적 경관의 한국적 특성을 이룬다. 이것은 산지환경에의 적응과 자연과 인문의 결합을 반영하고 있고, 한국적인 독특한 자연-인간관계 코드를 표현하였다. 지리산지 마을의 풍수문화는 처한 자연환경에 대한 주민들의 문화적 적응전략으로서, 마을의 지속가능한 환경시스템을 유지하기 위한 전통적인 문화생태학적 방식이자 지식체계라고 평가할 수 있다. 지리산지의 풍수경관은 자연과 문화가 유기적으로 조화, 결합된 문화생태적 경관으로서 세계유산적 경관가치를 지닌다.[13]

2) 천 년의 숲, 함양 상림

삼림으로 세계유산에 등재된 사례는 89곳2005년 현재으로, 그 중에서 22곳이 열대 생물군계에 있다.[14] 2005년에 등재된 나이제리아의

---

12) 최원석·구진성(2010)에 따르면, 지리산 권역 5개 시군의 자연마을에 500여 개의 풍수형국이 있었던 것으로 집계되었다.
13) 문제점으로는 근대화로 인한 마을경관의 변모-보전의 진정성, 완전성 문제를 지적할 수 있다.
14) 유네스코한국위원회, 2010, 세계유산 새천년을 향한 도전. 서울(UNESCO World Heritage Centre, 2007, World Heritage-Challenges for the Millennium, Paris), 120.

오순 - 오소그보 신성숲Osun - Osogbo Sacred Grove과 2008년에 등재된 케냐의 미지켄다 부족의 카야 성림Sacred Mijikenda Kaya Forests은 성스러운 숲으로 세계유산이 되었다. 함양의 상림은 기존의 삼림 세계유산과는 차별적인 가치를 가지고 있다.

상림은 1,100년이 넘는 역사성을 지닌 한국 및 동아시아 취락 숲경관의 전형적이고 대표적 경관사례이다. 옛 이름은 대관림大館林이다. 상림은 함양 고을의 수해를 막기 위해 9세기 후반에 최치원857~?이 조성한 인위적인 방재림으로서, 역사성에서의 탁월성과 진정성, 완전성을 보유하고 있다. 심미적으로도 주거지와 숲의 조화로운 앙상블을 이루며 읍수경관邑藪景觀의 아름다움을 보여준다. 상림 경관은 역사적 과정에서 다양한 문화요소와 기능의 교류와 결합을 반영하고 있으며, 풍수비보숲으로도 기능하였다. 상림은 지리산권의 여러 마을숲 분포에 직·간접적인 영향을 준 원형적인 취락숲이다.15)

3) 생태적 잠재력과 자족성, 특산종·희귀종의 서식지와 생물다양성

지리산은 생태적 잠재력과 정주의 자족적 조건에 있어 탁월한 자연환경을 지닌 산이다. 지리산은 다수의 봉우리, 골짜기, 산간분지로 구성된 큰 규모의 산체山體를 지니고 있을 뿐만 아니라 전 사면에 일정두께의 토양 피복을 형성하였으며, 벼농사에 충분한 강우량을 가지고 있다. 생물적으로도 다양하고 풍부한 생태환경을 갖추고 있다.16)

---

15) 문제점으로 지적할 수 있는 것은, 상림은 지리산지에 속하고 있지 않아서 지리산지와의 연계성이 약하다는 점이다. 따라서 상림은 지리산지와는 별도로 연속(확장)유산으로 추가하여 포함되어야 할 대상이다.
16) 자세한 내용은 기근도, 2011, 지리산의 자연환경과 지형, 지리산 인문학 강좌 발표자료를 참조할 것.

지리산국립공원은 4,494종의 생물자원이 분포하며 2007년에 IUCN 카테고리 Ⅱ 지역으로 인증된 생물자원의 보존가치가 높은 곳이다. 지리산에는 멸종위기동식물 35종이 서식한다.17) 그리고 지리산에만 자생하는 특산종은 식물 16종이 있다.

지리산 생태계 보존지역노고단, 반야봉, 피아골, 심원계곡 일대의 원시림과 생태복원지역인 제석봉일대의 구상나무 군락지는 한국 특산종과 희귀종의 서식지이자, 반달곰의 서식지로서 가치를 지닌다.18) 그리고 지리산지의 전통적인 토지이용 형태는 생물다양성의 형성과 유지에도 기여했을 것으로 판단한다.19)

3. 산과 사람의 사회역사적 관계가 반영된 경관

1) 산지 역사유적과 역사경관 유산의 집적

지리산은 청동기 유물, 가야시대 고분, 산성유적 등 문화재의 보고이다. 국내에서도 지리산 권역은 가장 많은 문화유산지정문화재 보유하고 있다. 전국 총 605개의 지정문화재 중에 90개15%를 가지고 있으며, 이것은 경주의 62개보다도 훨씬 많은 숫자이다.

그 중에서도 지리산의 국보유산인 화엄사 각황전, 각황전 앞 석등, 사사자삼층석탑, 영산회괘불탱, 연곡사 부도2개 등이 대표적이며, 특

---

17) 자세한 내용은 오장근, 2011, 지리산 국립공원 생물자원의 가치, 지리산 세계유산 등재용역 2차 학술 세미나 발표자료집, 1-3을 참조할 것.
18) 문제점은 1993년 이후로 복원된 구상나무 군락지 및 복원된 반달곰의 진정성에 관한 점이다.
19) 유네스코 세계유산센터의 운영지침에 의하면, "전통적인 토지이용 형태의 지속적인 존재는 세계의 많은 지역에서 생물다양성에 기여하였다. 전통적인 문화경관이 보전은 생물다양성을 유지하는 데에 도움을 준다."라고 공식적으로 명시되었다 (UNESCO, World Heritage Centre, 2009, World Heritage paper 26, 19).

히 석탑은 중국에서 목조건축 양식을 이어받아 천년의 세월을 이어 나가면서 다양한 형태와 지리적 분포를 통해 한국적 석탑문화로 발전된 가치가 있다.

지리산지의 주변 권역에는 유교경관서원, 향교, 사우, 누정 등이 밀집되어 있으며 덕천서원의 제향과 같이 현재에도 지역 유림이 진행하는 유교적 의례의 진정성 조건을 갖추고 있다.

2) 청학동 유토피아의 산

지리산 청학동은 한국 이상향을 전형적, 대표적으로 드러낸다. 지리산 청학동 이상향은 동아시아 산 유토피아의 전형이자 한국 이상향의 원형성을 가진다. 지리산 청학동 유토피아는 최소 700년의 문화전통을 지닌 동아시아적 유토피아의 역사성과 진정성을 갖추고 있으며, 관련된 많은 고문헌과 고지도 자료가 현존한다.

역사적으로 청학동 이상향은 지리산지 주민들의 생활사와 삶이 구현된 곳이라는 현장성과 진정성을 가졌으며, 그것은 묵계리 청학동으로 살아있는 전통과 직접적으로 관련되어 있다. 지리산 청학동은 유학자들과 지역주민들에 의해 유토피아로 선망되었던 설화공간이자 상징공간이었고, 민간계층이 마을을 이루고 거주하면서 풍수도참의 텍스트로 재현한 생활공간이었다. 오늘날에는 정부·지자체·주민·관광자본에 의해 재구성된 대중문화의 관광공간이 되었다.

3) 한국전쟁과 빨치산 유적

지리산의 한국전쟁과 빨치산 유적은 지리산지에 20세기 중반의 세계사적인 이념과 정치세력이 충돌하여 상흔을 남긴 전쟁경관의 역사적 의미를 갖고 있다. 지리산은 제국주의 열강의 대립으로 빚어진 한국전쟁과 그 역사적 과정에서 전개된 분단의 극복을 위한 민중들의 저항의 현장이었다.[20] 지리산의 한국전쟁과 빨치산 활동을 내용으로 여러 전쟁 관련 소설 등의 문학작품도 창작되었다.

Ⅳ. 지리산 문화경관의 세계유산적 가치와 의의

1. 세계유산적 가치와 의의

지리산 문화경관이 갖는 세계유산적 가치OUV는 인간과 환경 간 상호작용의 다양성, 복합성, 결합성, 조화성을 탁월하게 드러내는 산 문화경관의 사례로 요약, 평가될 수 있다.

지리산의 종교문화경관의 측면에서, 다양성으로 보자면 지리산만큼 다양한 신앙과 종교경관이 집합적으로 보이는 산은 드물고, 역사적 과정에서 불교, 도교, 유교, 무속 등의 제 신앙형태는 서로 복합·결합되어 있다. 그리고 여러 종교경관들은 자연환경과 미학적으로 어우러져있다.

지리산의 문화경관은 산지환경에 대한 문화생태적인 적용을 증거하는 탁월한 사례가 된다. 유네스코 세계유산 운영지침에서 정의된 문화경관의 개념에 비추어볼 때, 현존하는 지리산의 촌락경관은 대체로 18세기 이후 산지 취락의 형성·발달과정을 드러내며, 지리산지의 자연환경에 적응하면서 발달한 벼농사 위주의 농업경관은 지속가능한 토지이용의 전통적 기술이 집약되어 있다고 평가된다. 지리

---

20) 관련된 비교유산으로서는, 중국의 세계문화유산인 여산 국립공원의 공산당(모택동) 유적지가 있다.

산의 문화유산과 건축경관은 자연과의 미학적 조화를 기조로 입지되고 배치되었으며, 그 속에는 지리산과의 정신적인 연대관계가 깊이 반영되어 있다.

지리산의 문화경관의 유산 가치는 기본적으로 문화유산 범주의 몇 가지 기준에 해당될 뿐만 아니라, 세계유산의 자연미 기준vii[21])도 충족할 수 있는 것으로 판단된다. 지리산이 가진 자연미는 역사적으로 수많은 문인과 유학자들에게 영감과 찬탄의 대상이 되었으며, 사상, 문학, 예술 등을 통해 사람들과의 상호영향 과정에서 공진화coevolution 되었다. 지리산의 자연미는 지리산 문화경관의 아름다움과 미학적 중요성으로 정립되는 토대가 되었다.

지리산 문화경관의 세계유산적 가치는 다시 분야별로, 정신적·미학적, 생활사 및 문화생태적, 사회역사적 가치 등으로 대별할 수 있다. 정신적 가치는 산악신앙과 종교건축경관의 형태로 드러나는 산과 사람의 정신적 네트워크의 측면이다. 또한 조선시대 유학자이 전개한 성찰의 유산문화로 대변되며, 구체적인 요소로는 선비의 유산로와 유산기 문학이다. 아울러 미학적 가치는 자연과 조화를 이루는 지리산의 명승지와 문화경관 등을 들 수 있다. 생활사 및 문화생태적 가치는 지리산의 문화경관이 갖는 자연과 인간의 조화 및 통합성이며 그 대표적 요소로는 산촌 및 풍수를 들 수 있다. 지리산지에 오랫동안 적응하면서 삶을 영위해 온 주민들의 산림경제와 농업기술은 조선시대의 산지생활에 관해 축적된 전통지식과 지혜의 보고이다. 사회역사적 가치는 지리산지의 집적된 고대유적과 관방유적, 세계사의 이념이 충돌한 한국전쟁과 빨치산 경관, 한국의 대표적 이상향인

---

21) Criterion (vii): "최상의 자연 현상이나 뛰어난 자연미와 미학적 중요성을 지닌 지역을 포함할 것."

청학동 유토피아 경관가치 등을 들 수 있다.

이러한 가치 요소에 준거한 지리산 문화경관의 세계유산적 의의는 다음과 같이 몇 가지로 서술될 수 있다.

지리산은 기존에 등재된 유네스코 산 세계유산의 내용범주에 더하여, 산의 신성한 장소성과 사람의 생활문화터전이 통합된 새로운 지평의 산 개념을 제시한다. 기존의 산 세계유산은 산과의 정신적 연계 聖山, 역사문화경관, 종교경관, 인문경관, 자연경관 등의 가치가 개별적이거나 부분적인 요소로 유네스코에 의해 평가, 등재된 경향이 있었다. 그런데 지리산은 유네스코 산 문화경관의 내용범주에서, 다양하고 복합적인 문화경관으로 반영된 자연과 사람문화의 연계와 통합이라는 새로운 전형을 제시한다는 점에서 세계적 가치를 지닌다. 이 것은 산과 사람문화의 서양적 이분법의 극복이라는 명산의 동아시아적 관점을 새롭게 제시한다는 의의가 있다.22)

지리산의 문화경관은 온대지역 동아시아 산지의 문화생태적 적응과 조화라는 탁월한 전형을 제시한다. 지리산지의 벼농사 농경 기술과 시스템, 집촌의 형성과 유지는 중위도 산지지역의 적응에 있어 대표적인 사례가 된다. 생활문화터전으로서의 지리산의 문화경관취락경관, 농업경관, 풍수경관 등과 함양의 상림숲은 자연과 사람의 상호관계, 유기적 조화관계를 통시적으로 구현한 것으로서 보편적 가치가 있다.

지리산과 주민공동체는 정신적으로 연계되어 산악신앙의 문화적 시스템을 형성하였다. 지리산의 산악문화와 산신신앙의 문화생태적 본질은 산지환경의 적응이며, 그것은 인간화·문화화의 방식으로 나타난다. 그 문화적 형태는 산악신앙 및 제의, 산신당의 마을경관화,

---

22) 동아시아의 문화전통에서 신과 사람은 둘이 아니며, 사람은 몸에 精·氣·神이, 자연은 산에 神·物이 통합되어 있다.

산신산앙과 불교경관의 결합 등이다. 이러한 산과 문화의 통합적 시스템 구축은 기능적으로 산지생활에 적응하였을 뿐만 아니라 삶의 터전으로서 지리산지의 보전과 관리에 기여할 수 있었다.

지리산 청학동은 산에 입지한 동아시아의 이상향의 전형성을 제시한다. 한국의 이상향에서 나타나는 지형특징은 심산深山의 골洞이 지배적으로, 이러한 사실은 서양의 유토피아가 에덴동산의 평원이나 토마스 모어의 유토피아처럼 평지인 것과 분명한 지형적 차이를 나타낸다. 중국 이상향에서 보이는 지형패턴도 무릉도원을 대표로 하는 동천복지洞天福地라는 점에서 한국과 같지만 들 혹은 언덕 관념도 드러나고 있어 일정하게 구별된다.23)

조선시대 선비들의 지리산 유산문화는 기존의 서구적 등산문화에 대비되는 인문학적인 산악문화의 가치와 의의를 가진다. 지리산은 조선시대 유학자들의 도덕적 성찰의 산이었기에, 유학자들의 산에 대한 의미부여와 태도는 산의 인문적 의미에 대한 새로운 관점과 견해를 제시한다. 지리산의 유산과 유산문학의 결실로 꽃피운 조선시대 유학자들의 명산문화 전개는 중국 산악문화의 전파와 교류를 반영한다.

지리산의 자연미와 명승지의 아름다움은 경관요소와 자연이 어울리고 상호작용으로 빚어진 자연미학이다. 지리산의 경관미학은 동아시아적 산수미학의 보편성과 한국적 대표성을 지니고 있다. 그것은 산악경관에 대한 서구미학적 가치의 기준과 범주를 넘어 인문적이고 정신적인 요소의 연계를 통한 새로운 미학적 개념을 요청한다.

2. 세계유산 등재기준의 정당성 제시

---

23) 자세한 내용은 최원석, 한국 이상향의 성격과 공간적 특징, 대한지리학회지, 44(6), 2009을 참조할 것.

이상과 같은 지리산 문화경관의 가치가 등재기준 중에서 어떤 항목에 합당한지에 대한 설명은 다음과 같이 요약·제시할 수 있다.[24]

우선 중점적인 지리산의 세계유산적 가치는 문화유산의 등재기준 (iii), (v), (vi) 항목이 해당된다. 차례대로 설명해보기로 하자.

'문화적 전통의 증거iii' 기준에 비춘다면, 신산으로서의 지리산에 대한 사람들의 정신적 인식과 태도, 역사성이 깊고 형태적으로 다양한 산악신앙의 문화경관은 산과 인간관계의 보편적 탁월성의 증거가 될 수 있다. 지리산의 자연환경과 지리적 조건을 배경으로 형성되고 진화된 역사경관과 종교경관은 지리산의 문화적 전통을 대변하는 특출한 증거가 된다. 지리산의 운봉지역은 고원지대로서의 요새적 지형과 비옥한 토지를 바탕으로 가야소국이 형성, 발달하였으며, 5, 6세기에 축조된 80여 기의 고분과 아막산성과 팔량산성이 현존하고 있다. 종교경관으로서의 지리산은 산악신앙의 원형성과 복합성을 나타낸다. 지리산에는 산신신앙의 고대적 원형으로서 여산신이 나타난다. 유, 불, 선, 무교, 민간신앙, 풍수도참 등이 지리산에 집결되어 상호 교섭하였다. 지리산에는 6세기부터 9세기에 걸쳐서 중국에서 불교가 유입되면서 한국적인 특색을 가진 많은 사찰이 건립되어 산신신앙과 함께 숭배되었다. 그리고 지리산 산청에 있는 덕천서원은 산악문화의 영향을 받아 예의와 절의를 숭상하는 독특한 유교적 기풍을 이룬 남명사상의 근거지이자 남명학파의 무대였다. 아울러 기독교의 초기 한국선교사를 알 수 있는 종교사적도 있어서 한 마디로 세계적인 종교다양성의 보고이다.

---

24) 등재 정당성에 관한 설명의 내용 중에 (iii), (v), (vi), (x) 항목은 필자와 함께 지리산 세계유산 등재 문화재청 연구용역에서 책임연구원을 역임하였던 김봉곤 순천대 HK연구교수와 공동으로 작성한 것임을 밝힌다.

'인간과 환경과의 상호작용v' 면에서 보자면, 지리산의 생활경관은 온대 중위도권 산지에서의 독특한 미작문명을 증거하면서 자연과 조화된 산지 이용과 거주 방식을 보여주는 탁월한 사례가 된다. 그러나 사회경제적 압력과 급속한 현대화로 인해 훼손될 위험에 처해있기에 보존할 필요가 있다. 지리산의 산촌경관은 수세기 동안 지리산의 자연환경에 적응하고 조화하면서 형성된 씨족공동체의 지속가능한 생활방식과 토지이용을 잘 반영한다. 지리산지에 발달한 계단식 논과 벼농사 경관에는 산지환경에의 적응과 토지이용의 전통적 기술이 집약되어 있다. 지리산권 마을에 보편적으로 나타나는 풍수문화는 산지에서의 문화생태적 적응과 자연과 인문의 조화로운 결합을 보여주는 동아시아적 자연 - 인간관계의 독특한 코드가 된다. 지리산지의 역사적으로 형성된 삶의 터전과 생활사의 문화경관은 산지환경에의 문화생태적 적응을 반영하는 산지문화의 탁월한 보편적인 증거가 될 수 있다.

'사건 혹은 전통, 예술 및 문학작품과 연관된 것vi'의 기준으로 보자면, 지리산은 인류무형문화유산걸작인 판소리, 조선시대 유학을 대표하는 남명사상, 한국의 대표적인 산신신앙 제의인 남악제, 조선시대 유교지식인의 유산문학, 청학동 이상향이 탄생된 산실이었다. 동편제 판소리는 지리산에 거주하는 사람들의 삶과 문화를 배경으로 탄생하였으며, 지금까지도 이곳 사람들이 널리 애창하고 있다. 또한 유학의 절의를 숭상하는 남명사상과 남명학파가 지리산권에서 발달하였으며, 덕천서원에는 오랫동안 유교적 제의와 강학이 진행되었다. 지리산 남악제는 통일신라에서 시작되어 천 년을 이어온 국가적인 산악신앙의 의례예술이다. 지리산 유람문학은 조선시대 500여 년간 유교지식인의 사상적 수양적 성찰을 목적으로 한 유산문화를 형성하였다. 100여 편의 유람록, 수천 편의 유람시는 지리산 관련 기록문화유산으로서의 훌륭한 가치를 지닌다. 지리산의 청학동 이상향은 한국의 이상향을 대표하며 동아시아 산지형 유토피아의 전형적인 사례이다.

그밖에도 지리산의 자연유산적 가치를 나타내는 것으로서 등재기준 (vii), (x) 항목이 해당될 수 있다.

'자연미vii' 기준으로 평가하자면, 지리산의 문화경관은 자연환경과의 어울림과 상호작용을 통해 탁월한 자연미학과 풍수미학을 성취하였다. 지리산의 아름다움은 역사적 과정에서 수많은 사상가들과 문인들에게 영감과 찬탄의 대상이 되었으며, 사상, 문학, 예술 등의 결과물을 통해 지리산의 자연미학으로 정립되는 토대가 되었다.

'생물다양성의 현장 보존을 위한 자연서식지 x' 면에서 보자면, 지리산에는 약 5,000종의 동식물이 서식하는 생물다양성의 보고이며, 서식지 규모가 남한에서는 가장 큰 483㎢이다. 지리산은 토산土山으로 고산, 계곡, 습지 등이 분포하여 다종다양한 생물종이 서식할 수 있는 자연환경을 갖추었다.[25] 지리산에는 지리산 국립공원특별보호구 17개 구역 166.30㎢ 및 생태·경관보전지역 20.20㎢ 등 합계 186.50 ㎢가 관계법령에 의하여 보호되고 있다. 이러한 자연적 가치를 인정받아 지리산은 2007년에 IUCN 카테고리 II 지역으로 인증되었다.[26]

기타 부차적이고 세부적인 가치요소를 나열하자면 다음과 같다.

---

[25] 자세한 내용은 서정호, 2011, 11, 지리산의 세계자연유산 등재 대상과 범위, 지리산 세계유산 잠정목록작성을 위한 국제학술대회 발표자료집, 103~120쪽을 참조할 것.
[26] 이상과 같은 지리산의 자연유산적 가치를 구성하는 지리산의 생태적 잠재력과 자연미학, 생물다양성 등의 측면에 대한 정당성은 국제적인 수준의 학술적 논문이 뒷받침될 필요가 있다.

화엄사사사자석탑과 각황전 앞 석등, 사사자삼층석탑, 연곡사의 동부도·북부도 등은 동아시아 석탑문화를 꽃피운 한국적 전개와 발전 양상을 증거하는 '창의적 걸작i'이 될 수 있다. '인류의 가치 및 문화의 교류ii' 측면으로는 지리산지 종교신앙과 제의의 융합적 측면을 들 수 있다. '인류역사의 단계를 예시하는 건축, 기술, 경관유형iv'에 해당하는 것으로는 천년의 숲, 함양 상림경관의 인공방재림 성격과, 18세기 이후 온대지역 산지농업경관을 대표하는 벼경작 및 산지 관개·수리 기술의 탁월한 사례로 들 수 있다. 그리고 진정성의 측면으로서는 지리산 문화유산의 역사성과 현재까지 주민들에 의해서 자체적으로 계승, 진행되는 살아있는 문화전통이라는 측면이 부각될 수 있다.

V. 요약 및 맺음말

지리산과 지리산문화는 지금껏 한국이라는 공간적 범주와 인식의 지평에서 평가·이해되었지만 이제 세계유산의 보편적 가치라는 잣대와 차원으로 새로운 조명이 요청되는 시점에 와있다. 이 글은 지리산 문화경관의 세계유산적 가치와 구성에 관해 학술적인 연구를 시도했다는 점에 의의가 있다.

지리산은 오랫동안 수많은 사람들이 지리산을 생활문화의 터전으로 살아온 한국의 대표적이고 전형적인 명산으로서, 자연과 문화의 상호작용으로 빚어진 문화경관의 형성을 탁월하게 반영하고 있다. 따라서 지리산의 세계유산 등재전략은 문화경관이라는 통합적 범주의 틀이 적합하다. 지리산의 문화경관은 동아시아 산악문화의 문화생태적 적응과 조화라는 전형을 제시하는 것으로, 인간과 환경 간 상호작용의 다양성, 복합성, 결합성, 조화성을 탁월하게 드러내는 세계유산적 가치OUV의 사례로 평가될 수 있다. 이에 걸 맞는 지리산 문화경관의 개념적이고 상징적 이미지는, '신성한 어머니 지리산'이라고 표상할 수 있다.

지리산의 세계유산 신청 명칭을 제시하면, 단순 지명으로서의 '지리산', 등재의 내용 유형으로서 '지리산의 문화경관', 문화경관의 주요대상을 표현하는 명칭으로서 '지리산의 종교·문화경관', 지리산이 갖는 상징성까지 반영된 '지리산의 종교·문화경관 – 신성한 어머니의 산'이라는 명칭이 가능하다.

지리산이 갖는 세계유산적 가치는 다음과 같이 요약된다. 지리산은 수많은 사람들의 오랜 생활문화의 터전으로서 많은 역사유적과 종교경관, 생활경관이 남아있다. 지리산의 문화경관은 산의 신령한 장소성과 사람의 생활문화터전이 통합된 새로운 지평의 산악문화경관의 개념을 제시한다. 지리산은 예부터 '신성한 어머니산'으로 여겨져 많은 사람들이 거주하였고 신성시되었다. 삼국시대의 산성과 가야 고분을 비롯한 각종 역사 유적이 남아 있고, 국가적인 산신제의가 행해진 곳으로 현재까지 '남악제'로 이어지고 있다. 불교 사찰에는 수많은 문화재가 있고, 현재까지 불교신앙이 성행하여 지리산의 살아있는 문화전통을 유지한다. 그리고 다양한 풍수경관이나 다랑이 논 등의 생활경관도 함께 존재하면서 역사, 종교문화 등과 어울려 지리산 문화경관의 모자이크를 이루고 있다. 지리산의 영산 관념과 그 문화적 관계의 태도로서 나타나는 산악신앙, 풍수사상과 자연미학, 농경기술 등의 생활사는 산지환경에 대한 문화생태적인 적응 및 문화경관의 형성을 통한 인간화, 문화화, 미학화의 과정이며 중위도 온대지역 대륙 東岸에 나타나는 산악문화 성취의 탁월한 증거가 된다.

동아시아에서 산은 자연과 생태의 보루이며, 산악문화는 지속가능한 삶의 양식이다. 온대 동아시아지역 산지에 역사적인 생활문화터전의 총합체로서 탁월한 보편적 가치를 중거하는 지리산의 문화경관은 유네스코 세계유산의 새로운 모델을 제시하는 한 유형이 될 수 있다. '신성한 어머니 산, 지리산'이라는 표상은 한국의 산과 산지문화를 대표하고 집약하는 상징적인 전형이 될 뿐 아니라, 세계인의 유산 가치로서, 산은 영혼의 고향이자 생명의 근원이라는 이미지로 지구촌의 인류들에게 소중히 간직될 수 있다.

▶ 이 글은 2012년 『한국지역지리학회지』 제18권 제1호에 실렸던 「지리산 문화경관의 세계유산적 가치와 구성」을 재수록한 것임.

지리산권문화연구단 연구총서 08

지리산의 장소와 경관

초판 1쇄 인쇄일	2013년 5월 28일
초판 1쇄 발행일	2013년 5월 29일

지은이	문동규 강정화 박찬모 최현주 정경운 서정호 한규무 최원석
펴낸이	정구형
편집이사	박지연
편집/디자인	정유진 이하나 신수빈 윤지영 이가람
마케팅	정찬용 권준기
영업관리	한미애 심소영 김소연 차용원
인쇄처	월드문화사
펴낸곳	국학자료원

등록일 2006 11 02 제2007 - 12호
서울시 강동구 성내동 447 - 11 현영빌딩 2층
Tel 442 - 4623 Fax 442 - 4625
www.kookhak.co.kr
kookhak2001@hanmail.net

ISBN	978-89-279-0259-1 *93800
가격	15,000원

* 저자와의 협의하에 인지는 생략합니다.
  잘못된 책은 구입하신 곳에서 교환하여 드립니다.